Le mafia prince cruel

Empires et Mafia, tome 2

Annika Martin

Traduction par
Alexia Vaz

Le mafia prince cruel
Empires et Mafia, tome 2
Annika Martin

Copyright © 2016 by Annika Martin

00004302022p

Chapitre Un

LES FILLES se déplacent dans leurs chambres comme des animaux en cage. Elles font de l'exercice, arpentent la pièce, cognent contre les murs. Certaines font des gestes obscènes à la caméra. D'autres ont un comportement charmant, pensant peut-être que la situation s'arrangera pour elles.

J'en doute énormément.

En tout, la virginité de trente filles du Valhalla est mise aux enchères. Je les observe sur neuf moniteurs, dont la plupart sont séparés en de multiples écrans. Ils sont alignés sur les étagères devant mon canapé, dans le salon de ma nouvelle maison, comme neuf télévisions.

Je regarde sans arrêt les enchères, les enregistrant pendant mes quelques heures de sommeil.

Mon frère et moi avons besoin de connaître la localisation de cet endroit. Je ne peux pas me permettre de manquer le moindre indice.

L'ordinateur portable au centre montre Tanechka et uniquement Tanechka. Elle est habillée en nonne. Elle ne tourne jamais son visage vers la caméra.

Je sais que c'est elle. Je reconnaîtrais toujours *moya* Tanechka – ma Tanechka.

Priant continuellement. Son attention ne faiblit jamais. C'était la même chose lorsqu'elle était tueuse à gages.

Elle semble se focaliser sur une icône, comme une bonne sœur le ferait. Sa concentration est tellement intense. Tellement digne de Tanechka.

Le déguisement de religieuse est brillant. Si nous étions encore au bon vieux temps, à Moscou, nous serions tous les deux en train de rire d'un tel costume, l'appréciant comme une vodka de qualité.

Quand je me souviens de nous pendant trop longtemps, des larmes s'accumulent dans mes yeux. Je suis reconnaissant qu'elle soit toujours en vie.

Parce que j'ai honte de ce que je lui ai fait.

J'ai jeté la femme que j'aimais du haut d'une falaise rocheuse escarpée dans la passe de Darial. C'était ainsi qu'on tuait les traîtres quand nous étions dans le sud et que nous travaillions avec les gangs géorgiens. Les animaux en dessous mangeraient leurs corps et éparpilleraient leurs os.

On m'a montré des preuves de sa trahison contre notre *Bratva* : elle nous a condamnés à mort en nous balançant. Et j'ai vu des photos sur lesquelles elle me trompait avec un autre. J'avais dix-huit ans. J'étais rempli de rage.

J'étais tellement stupide.

C'est moi qui aurais dû me jeter de la falaise pour ne pas avoir cru en elle. J'ai failli le faire pendant les mois sombres qui ont suivi.

J'étais tellement idiot. Je voulais mourir.

C'était il y a deux ans.

Voilà où elle est maintenant. Même alors qu'elle tourne le dos à la caméra, je sais que c'est elle.

Ma Tanechka a survécu.

La joie et l'incrédulité ont cruellement tourbillonné en moi quand je l'ai vue pour la première fois. Je n'ai pas eu confiance en elle deux ans plus tôt.

J'aurais dû la croire, même quand le monde entier et toutes les preuves me disaient le contraire.

C'est maintenant ma deuxième chance de me battre pour elle.

Son vrai nom est Tatiana, mais nous l'appelions tous Tanechka, et je l'ai jetée de la falaise, pourtant elle est là, aussi saisissante qu'un tison de Satan.

Je lui donnerais n'importe quoi. Je m'ouvrirais le ventre si c'était ce qu'elle voulait.

Pour qui travaille-t-elle désormais ? Quelle est sa mission ? Elle est ici depuis des semaines. Pourquoi attend-elle ? Y aura-t-il des renforts ?

Que fais-tu, moya *Tanechka ?*

Tanechka attire l'attention de beaucoup d'acheteurs. Elle a les joues d'un ange et de glorieux cheveux blonds. On peut les voir ressortir sous le foulard attaché sous son menton, le voile traditionnel des nonnes en Ukraine. Les nombres sur l'écran, en dessous du flux vidéo de la webcam, montrent la dernière enchère. Les chiffres grimpent tous les jours. Tout le monde veut avoir la religieuse blonde qui n'arrête pas de prier. Tout le monde veut voir son visage. Pour détruire quelque chose de beau.

Tourne-toi, Tanechka, pensé-je.

Non pas que j'ai besoin d'une confirmation. Je le sais.

À la maison, à Moscou, nous étions tellement connectés l'un à l'autre que nous pensions souvent la même chose et quand ce n'était pas le cas, nous nous comprenions avec le plus petit des indices. Nous voyions les gens et notre environnement de la même façon.

Tourne-toi. Laisse-moi voir ton visage. Laisse-moi voir tes yeux. Je pense que je comprendrais sa mission si seulement je pouvais voir ses yeux.

Mais non, Tanechka continue de faire semblant de prier avec son habituelle concentration inébranlable. En Russie, elle pouvait fixer une même porte pendant des heures, attendant un signal pour entrer. Tanechka était aussi solide qu'un diamant. Elle pouvait surveiller une entrée toute la nuit, longtemps après que mes propres yeux s'étaient fermés.

J'ignore pourquoi elle est obligée de porter une tenue de bonne sœur, faisant semblant d'être une prisonnière dont la virginité est mise aux enchères, telle une victime sans défense. Tanechka n'est pas vierge et elle n'est pas une victime, à part pour le jour où je l'ai tuée.

Même si à ce moment-là, elle n'était pas non plus une victime, visiblement. Je ne devrais pas être surpris qu'elle ait survécu.

Elle est là sous couverture, alors elle doit avoir pour objectif de faire tomber le bordel du Valhalla. Démanteler cette maison close est précisément ce que mon frère Aleksio et moi tentons de faire.

Mais avec qui est Tanechka là-bas ? S'est-elle transformée en justicière autoproclamée ? Ou un autre gang est-il impliqué et a demandé à Tanechka de partir en éclaireuse ? Elle est à cette place depuis six semaines, à en juger par la liste des enchères. Tanechka n'a jamais approuvé l'esclavage sexuel. Elle aurait détesté rester dans un tel endroit pendant si longtemps.

C'est vraiment étrange qu'elle reste.

Le Valhalla est la première source de revenus de notre ennemi, Lazarus le Sanglant. Il gère la dynastie du crime la plus puissante de Chicago – une dynastie qui nous a été volée, à mes frères et moi. Nous prévoyons de lui en reprendre la plus grande partie, mais nous ne voulons rien avoir à faire avec un endroit comme le Valhalla. Nous ne nous contenterons pas de l'éliminer. Nous atteindrons les réseaux qui l'alimentent et détruirons tous ceux qui ont déjà été impliqués là-dedans. Nous allons arracher cette organisation par la racine pour qu'elle ne puisse jamais repousser.

En M-1 Global, la version russe de l'Ultimate Fighting Championship, les meilleurs combattants affaiblissent leurs adversaires en les frappant au corps avant de chercher le K.O. L'anéantissement d'une source de revenus comme le bordel du Valhalla va être un sacré coup dur pour Lazarus. Puis nous chercherons le K.O.

Lazarus a aidé à tuer mes parents et à me séparer de mes frères. Je n'avais pas encore deux ans quand il a contribué à m'arracher à ma famille à Chicago pour me jeter dans un orphelinat de Moscou.

J'ai grandi avec des images très vagues de ma vie en Amérique. Je croyais que ces souvenirs étaient des rêves.

Mon grand frère, Aleksio, m'a trouvé seulement l'année dernière. Kiro, notre petit frère – *malinky brat* – est toujours quelque part, perdu. En danger.

Je me concentre sur Tanechka, si inébranlable.

Pour détruire le Valhalla, nous devons *trouver* le Valhalla.

Mon rôle est de me faire passer pour un client, un homme enchérissant sur ces filles emprisonnées. Aleksio et moi avons décidé que je gagnerai l'une des enchères les plus insignifiantes. Nous avons choisi de miser sur une fille maigrichonne, Nikki.

Quand on gagne une enchère au Valhalla, ils nous emmènent les yeux bandés réclamer notre prix. Certains disent que le Valhalla n'est même pas dans cet État, qu'ils nous font prendre l'avion, mais Aleksio pense qu'il est ici, à Chicago.

Il y a toujours trente enchères en cours au Valhalla. En

dessous du prix actuel, on peut lire dans un fil d'actualités les messages que les hommes envoient aux ordinateurs dans les chambres des filles. Certaines écrivent en retour dans un mauvais anglais. D'autres semblent même pratiquer leur maîtrise de cette langue au travers de leurs échanges. Quelques-unes ignorent les messages.

Tanechka les ignore, mais elle les voit. Ils sont juste dans son champ de vision.

Elle parle couramment anglais. C'est ainsi que nous nous sommes rencontrés. Tanechka et moi avons été désignés par les leaders de la *Bratva* – les chefs de notre gang mafieux – parce que nous parlions couramment l'anglais. Nous avons été choisis pour travailler en tant que tueurs à gages, étant souvent obligés de nous faire passer pour des Américains. À chaque fois que nous étions ensemble, nous parlions anglais ou bien français. Nous nous entraînions toujours pour améliorer nos capacités.

Tanechka et moi étions deux tueurs exceptionnellement doués.

Je regarde l'écran. *Que fais-tu ?*

Je n'ose pas lui envoyer un message. Il n'y a rien de plus dangereux que quelqu'un essayant de vous aider quand vous êtes en mission sous couverture et que vous ne voulez pas ou n'avez pas besoin d'aide.

Aussi dur que cela puisse être, s'occuper de ses affaires est la meilleure façon d'aider un agent sous couverture.

Alors j'attends. J'observe à la recherche d'indices.

Ma fausse identité pour enchérir sur Nikki est Peter, un ingénieur en informatique allemand. L'enchère que je dois remporter se termine dans cinq jours et Peter gagnera facile-ment, parce que peu d'hommes veulent cette jeune fille. Ainsi, Nikki est parfaite comme point d'infiltration.

Nikki est enfermée au sous-sol. Je le sais parce que j'ai créé un plan des positions relatives de ces femmes en observant leurs mouvements oculaires. Je peux dire quand un grand bruit résonne et je suis leur regard pour connaître leur emplacement. Les serveurs seront probablement situés au sous-sol.

Les gérants du Valhalla obligent Nikki à porter la robe blanche d'une petite fille. On la fait passer pour une vierge. Peut-être qu'elle l'est. Mais elle n'est pas si innocente. N'importe quel prédateur verrait qu'elle est elle-même une prédatrice, une véritable truande. Elle détruirait un homme. Même attachée, elle trouverait le moyen. Elle lui arracherait la queue avec les dents, je pense.

Tanechka pourrait faire pire que ça, mais elle reste parfaitement dans son personnage, agenouillée près de sa table de nuit. Les enchères pour la nonne qui n'arrête jamais de prier *crèvent le plafond*, comme disent les Américains. C'est un nombre à six chiffres maintenant. Il atteindra peut-être le million. Les enchères se terminent dans trois semaines.

Que fais-tu, Tanechka ? Comment se fait-il que tu sois en vie ?

Je prévois de détruire cette organisation de l'intérieur avant que les enchères pour Tanechka se terminent. Je ne l'ai pas protégée avant. J'ai une seconde chance maintenant.

Le plan est de me rendre dans la chambre de Nikki en tant que Peter, l'ingénieur en informatique. Ils promettent d'éteindre les caméras quand un client vient réclamer son prix. Je m'assurerai que ce soit fait, bien sûr.

Je ne vais pas me la taper. J'ai seulement besoin d'atteindre les serveurs pour y mettre un logiciel espion. Nous avons décidé que je demanderai qu'on bâillonne et attache Nikki pour moi, pour que je n'aie pas à le faire moi-même. Ça me fera gagner du temps. Je convaincrai Nikki de raconter une histoire selon laquelle je me suis envoyé en l'air avec elle. Nous espérons qu'elle sera suffisamment reconnaissante pour coopérer en échange de son éventuelle liberté.

C'est difficile d'attendre.

Je m'oblige à me lever. Rester assis sur le canapé toute la journée, ce n'est pas bon. Je vais poser la boîte à pizza de la veille et quelques verres dans la cuisine, où j'ai également un écran montrant la webcam de Tanechka.

Je devrais faire le ménage. Quand tout ça sera fini, je ramènerai Tanechka ici. Elle a toujours aimé que les choses soient propres et brillantes. Elle aimait les tournesols, les marguerites et la lumière des lampes tamisées.

Tanechka attrape vite froid. Elle aime les gros chaussons. Les tapis épais avec des poils longs.

De retour dans le salon, je la scrute. De temps en temps, les filles inclinent toutes la tête ou regardent ailleurs en réponse à un bruit. Un cri. Une sirène.

Seule Tanechka reste immobile.

Je m'imagine si souvent trouver cet endroit et arriver en trombe. Aller au chevet de Tanechka. Supplier d'être pardonné.

Que ferait-elle ?

Je viens me placer derrière le canapé et observe les écrans.

Je les enregistre, mais il faut tellement d'heures pour les regarder et rattraper ce que j'ai manqué que je préfère les voir en direct autant que possible. Je cherche n'importe quoi. Une main avec une bague caractéristique qui apparaîtrait dans le champ de la caméra. Un reflet sur une vitre que je pourrais passer dans le logiciel de reconnaissance faciale.

J'attrape un haltère et le soulève en continuant à regarder. Faire de l'exercice est un bon moyen de rester éveillé.

Je grimace quand j'entends qu'on frappe à ma porte. Yuri. Mon meilleur ami, l'un des hommes que j'ai ramenés de Russie. Je l'ai laissé de côté dernièrement.

Je réduis la luminosité sur l'écran de Tanechka. Il pensera que je suis fou de croire que c'est elle.

Pire, il en parlerait à mon frère, Aleksio. Ils me retireraient cette mission.

— Entre, dis-je.

Il le fait et s'adresse à moi en russe.

— Qu'est-ce que tu fais ?

Je fais un signe de tête vers l'haltère.

— Tu as un téléphone ou quoi ? Tu ne réponds pas.

J'attrape mon portable et vois qu'il n'a plus de batterie.

— Ah.

Je le branche.

— *Chto eta...*

Il montre les écrans. Il veut savoir pourquoi il y a tous ces moniteurs.

— Je prépare. Je confirme l'agencement des chambres. Je suis plus convaincu que jamais que la chambre de Nikki est au centre du sous-sol.

Je lui montre mon diagramme et l'espace où se trouvent les serveurs, selon moi.

— Eh bien, tu as vraiment une sale tronche.

Il passe à l'anglais avec « sale tronche ». Il parle de mieux en mieux anglais. Il ouvre les rideaux.

Je plisse les yeux.

— Aleksio veut savoir pourquoi tu as loupé la réunion.

— Je me prépare pour le Valhalla.

Je place l'ordinateur portable montrant Tanechka avec les autres moniteurs pour que Yuri ne pense pas qu'elle est spéciale.

— J'ai arrangé les écrans en fonction de leur localisation supposée dans la structure.

— Hmm.

Yuri s'approche et observe. En russe, il dit :

— C'est une simple infiltration. Tu as vraiment besoin d'un tel dispositif ?

Il sait que ce n'est pas le cas. Ma mission est simple : mettre le logiciel espion sur le serveur. Si je n'y arrive pas, je le placerai sur l'ordinateur d'une des filles. Je balaie sa question d'un geste de la main.

— J'espère trouver un indice sur la localisation de cet endroit...

— Nous la connaîtrons quand tu y seras, répond Yuri.

— C'est mieux de le savoir à l'avance.

Il fronce les sourcils.

— Est-ce qu'Aleksio pense que tu n'as rien de mieux à faire ?

— Qu'est-ce que tu veux dire ?

Je pose la question de manière hostile. Déraisonnable.

Il s'approche de moi.

— *Chto eta* ? demande-t-il à nouveau.

« Que se passe-t-il ? » en russe.

D'un air insolent, j'attrape une bouteille de vodka. Beluga, notre préférée.

— Un scout est toujours prêt.

Yuri aime les expressions américaines. Quand je me souviens que nous ne sommes que le matin, je repose la bouteille.

— Non, quelque chose ne va pas.

Yuri observe les écrans. À l'instant où il se focalise sur l'ordinateur portable avec l'écran sombre, je le sais. Il voit que je cache quelque chose. Veut-il savoir ce qu'est cette chose pour me défier ?

Quand il avance, je le repousse.

— C'est mon opération ou la tienne ?

— Qu'y a-t-il sur l'écran noir ?

— *Idi nahuy*.

« Va te faire foutre. »

— *Chto eta* ?

— Je n'ai pas à t'expliquer quoi que ce soit.

Yuri est rapide pour un homme de grande stature et lui a

dormi, contrairement à moi. Sans surprise, il arrive à se débarrasser de moi et à atteindre l'écran avant moi.

— Une nonne.

Il me jette un regard suspicieux.

— Satisfait ?

Je retourne m'asseoir.

— Ça me dégoûte. Ils font des enchères sur sa virginité.

— Tu te fous des bonnes sœurs.

— Tu voulais autre chose ? demandé-je.

Il se retourne vers le moniteur. Et il comprend.

— Attends, chuchote-t-il. Attends...

— Quoi encore ? Tu es venu ici pour une raison particulière ou...

— Ses cheveux...

Mon cœur bat. *Est-ce qu'il comprend ?*

— Quoi ?

— Ses cheveux. Sa pommette.

Il se retourne vers moi, choqué.

— Elle te la rappelle. C'est pour ça que tu regardes ?

— Observe de plus près, *brat*, dis-je.

Il n'est pas mon *brat* – mon frère – de sang, mais il est comme un frère de bien des façons. Nous nous sommes retrouvés ensemble à l'orphelinat de Moscou avant que les hommes de la *Bratva* nous prennent et nous entraînent.

À nouveau, il regarde. Comment peut-il ne pas la reconnaître ? Ça me rend fou. Je passe un bras autour de ses épaules.

— Tu ne le vois pas ? Regarde, Yuri. Regarde bien.

Il scrute plutôt mes yeux.

— Quoi ?

— Regarde-la !

Il s'exécute.

— Tu vois ? demandé-je.

— Quoi ?

— C'est *elle*.

Il se retourne vers moi.

— Regarde-la elle, pas moi !

— Elle est morte, Viktor.

— C'est elle.

Je m'agenouille devant l'écran.

— Elle ne se tourne jamais. Mais je le sais.

— Tu n'as même pas vu son visage ?

— Je n'en ai pas besoin. C'est elle. C'est son corps. C'est sa façon de bouger. Regarde.

Il ne le fait pas. Il m'observe, tristement.

— Ça ne peut pas être elle, *staryy drug*.

Il m'appelle « vieil ami ».

— Tu crois que je ne la reconnaîtrais pas ? Elle prie comme ça pendant des heures, sans s'arrêter. Mais je ne pense pas qu'elle prie : elle médite. Tu te souviens que Tanechka avait l'habitude de faire ça ? Elle centrait son esprit avant de tuer. Tanechka est d'un calme parfait et glacial. Regarde la position de ses mains. Tu vois ? Je pense qu'elle fait un genre d'entraînement isométrique...

Il attrape le col de ma chemise et me pousse loin de l'écran.

— Mais écoute-toi parler !

J'essaie de me dégager.

Il est trop fort, trop en colère. Il me jette sur le canapé et vient se placer juste devant mon visage.

— Tu t'entends parler ?

— C'est *elle*. Tu ne la connais pas comme moi. C'est elle.

— Tanechka est morte. Tu l'as tuée. Tu l'as jetée dans la passe de Darial.

— Nous n'avons jamais vu le corps.

— La passe de Darial, Viktor ! D'une profondeur d'un kilomètre et demi !

— C'est elle.

Je le repousse.

— À ton avis, qu'est-ce qu'elle fait ? demande-t-il. Elle est là-bas pour faire tomber le bordel ?

— Je l'ignore. Probablement.

— Réfléchis. Si Tanechka voulait détruire cet endroit, elle l'aurait déjà fait. Elle a accès à un ordinateur là-bas. Tanechka pourrait transformer cette machine en cinq types d'armes différents. Elle ne resterait pas agenouillée à prier. Tanechka ne s'agenouille devant personne !

Je me lève et lui jette un regard noir. Je suis sûr qu'il ne voulait pas me mettre cette image en tête, mais elle est là : Tanechka, ses grands yeux bleus, ses cheveux brillants comme le soleil, de légères taches de rousseur sur son visage, agenouillée, levant les yeux vers moi.

Je déglutis et reprends mes esprits.

— Elle attend peut-être quelqu'un sur qui elle a un contrat. Peut-être même Lazarus le Sanglant. Elle aime se servir de son physique. Tu te souviens comme elle avait l'habitude de le faire ? Tu te souviens de la robe blanche et des bottes montantes ? Ces vêtements qu'elle portait pour les missions sophistiquées ?

— *Brat*, répond Yuri. Si elle est en vie, tu sais ce qu'elle ferait d'autre ? Elle te tuerait. Elle enfoncerait un *pika* pile dans ton cou. Et elle sourirait en le faisant.

Je hausse les épaules.

— Peu importe, ajoute-t-il. Ce n'est pas elle.

— C'est elle.

— Prouve-le.

Il montre l'ordinateur du doigt et dit :

— Envoie-lui un message.

— Un message, craché-je. Elle est sous couverture. Je ferais aussi bien de lui mettre une balle dans la tête.

— Ou bien un message pourrait prouver que ce n'est pas elle.

— Je ne la mettrai pas en danger. Ne me redemande pas ça.

— Vous aviez des codes entre vous. C'était quoi déjà... « Un café avec dix sucres » voulait dire « besoin d'aide ? ». Essaie.

— Tu es fou ?

— Ce n'est pas si bizarre d'écrire ça. De cette façon, tu pourras vérifier s'il s'agit de Tanechka.

— C'est Tanechka.

— *Blyad* ! C'est de la folie.

— Regarde comme elle respire. Tu te souviens que Tanechka faisait ça ? Elle ne respirait plus pendant un moment, puis elle relevait les épaules.

— Tu vois un fantôme.

Nous la regardons en silence.

— Tu vois cette femme avec tes yeux, mais je la vois avec mon cœur, déclaré-je.

— Viktor...

— Si seulement elle voulait bien se retourner, tu le verrais.

Il soupire. Il reporte son attention sur les autres femmes dans leurs cages. Il montre Nikki.

— C'est la tienne, celle-ci ?

— Oui. Elle se contente de dormir.

— On dirait une *bednyashka* d'un petit village. Comment ça se dit en anglais ?

Je hausse les épaules.

Il cherche la réponse sur son iPhone.

— Une va-nu-pieds, dit-il. Nikki ressemble à une va-nu-pieds d'un petit village.

— Peut-être.

Après un long silence, il renchérit :

— Ce n'est pas Tanechka.

Je ne réponds pas.

— Viktor...

Il pose une main sur mon cou et m'oblige à tourner la tête vers lui.

— C'est un fantôme qui te dit que tu dois te pardonner. Tu n'avais pas le choix.

— Si j'avais vraiment aimé et fait confiance à Tanechka, je me serais battu pour elle. Je l'aurais crue.

— Alors tu serais mort aussi.

— Ne me trouve pas d'excuses.

— *Blyad* ! s'exclame-t-il soudain.

— Quoi ?

J'arrache mon regard de Tanechka.

Il montre mes rideaux. Des rideaux à motif de tournesol.

— Viktor !

Il se lève et fait le tour de la pièce, regardant tous les meubles. Il attrape une couverture moelleuse et la jette à l'autre bout, renversant un vase.

— Tu es en train de lui créer un nid douillet.

— Je veux que ce soit joli quand je la ramènerai ici.

Il se dirige vers le placard de l'entrée. Je soupire, sachant ce qu'il va y trouver. Néanmoins, je grimace tout de même quand il revient et me jette violemment la veste en cuir blanc. Elle est identique à celle qu'elle portait lorsqu'elle n'essayait pas d'être quelqu'un d'autre. La marque de fabrique de Tanechka.

Je saisis la veste et regarde Yuri d'un air de défi.

— C'est *elle*.

J'ai envie de serrer le vêtement contre moi, mais pas devant lui.

Je suis juste tellement fatigué.

— *Brat,* dit-il doucement.

Il vient s'asseoir à côté de moi.

Je ferme les yeux et revois son expression – la surprise, le choc, la terreur – quand je l'ai jetée dans la passe sombre. Même la courageuse Tanechka a eu peur de la mort. Elle a tendu les mains vers moi dans sa chute, le regard affolé, tentant d'attraper mes bras, sans rien d'autre que le vent froid soufflant sous elle.

C'est moi qui aurais dû tomber.

J'entends Yuri déboucher la bouteille.

— C'est le matin, lui fis-je remarquer.

— Pas pour toi.

Il boit et me la tend. Je la saisis et bois à mon tour. Ensemble, nous observons Tanechka.

— Je n'ai pas suffisamment cru en notre amour, déclaré-je. Je n'ai pas suffisamment cru en elle.

— Nous pensions qu'elle avait trahi notre gang. Notre famille. Il y avait tellement de preuves.

— *Des preuves.*

— Tanechka jouait à un jeu risqué. Elle *t*'a trahi en ne te dévoilant pas son plan. Elle aurait dû avoir confiance en toi.

— Ne dis *jamais* qu'elle l'a cherché, grogné-je.

Yuri renifle.

Nous avions eu cette dispute des centaines de fois lors des mois sombres qui avaient suivi sa mort. Moi, dans ma chambre, ivre. C'était seulement grâce à Yuri que je n'avais pas sauté dans la passe de Darial.

— Tu étais obligé.

Je serre la veste sur mon torse.

— J'aurais dû la croire.

Yuri pose une main sur mon épaule.

— Elle est de retour, c'est un miracle, dis-je.

Il reste silencieux pendant un moment. Puis il déclare :

— Il y a tant d'écrans. Ça fait beaucoup à regarder.

Je soupire, tellement fatigué. Je suis heureux de lui avoir dit. Je me sentais si dépassé et seul, essayant de suivre toutes les webcams.

— Tu cherches des indices parce que tu veux aller la chercher s'il se passe quelque chose.

Il a raison, évidemment.

— *Da.*

— Tu enregistres, mais si tu regardes l'enregistrement, tu manques le direct. Ça doit être difficile.

J'acquiesce.

— *Da.*

— Tu veux que je prenne la relève ?

Je lui lance un regard méfiant.

— Tu ne crois même pas que c'est elle.

Il pose une main sur mon épaule.

— Laisse-moi surveiller.

— Tu ferais ça pour moi ?

— *Immeno.* Va te reposer les yeux. Je vais regarder.

Je lui montre comment je me suis organisé. S'il voit quoi que ce soit, il doit noter l'heure sur le moniteur ou retourner en arrière et faire une capture d'écran. Il sait comment faire. Il sait reconnaître un indice. Je l'observe au travers de mon brouillard lorsqu'il se lève du canapé.

— Où vas-tu ?

Il attrape l'une des couvertures en fourrure de Tanechka et la passe autour de moi, puis il s'assied. Je ferme les yeux.

— Ne quitte pas les écrans des yeux, le préviens-je.

— Ne t'inquiète pas, répond-il.

Je ferme mes paupières et appuie ma joue contre la matière douce. Je l'imagine presque ici, me parlant doucement. Elle est si proche. Elle prie de l'autre côté de la caméra, quelque part dans cette ville ou au moins dans ce monde. Le monde auquel elle appartient toujours. Mon cœur tambourine quand j'y pense.

Chapitre Deux

Aleksio

J'ENVOIE un message à Viktor. Je n'ai pas de nouvelles. Une heure. Deux heures. Trois heures. Rien.

Je ne gère pas bien son manque de communication.

Je me dis qu'il n'y a rien de grave, que je ne devrais pas m'inquiéter qu'il ne me réponde pas. Il est juste investi dans sa mission, c'est tout.

Je me dis que je suis habitué à être avec lui sans arrêt.

C'est juste qu'il me manque. C'est mon putain de frère et je ne le connais que depuis un an.

Trouver Viktor l'année dernière, être face à lui dans ce garage sombre à Moscou et sentir ce lien d'amour instantané, a été l'une des plus belles expériences de ma vie.

Je l'ai tenu contre moi – je me foutais totalement que les mecs les plus durs de la *Bratva* nous entourent, armés jusqu'aux dents et se méfiant de ce cinglé d'Américain ayant débarqué sur leur territoire.

Alors oui, Viktor et moi avons passé tout notre temps ensemble depuis.

Et je n'aime pas que l'on soit séparés. Je n'aime pas qu'il soit distant.

Il a besoin d'espace, je comprends.

Mais toutes ces années, j'ai cru que mes frères avaient été massacrés, tout comme mes parents.

J'ai besoin de savoir qu'il va bien.

Viktor parle extraordinairement bien anglais, mais il passe au russe de temps en temps. Il m'appelle *brat*. J'aime ça.

Quand nous parlons de Kiro, il utilise le mot *bratik*. Petit frère.

Kiro a été enlevé quand il n'avait que onze mois. Par ce salaud de Lazarus et son patron.

Kiro est toujours dehors, quelque part. Il ne sait probablement pas que nous existons. Chaque seconde qui passe sans que nous le retrouvions le met encore plus en danger.

Lazarus le Sanglant veut le tuer. Il doit le tuer.

J'envoie un nouveau message à Viktor. Je ne reçois rien en retour.

Bien sûr, c'est bien qu'il ait son propre chez lui. C'est bien pour Mira et moi d'avoir un peu d'intimité. Et il crée des liens importants avec le gang russo-américain. C'est en partie grâce à cette connexion que nous ferons tomber Lazarus le Sanglant.

Lazarus le Sanglant qui a détruit notre famille et contrôle l'empire qui nous revient de droit.

Lazarus le Sanglant qui pourchasse notre petit frère, Kiro, avec autant d'obsession que nous.

Mira m'appelle depuis le porche derrière la maison. Je sors et la trouve dans le hamac que nous avons installé. Nous vivons secrètement cette vie ordinaire et c'est à la fois tellement génial et étrangement sain.

— Tu as des nouvelles ? demande-t-elle.

— J'attends toujours. Aloooooors...

Elle crie quand je grimpe dans le hamac. Mais je ne nous fais pas tomber. Je rentre parfaitement. Je commence à avoir des idées particulièrement malsaines, mais elle essaie de lire. Ça ne me dérange pas. Je reste allongé là.

Mon téléphone sonne. Un message. Je le lis. Une piste sur l'homme qui pourrait détenir Kiro. Je suis soudain de meilleure humeur.

— Oh que oui.

Mira scrute mon visage.

— Est-ce ce que je pense ?

— Peut-être. Ce n'est pas sûr, juste une piste, mais...

Elle m'embrasse.

J'appelle l'enquêteur.

Je n'ai pas vu Kiro depuis la nuit où nos parents ont été tués dans la chambre où mes frères et moi jouions avant. Un vieil homme m'a caché dans un recoin sombre quand c'est arrivé. Il me tenait là, une main sur ma bouche, ses bras forts comme de l'acier.

Le petit Kiro pleurait à ce moment, balançant ses bras potelés alors que le sang jaillissait du cou de nos parents. Viktor était également là et il criait. Lazarus le Sanglant et son patron les ont emmenés tous les deux. J'avais seulement neuf ans.

Viktor et moi n'avons appris que le mois dernier que Kiro avait été adopté par la suite. Quand son père adoptif, cette petite merde, n'a pas pu le supporter, il l'a abandonné dans la nature. À huit ans. Et pas dans n'importe quel espace sauvage : la route frontalière des Voyageurs, une vaste étendue inhabitée qui s'étire entre le Minnesota et le Canada.

D'après l'histoire que nous avons pu reconstituer, notre petit frère a dû vivre dans la nature jusqu'à ses dix-huit ans, quand il a été trouvé à moitié mort et qu'il a été emmené à l'hôpital avec une jambe blessée. Il était complètement à l'état sauvage. La plante de ses pieds était tellement cornée qu'on aurait dit des chaussures.

Il n'a pas fallu longtemps pour que les rumeurs commencent, des ragots à propos d'un jeune homme parfaitement sauvage. Les médias se sont attroupés devant l'hôpital, salivant pour avoir des photos. Ils devenaient enragés, agressifs. Ils l'avaient nommé « l'Adonis sauvage ». Salauds.

Et puis toute cette histoire s'est calmée quand Kiro a disparu. Les autorités sur place ont dit à tout le monde que ce n'était qu'une arnaque.

Nous savons que c'est faux. Nous croyons qu'il a été enlevé.

Nous avons des photos de l'homme qui l'a probablement kidnappé et notre enquêteur les a passées dans toutes les bases de données possibles.

Rien.

Nous étions anéantis.

Mais désormais, il y a de l'espoir.

Mon enquêteur parle vite. L'homme qui a enlevé Kiro à l'hôpital s'est fait passer pour un professeur. Il me dit qu'à cause de cela, il s'est demandé si ce mec n'avait pas réellement été professeur par le passé. Son équipe a personnellement visité chaque université publique ou privée dans le Midwest, montrant la photo à tout le monde. Et cela a payé. Un nom. Une localisation. Voilà à quoi mènent des ressources illimitées.

J'envoie un message à quelques mecs pour qu'ils me retrouvent chez Viktor. J'ai hâte de leur annoncer la nouvelle.

Nous allons trouver ce professeur. Et Kiro.

Il est midi quand mon homme de main principal, Tito, et moi arrivons dans le quartier nord-ouest de Chicago où habite Viktor. C'est une poche cachée entièrement sur le territoire de la *mafiya* russe. Nous nous garons un peu avant, juste par précaution. Ma cheville est toujours douloureuse à cause d'une blessure datant de quelques semaines, mais je peux marcher. Même courir si j'y suis obligé.

On a l'impression d'être en Russie, en marchant dans la rue, en respirant la nourriture et en entendant les discussions. Nous trouvons Mischa, l'un des hommes de Viktor, sur son perron, à quelques maisons de là. Il parle à des gens dans la rue, dans sa langue natale.

Les gens sont tendus ici et il y a des observateurs partout. Si les flics ou les hommes du gang de Lazarus le Sanglant posaient un pied dans le quartier, tout le monde le saurait.

Nous allons chez Viktor, une maison mitoyenne en grès rouge, et frappons. Yuri ouvre la porte et pose un doigt sur ses lèvres.

— Chuuut.

Il nous mène dans le salon, où Viktor est allongé sur le canapé, enlaçant une bouteille. Il n'y a pas de table basse devant le canapé, mais plutôt un mur d'écrans sur une étagère.

— C'est quoi ce délire ?

À nouveau, Yuri pose un doigt sur ses lèvres.

— Qu'on se taise ? Il est midi.

Je fronce les sourcils. Ça ne ressemble pas à mon frère. Viktor est peut-être colérique et impulsif, mais il ne boit pas jusqu'à s'effondrer au milieu de la journée. Je m'approche de lui, mais Yuri me pousse.

— Laisse-le dormir, chuchote-t-il.

— C'est quoi ce délire ? murmuré-je en retour, alarmé.

J'ai vu Viktor il y a à peine cinq jours et il semblait... distrait. Mais il allait bien.

Yuri demande à Tito de s'asseoir devant les moniteurs et lui donne des instructions sur ce qu'il doit observer sur cet étalage étrange de neuf écrans, puis il m'attire dans la cuisine.

— Que se passe-t-il ? Viktor est ivre ?

— Il manque de sommeil.

Yuri regarde par la fenêtre de la cuisine.

— Plus ou moins.

— Plus ou *moins* ? Parle-moi.

Je le rejoins près de la fenêtre et touche le rideau. Chaque pièce est joliment décorée. On dirait qu'une personne obsédée par les magazines de décoration intérieure vit ici. Enfin, à part l'incroyable étagère avec les écrans diffusant les images des jeunes femmes prisonnières.

— C'est à cause du Valhalla ? Je croyais que tout se passait bien.

Yuri dit quelque chose en russe qui ressemble à un juron, juste avec l'intonation. Il aime Viktor autant que moi.

— Il n'a pas besoin de les regarder comme s'il faisait partie des services secrets, dis-je. Il doit gagner l'enchère et entrer. Vous avez préparé la partie technique ?

— Ce n'est pas le problème.

Yuri ouvre un placard, puis un autre. Il y a beaucoup de nourriture. Beaucoup de friandises sucrées. Ce n'est pas le genre de conneries que mange Viktor.

— Pourquoi il y a autant de nourriture ? demandé-je.

Yuri se contente de grogner.

— Suis-moi, Aleksio.

Il me guide hors de la cuisine et nous fait monter l'escalier en bois jusqu'à la chambre.

Elle est également décorée comme dans un magazine. Comme une chambre de bonne femme. Yuri ouvre brusquement l'armoire. Et il laisse sortir un flot de russe, sûrement encore des jurons.

Il saisit un cintre avec une mini-jupe en cuir blanc, le repose et touche le reste des affaires. Il n'y a que des vêtements de femme.

— C'est à qui ce merdier ? demandé-je.

Viktor n'a pas de femme.

Yuri sort plus d'affaires féminines du placard – des bottes, un jean noir moulant, une chemise de cowboy rouge sang vintage avec des broderies noires, un grand chapeau blanc, une veste en jean délavé avec des fleurs. Un T-shirt des Ramones. Il arrache la dernière pièce du cintre et la jette de l'autre côté de la pièce.

— *Blyad* !

D'accord, je connais ce mot. C'est leur version de « putain ! ».

— Parle-moi, Yuri.

Il se tourne vers moi.

— Ce sont les vêtements de Tanechka.

— Tanechka.

Je plisse les yeux.

— Sa petite amie morte. La femme qu'il a...

— Tuée.

— Je ne comprends pas.

Yuri prend la jupe.

— Elle aimait les bottes noires. Elle aimait les chemises de cowboy. La chemise rouge... elle avait exactement la même. Je ne sais pas comment Viktor a trouvé ces choses. Peut-être en ligne. Si je regarde dans la commode, Aleksio, on trouvera des collants déchirés. Des T-shirts délavés. Un bonnet tricoté avec un pompon sur le dessus. Le fameux bonnet de Tanechka.

Il prend un T-shirt rouge sur lequel est écrit « la tête dans les nuages ».

— Tanechka adorait les expressions américaines comme ça.

Il le pose et je comprends que Viktor n'est pas le seul à pleurer la mort de Tanechka.

— Que t'a-t-il dit à propos de Tanechka ? demande Yuri.

— C'était la femme de sa vie. Il l'a tuée pour une question d'honneur au sein du gang, et il s'est avéré...

— Qu'elle était innocente, poursuit Yuri.

— Il peut à peine prononcer son nom.

Yuri passe la main sur une écharpe.

— Tanechka faisait partie de notre gang autant que moi. Elle venait du même monde que nous. Elle était aussi bien entraînée que nous tous. Elle était si... teigneuse, je crois que c'est le mot que tu emploierais. Elle était féroce comme un tigre blanc. Nous l'aimions tous, mais ce qu'il y avait entre Viktor et elle...

Il va vers la commode et saisit un collier.

— Ils l'envoyaient en mission avec Viktor. Ils ont effectué tellement de missions ensemble. Tanechka et Viktor passaient pour des touristes. Le jeune couple marié bien riche et tellement amoureux. C'était crédible, parce qu'ils étaient amoureux. Ils pouvaient entrer dans n'importe quel hôtel, n'importe quelle boîte.

Il saisit l'une des bottes, noire avec une boucle brillante.

— Tanechka pouvait ressembler à une femme d'affaires américaine ou une star de cinéma française. Mais les vêtements que Viktor a réunis, c'étaient ses vêtements habituels. C'était une truande, notre Tanechka. Ses cheveux brillaient comme des étoiles, disait Viktor. Elle aimait le cuir blanc. Il réunit ses vêtements, Aleksio.

J'attrape la chemise de cowboy et je n'aime pas ça.

— Il a failli ne pas survivre à sa mort, poursuit Yuri. Je ne l'ai jamais vu comme ça... si dévasté. Sa mort a déclenché en lui quelque chose de sauvage et de sombre. Il vivait au fond du trou. Je crois que sans sa capacité à boire jusqu'à s'écrouler, il aurait lui-même sauté dans la passe de Darial. Nous aidions un gang géorgien à ce moment-là. Nous sommes retournés à Moscou après ça et je pensais qu'il se sentirait mieux, mais c'était pire. Parfois, il tremblait dans mes bras. Son chagrin était si puissant qu'il en vibrait.

Mon cœur tambourine.

— Je croyais qu'il... allait mieux.

— Je le croyais aussi, dit Yuri. Mais ici, ce n'est pas chez Viktor, Aleksio. C'est un nid douillet qu'il a créé pour elle.

Je prends une inspiration.

Yuri me regarde avec son air vraiment sérieux.

— Il y a une femme au Valhalla. Il pense que c'est Tanechka.

— Attends. Il croit qu'il voit Tanechka dans un bordel de vierges ? C'est ce que tu es en train de me dire ?

— Il voit un fantôme là-bas.

— Tu te fous de moi ? Depuis tout ce temps.

Yuri acquiesce.

— Tu as remarqué que sur les écrans, il y avait une nonne qui priait ?

Je fronce les sourcils, me rappelant d'une bonne sœur russe orthodoxe sur le moniteur. Viktor s'est tu la première fois que nous l'avons vue. Je croyais que c'était à cause de l'inconvenance du lieu.

— Ouais...

— Il pense que c'est Tanechka. C'est vrai que de dos, elle lui ressemble. Elle a ses cheveux blonds brillants. On peut voir ça...

Il souligne le contour de sa pommette.

— Son visage sur le côté, la forme. Elle ressemble beaucoup à Tanechka de dos et de profil, un petit peu. Mais il n'a pas vu son visage...

— Attends, il pense que c'est Tanechka et il n'a même pas vu son visage ?

— Oui.

— Il pense que la nonne est Tanechka au vu de son dos.

— Il dit que c'est son corps. Ses mouvements.

— Mais c'est impossible...

Yuri hésite juste un instant.

— Je ne vois pas comment ce serait possible. Si tu voyais la passe de Darial, l'endroit d'où il l'a poussée... personne ne survivrait à une telle chute.

Je me frotte le visage. Pendant tout ce temps je pensais qu'il était juste obsédé par son travail.

— Comment ai-je pu ne pas le voir ?

Yuri hausse les épaules.

— Moi-même je viens juste de m'en rendre compte. Nous étions tous concentrés sur les hommes de Lazarus. En train de créer des liens avec les Russes ici. Pour reprendre l'empire.

Je commence à descendre, la chemise de cowboy à la main. Je suis furieux qu'il m'ait caché cela. Je m'inquiète.

Yuri me suit et tente de m'arrêter. Je me retourne vers lui.

— Tu veux qu'il se fasse tuer ? On ne peut pas l'envoyer au Valhalla s'il délire. S'il chasse un fantôme.

— Tu penses que tu peux l'en empêcher ?

Je continue à descendre. Viktor est toujours endormi sur le canapé. Mischa est là. Tito et lui ont entamé un paquet de couennes de porc frites avec l'aide de Derek, un autre de mes hommes. J'observe la bonne sœur sur l'écran.

— Elle reste juste comme ça ?

Yuri vient me rejoindre.

— La plupart du temps.

— Elle ne dort jamais ?

— Elle dort à genoux.

J'envoie Tito et Mischa dans la cuisine pour faire du café et je vais directement voir Viktor pour lui demander des comptes. Il est groggy.

— Réveille-toi ! Quand est-ce que tu comptais m'en parler ?

— Quoi ?

Je le secoue et il se réveille, me poussant sur le côté pour pouvoir se concentrer sur la nonne.

— Tu la regardes bien ? demandé-je. Parce que ce n'est pas Tanechka.

Il jette un regard noir à Yuri.

— Hé !

Je le secoue.

— Regarde-toi dans le miroir si tu veux trouver le salaud dans cette pièce ! Sérieusement, Viktor. Tu nous caches quelque chose d'aussi énorme, à Yuri et moi ? Les deux personnes qui t'aiment le plus au monde ?

Il se concentre sur moi pour la première fois et je vois sa douleur. Comment ai-je pu passer à côté de ça ?

— Nous sommes ta famille. Nous sommes à tes côtés dans toute situation. Nous sommes là pour toi.

Ses yeux sont un peu vitreux.

Je le laisse s'enfoncer dans le canapé.

— Mon frère, dis-je. Laisse-nous t'accompagner dans cette histoire. Tu te sens un peu égaré, je comprends...

— Tu ne comprends pas, grogne-t-il. C'est elle.

— Tu l'as jetée du haut d'une falaise. Cette passe...

— C'est elle.

— Tu n'as même pas vu le visage de cette femme. Comment peux-tu le savoir ?

— C'est elle.

Je regarde désespérément Yuri, qui secoue la tête.

Viktor recule et s'assied.

— Le fait qu'elle puisse rester assise, parfaitement immobile... Tanechka était un maître de l'immobilité. Et pourquoi une nonne éviterait la caméra ? C'est ce que fait un tueur à gages.

— Tu es enregistré pour une enchère. Tu peux écrire quelque chose aux filles. Pourquoi ne pas lui écrire ?

— Non, répond Viktor. Entrer en contact avec elle pourrait la mettre en danger.

— Pas si tu écris avec l'un de vos codes, rétorque Yuri. Ou dis quelque chose à propos du parc Gorki. « Je veux manger un sorbet au citron avec toi au parc Gorki. »

Viktor lui lance un regard noir.

Yuri l'ignore et se tourne vers moi.

— Tanechka aimait tout ce qui avait le goût de citron.

— Pas de contact, chuchote Viktor. Ça la mettrait en danger.

Nous nous retournons tous pour regarder la nonne. Elle est agenouillée, priant dans la petite cellule qui est la parodie d'une chambre simple de bonne sœur, j'imagine.

— Que tient-elle dans sa main ?

— Un *chotki*. Un chapelet en laine que les religieuses russes utilisent. Ses cheveux étaient aussi brillants, murmure Viktor. Blonds comme l'intérieur d'une pelure de citron. J'aimerais qu'elle enlève son voile pour que tu puisses voir tous ses beaux cheveux.

Il se frotte les yeux.

— Mais je suis heureux qu'elle ne le fasse pas. Les autres hommes, ils ne méritent pas de la voir entièrement.

— Un café avec dix sucres, déclare Yuri. C'était leur code. Viktor, envoie-lui ça et on verra ce qu'elle fait.

— Non ! crie Viktor.

Tito et Mischa reviennent avec la cafetière pour nous tous. Viktor verse beaucoup de miel dans sa tasse et mélange.

— Les mecs écrivent toujours des trucs stupides. Personne ne se posera de questions.

Je clique pour lire les archives des échanges. Les hommes lui écrivent tout le temps pour lui demander de se retourner, pour lui demander ce qu'il y a dans ses prières, lui disant de se masturber, lui demandant ce qu'elle a sous sa robe noire. Quand des mecs posent des questions obscènes, d'autres bondissent pour prendre sa défense. Certains lui posent des questions plus convenables : d'où elle vient, quels sont ses hobbies quand elle ne prie pas, ce qu'elle aime manger. Elle a de nombreux fans. Tout le monde est curieux à propos de la bonne sœur.

— Tu pourrais juste lui dire quelque chose du genre « j'adorerais t'offrir un repas en dix services », dis-je. « Et ensuite, un café avec dix sucres. » Qu'est-ce que tu en dis ? Écris simplement ça.

— Non ! crie Viktor. On ne contacte jamais quelqu'un sous couverture !

Je fais un signe de tête à Tito. Viktor le voit et bondit sur ses pieds, mais il est trop lent. Tito et Derek l'attrapent et luttent contre lui. Tito lui bloque la tête et Derek, les bras.

J'attrape son visage et le regarde droit dans les yeux.

— Tu vois que tout ça n'est qu'une folie ?

— C'est elle, grince-t-il.

— Alors pourquoi tu ne veux pas le confirmer ? N'est-ce pas un peu suspect ? Alors je vais le faire pour toi, et ensuite, on va sortir d'ici.

Je m'avance vers le clavier et tape le message. Le repas en dix services au parc Gorki. Le café avec dix sucres.

Quand j'ai terminé, Tito et Derek le lâchent. Il s'approche de l'écran, jurant en russe, souhaitant des choses terribles, j'en suis sûr. Le message que je tape s'affiche sur l'écran en dessous ainsi que sur son moniteur à elle, accroché au mur de son côté, bien dans son champ de vision. Elle ne bouge pas du tout.

— Elle l'a vu, déclare Viktor après un moment.

— Comment le sais-tu ?

— À tout moment, elle a conscience de ce qui l'entoure. Elle en a parfaitement conscience, mais elle ne le montrera jamais.

— Si c'était elle, tu ne penses pas qu'elle aurait au moins fait non de la tête ou quelque chose dans le genre ?

— Elle ne veut pas, répond Viktor.

Je soupire.

— C'est elle, affirme-t-il.

Après un moment, je réponds :

— Nous ne pouvons pas t'envoyer là-bas.

Il se retourne, avec un regard affolé.

— Tu le dois.

— Regarde-toi ! Je ne te mettrai pas en danger comme ça.

— Ça doit être moi.

— Non. Nous enverrons quelqu'un d'autre, dis-je. Une nouvelle personne, une nouvelle identité.

— Ça va prendre des semaines !

— Nous n'aurions pas perdu tout ce temps si tu avais dit la vérité. Cette merde, là ? Elle met en danger toute l'équipe. Comment savoir si tu n'essaieras pas de la récupérer ? Et si tu ne vas pas tout gâcher ? Et qu'ensuite nous soyons obligés de te sauver ?

— Parce que je ne la mettrais pas en danger comme ça.

Il se dégage de ma main.

— Fais-moi confiance. Je n'irai pas la chercher à moins de penser qu'elle est en danger immédiat. Je le promets.

Je secoue la tête.

— Une fois que la surveillance sera en place et que nous commencerons à retourner leurs hommes contre eux, je pourrai comprendre ce qu'elle fait et je la soutiendrai, je la protégerai. Je promets que je ne courrai pas la sauver. Je ne vais pas jouer au cowboy, *brat*.

Je le regarde fixement, droit dans les yeux, voulant tellement lui faire confiance.

— Je l'aime. Je ne la mettrais jamais en danger. Ni notre équipe.

Je me tourne vers Yuri. Il incline la tête, prêt à croire en son vieil ami. J'étudie l'écran. Les enchères sur elles sont à six chiffres. Mon Dieu, est-ce qu'elles vont atteindre le million ? Il y a vraiment beaucoup d'ordures dans le monde.

— Tu me promets que, lorsque tu iras voir Nikki, tu n'iras pas soudainement chercher la nonne ?

— À moins qu'elle soit en danger, répond Viktor.

— Un danger immédiat, comme un incendie.

— Je le promets. Je ne serai pas déconcentré.

— Elle est très en vue, elle sera sous bonne garde. Tu comprends, hein ?

— Bien sûr, rétorque Viktor. Et tu dois savoir que si Tanechka voulait quitter cet endroit, elle serait déjà partie. Tanechka peut prendre soin d'elle. Elle mijote quelque chose. Notre réussite à placer le logiciel espion pour surveiller leurs ordinateurs ne fera que l'aider.

— D'accord.

C'est logique, et en plus, Viktor ne me ment jamais. Sauf par omission, apparemment.

— Tu as manqué la réunion sur le blanchiment d'argent. Tu aurais pu m'être utile.

— Je suis désolé, répond-il.

Je ferme les yeux.

— J'ai besoin que tu te reprennes.

— Je vais bien.

— Sois crédible, mon frère.

Je montre son appartement d'un geste de la main.

— Avec tout ça, ce n'est pas crédible.

— *Brat.*

Il fait un geste de la main vers l'écran où la nonne prie.

— Tout va bien.

Je renifle.

— Tu sais pourquoi je suis là ? Nous avons une piste pour Kiro.

Il se redresse, les yeux écarquillés.

— Une identité possible pour le mec qui l'a kidnappé. Un homme du nom de Pinder. Tu te souviens qu'il s'est fait passer pour un professeur ? Ce mec était *vraiment* professeur dans une école peu connue.

— Tu penses que c'est lui ?

— Deux pseudonymes, deux certificats de décès et trois mandats d'arrêt pour fraude et imposture ? Je pense, oui. L'enquêteur privé dit qu'il a un domaine de chasse dans le nord du Minnesota qui est dans un genre de flou juridique. J'ai demandé à notre pilote de faire le plein.

— Kiro.

— Regarde-toi. Ivre, épuisé et comme un fanatique. Tu devrais dormir.

— Va te faire foutre, dit-il.

Et cette déclaration m'aide vraiment à me sentir mieux.

— Une piste sur Kiro, reprend-il. Pourquoi tu ne me l'as pas dit ?

— Qu'est-ce que je viens de faire ? Va mettre un jean et des chaussures. On se sépare en deux groupes de cinq. Carlo et d'autres mecs vont acheter ce qu'il nous faut. Nous avons un sacré domaine de chasse à passer au peigne fin.

Viktor observe les écrans.

— On peut les éteindre, hein ? demandé-je. Si quelqu'un te dépasse aujourd'hui dans les enchères pour Nikki, tu pourras simplement surenchérir quand nous reviendrons.

Il s'avance vers les moniteurs. Je vois que c'est difficile. Il veut que quelqu'un reste et surveille Tanechka, mais il sait qu'il doit me montrer qu'il garde le contrôle de lui-même. Il ferme tous les onglets puis part se changer.

Les ordinateurs continuent probablement d'enregistrer. Il regardera le tout quand nous reviendrons et ce sera encore pire quand nous ferons une surveillance audio et informatique de cet endroit, mais il s'est décollé de l'écran pour le moment. C'est une bonne chose.

Chapitre Trois

JE PRIE, agenouillée. Cette épreuve est un cadeau dont je suis reconnaissante. Chaque jour de ce calvaire me rend plus forte.

Je prie jusqu'à ce que mes genoux hurlent de douleur.

Puis je continue de prier.

Parfois, je ressens de la rage, mais je n'agis pas en conséquence. Je l'autorise simplement à s'élever et à redescendre, comme les sœurs du couvent me l'ont appris.

Les sœurs m'ont aidée à être forte.

Je suis plus forte que la rage, c'est ce qu'elles ont dit.

Je continue de me focaliser sur l'amour et la compassion que Jésus, avec son visage rayonnant, ressentirait pour ces femmes emprisonnées ici.

Je prie même pour ces hommes qui nous traitent comme du bétail, nous bousculant, nous tourmentant, faisant pleurer les faibles, les effrayant avec le récit de ce qui nous arrivera le jour où nous serons vendues.

J'ignore mes pulsions mystérieuses me poussant à blesser nos geôliers. Ce désir de me battre tout le temps.

Cela vient peut-être de mon ancienne vie. Je ne m'en souviens pas. Pourquoi le voudrais-je ? Je glisse mes doigts le long du *chotki*, chuchotant. La répétition calme mon esprit et apaise mon âme. La répétition aide à me concentrer passionnément sur la petite icône fixée au mur devant moi. Elle montre Jésus dans sa robe rouge couverte d'une cape verte. Pour mes geôliers, c'est juste un morceau de bois qui, peut-être, fait augmenter ma valeur aux yeux de ceux qui voudraient m'acheter. Pour moi, c'est une fenêtre vers le paradis.

Les sœurs ont dit que mon envie compulsive de me battre avec les gens me rend spéciale. C'est le lion qui garde les portes du paradis.

Je dois passer outre ce lion.

Je sauverai ces femmes, mais je dois le faire sans violence.

Chapitre Quatre

Viktor

Nous arrivons dans un petit aéroport, dans une petite ville du nom de Duluth. La dernière fois que nous sommes venus ici, la recherche de Kiro semblait vouée à l'échec. L'enquêteur ne nous aidait pas. Je voulais lui faire du mal.

Et maintenant cette piste !

Nous louons des voitures et partons vers l'ouest avec suffisamment de matériel pour vaincre une petite armée. Je suis dans la première voiture. Yuri est devant et Tito conduit. Je suis assis à l'arrière avec Aleksio, observant les images satellite du chalet de chasse du professeur imposteur. Cet homme, ce Pinder, a des centaines d'hectares dans son domaine de chasse sauvage. Il est censé être mort, mais tout cela est mystérieux.

Notre enquêteur a fait du bon travail. Je suis heureux de ne pas l'avoir tué.

— Si Pinder a fait quoi que ce soit à notre frère, je lui ferai bouffer ses yeux.

Aleksio fronce les sourcils. L'amour lui a légèrement fait perdre son goût pour la violence.

— Si Kiro est aussi sauvage qu'ils le disent, c'est possible qu'il aime ce genre d'endroit. Ce n'est peut-être pas si mal.

Aleksio. Toujours optimiste.

Je ne dis rien. Je ne me sens pas optimiste.

Aleksio souffle, chassant une mèche de cheveux qui lui tombait devant les yeux. Mira a dit un jour qu'il avait la coupe de cheveux d'une idole des jeunes. *Mes cheveux ont juste poussé,* a-t-il grogné. Ils ont eu une dispute ridicule. Aleksio et Mira peuvent s'amuser à propos de n'importe quoi, surtout les choses sans importance. Ce qui est sérieux est plus difficile. Elle, c'est une avocate qui déteste le crime. Lui, c'est un criminel.

Ils sont d'accord sur certaines choses. Comme le fait de fermer le Valhalla. Ce sont des alliés puissants qui se rendent meilleurs, je crois.

Tito le pense aussi. Tito est le bras droit d'Aleksio. Il a des cheveux courts, qu'il teint dans des couleurs surprenantes et brillantes. Les Américains aiment leurs cheveux.

Tito et Aleksio sont comme deux voyous et Yuri et moi sommes tels deux militaires. Nos cheveux sont courts. Foncés. Sévères. Nous avons enfilé un pantalon cargo et une veste de camouflage.

— Il pourrait être avec nous dans une heure. Entre nous dans la voiture, dit Aleksio. À supposer qu'il tolère la voiture.

— C'est vrai.

Un homme que nous avons rencontré nous a raconté que lorsque Kiro est sorti de la forêt, il était sauvage et barbare. Comme un homme primitif, disait-il.

J'ai vraiment hâte de rencontrer notre frère.

C'est difficile de ne pas suivre la webcam de Tanechka sur mon téléphone, difficile de me déconnecter d'elle, c'est comme si je me déconnectais de mon propre cœur. Toutefois,

Aleksio a besoin de voir que je peux me concentrer sur ce voyage. Ce n'est pas facile quand je sais que la vidéo live de Tanechka continue, quand je sais qu'elle pourrait tourner la tête.

Néanmoins, je montre à Aleksio le frère raisonnable qu'il a besoin de voir. Nous parlons du professeur imposteur, ce Harrison Pinder. Nous parlons de ce que nous lui ferons s'il a fait du mal à notre *bratik*.

Les champs de maïs défilent à côté. Du maïs américain, dont la plupart est moissonné. C'est l'automne. Les tiges sèchent dans les champs. Ça, nous le voyons en Russie, mais tout le reste est tellement différent : les bâtiments, l'impression qu'on a des gens.

Ça me manque.

Devant, Yuri se chamaille avec Tito pour des broutilles. Comme des cerfs, dont les bois se coincent.

— Désolé de ne pas te l'avoir dit, déclaré-je à Aleksio.

Il est blessé. Je le vois sur son visage.

— Pourquoi tu ne l'as pas fait ?

Je regarde mes mains.

— Je ne voulais pas que tu essaies de m'en empêcher.

— Ce n'est rien, dit-il.

— Ce n'est pas rien.

Il me regarde, avec inquiétude. Avec amour, même.

Je ferme les yeux, tellement honteux.

— Je donnerais ma propre vie pour revenir sur ce que j'ai fait.

Aleksio s'agrippe à mon épaule. Mon frère... avec moi, quoi qu'il arrive.

— Ton gang avait des preuves qu'elle te cachait des choses, qu'elle travaillait pour un gang rival. Tu l'as vue embrasser ton pire ennemi. Ça fait beaucoup à digérer. Elle t'a *menti*.

— Je sais pourquoi elle l'a fait.

— Tout de même, elle t'a menti. Elle a donné l'impression

de vous trahir, toi et ton gang, et quand tu l'as découvert, elle t'a laissé le croire.

En vérité, Tanechka élaborait une arnaque complexe pour sauver sa mère. Elle a fait semblant de nous trahir alors que ce n'était pas le cas.

— J'aurais dû croire en elle.

Je m'oblige à sentir les coups de poignard qui me rappellent ce que j'ai fait.

— Tu n'es pas médium, Viktor.

Je regarde fixement devant moi, d'un air grave.

— Ma foi en elle aurait dû être suffisamment forte pour résister à n'importe quoi.

— Ton gang, la seule famille que tu as jamais connue, t'a *obligé* à la tuer.

— J'aurais dû la croire.

Aleksio serre à nouveau mon épaule, comme pour dire : « Je suis là, quoi qu'il arrive. » C'est un bon frère, un frère solide.

Le réseau pour les portables est merdique dans les montagnes de l'Iron Range, dans le nord du Minnesota, mais Aleksio et ses mecs ont des téléphones satellite. Des avions, de l'équipement, des gros bras – nous avons tellement de pouvoir maintenant, grâce à l'argent que notre père a caché pour nous. Comme s'il savait ce qu'il se passerait.

Comme s'il savait que nous reviendrions pour venger sa mort.

Nous laissons notre SUV en bordure de la propriété de Pinder, puis nous marchons d'un pas lourd dans cette zone grandement boisée.

Les arbres scintillent de jaune et de rouge. Le ciel est d'un bleu vibrant. Tanechka aime la nature, elle aime être à l'extérieur. Elle remarquait toujours le ciel. *Regarde les nuages*, déclarait-elle. Elle me disait toujours de regarder les nuages, le soleil, les étoiles, ou quelque chose. Elle levait toujours les yeux.

Elle ne peut pas voir le ciel où elle est maintenant.

— Nous pourrions le trouver aujourd'hui, me fait remarquer Aleksio. Aujourd'hui !

Je grogne. Je n'ai pas de si grandes attentes.

Ça me rend furieux qu'ils l'aient emmené dans un hôpital psychiatrique parce qu'il était sauvage. Un garçon qui a grandi dans la nature n'est pas fou. Il y avait des enfants comme lui en Sibérie.

Notre frère devrait avoir vingt ans maintenant.

Des coups de feu résonnent au loin. C'est la saison de la chasse, ce qui est pratique, étant donné que nous sommes un groupe d'hommes en train d'errer dans les bois avec des flingues, même si les nôtres sont très puissants. Et que nous ne portons pas de gilet orange. Nous ignorons les panneaux « défense d'entrer » et nous avançons.

Je n'aimerais pas être à la place de celui qui essaiera de nous arrêter.

Le chalet que nous avons localisé grâce aux images satellite est à plusieurs kilomètres de là. Nous marchons jusqu'à atteindre une lisière suffisamment proche pour avoir un point de vue.

Je regarde dans les jumelles et mon cœur se brise.

On peut voir, rien qu'au feuillage, que cet endroit est abandonné. Le toit s'est effondré. De mauvaises herbes s'étirent devant la porte. Je tends les jumelles à Aleksio sans un mot. Il regarde. Il ne dit rien. Il prend simplement le téléphone satellite pour contacter le groupe de Carlo, à l'ouest.

— Nous y allons en premier, avancez doucement, dit-il. Surveillez et soyez prêts à toute éventualité.

— Je ne pense pas qu'il y ait quelqu'un.

— Ça pourrait être arrangé pour avoir l'air abandonné.

J'acquiesce. Aleksio est un leader intelligent et prudent.

Nous regardons s'il n'y a pas de pièges en avançant au

travers des arbres et des broussailles épaisses. Puisque nous n'en trouvons aucun, nous nous approchons du chalet en lui-même et tentons d'ouvrir la porte avec une longue branche. Elle cède.

Aleksio et moi entrons ensemble, nos armes dégainées. L'endroit sent la pourriture, la moisissure et le fumier. J'allume ma lampe torche. Il y a des papiers partout. Les meubles sont des coquilles vides déformées dont le rembourrage dépasse. Il y a même quelques arbustes grandissant au travers du parquet, s'élevant vers les trous dans le plafond.

Une cage prend la moitié de la pièce principale. Les barreaux sont lourds et épais, partant du sol jusqu'au plafond. À l'intérieur se trouvent un matelas, des toilettes cassées et un évier.

Une cellule pour un seul prisonnier.

La porte est ouverte. La zone autour du cadenas est noircie, comme si on l'avait brûlé pour l'ouvrir.

— *Blyad*.

J'entre dedans, fonçant dans les toiles d'araignée. Je m'en fiche.

— *Blyad* !

Nous fouillons la maison. Il y a des livres poussiéreux partout : philosophie des anciens, surtout. Il y a des livres sur l'évolution, sur l'anthropologie. Il y a des cahiers à spirales dont les pages sont collées.

— Merde, dit Aleksio en en lisant un. Des notes. Comme une expérience. « Le sujet touche la cage, même quand les barreaux sont électrifiés. Le sujet secoue les barreaux jusqu'à perdre connaissance. » C'est quoi ce délire ? *Le sujet* ?

Il jette le carnet de notes.

— Putain !

Je prends une chaise et la cogne contre la gazinière encore et encore, jusqu'à n'avoir plus en mains que des morceaux de bois. Notre frère. Gardé dans une cage.

— Je vais arracher la peau de Pinder de son visage !

Kiro était ici. Gardé dans une cage. Il pouvait voir l'extérieur au travers des fenêtres. Comme si la nature se moquait de lui.

C'est Tito qui trouve la tache de sang par terre, près de la cage. Que s'est-il passé ? Est-ce le sang de Kiro ? Celui de Pinder ? Et pourquoi ces traces de chalumeau sur la porte de la cage ?

Yuri me jette l'un des livres de philosophie. Il y a de petites marques dans la marge, du début à la fin. J'en vérifie un autre. Ils ont tous des marques, des lignes horizontales et ici et là, des points d'exclamation.

— Est-ce qu'il lui lisait ces livres ? Notant ses réactions ? demande Yuri. Il lui donnait des leçons ?

Aleksio nous lance un regard furieux.

Carlo fait apparaître une carte sur son téléphone.

— Il y a une petite ville le long du fleuve, avec un peu moins de neuf cents habitants. Quoi qu'il se soit passé ici, ça devrait se savoir. Les gens parlent. Il y a un petit restaurant.

Aleksio observe les livres et les carnets de notes.

— Ils pourraient peut-être nous donner quelques informations.

Il demande à l'équipe de les récupérer.

Il est presque l'heure du dîner quand Aleksio, Yuri, Tito et moi arrivons au restaurant. Nous prenons un box et commandons des burgers. La serveuse est jeune. Son badge indique qu'elle s'appelle Britta. C'est peut-être son premier boulot.

Aleksio lui sourit de cette façon charmante qui le caractérise.

— Vous êtes dans le coin depuis longtemps ? demande-t-il quand elle nous apporte nos assiettes.

Britta sourit.

— Toute ma vie.

— Nous étions au nord-ouest d'ici et nous sommes tombés sur ce chalet abandonné dans lequel il y avait une grande cage, explique-t-il. Qu'est-ce que c'est ?

— Oh, répond-elle. Ouais.

Elle le sait.

— Et on aurait dit que la porte avait été forcée avec un chalumeau, ajoute Tito.

— Toute cette histoire était dingue. Vous n'en avez pas entendu parler ?

— Nous venons de Chicago, explique Aleksio.

— C'était dingue, répète-t-elle. Ce mec a gardé un prisonnier dément dans son chalet. Pendant un an. Et personne ne le savait. C'était comme ce qu'on voit dans ces émissions sur les criminels. Il ne venait pas d'ici. Aucun des deux ne venait d'ici.

Aleksio conserve son attitude charmante, affichant une expression reflétant celle de la serveuse.

— Que s'est-il passé ?

— Personne ne le sait vraiment. Les chasseurs parlaient de bruits et de choses qui se passaient là-bas, mais ce professeur racontait qu'il avait des chiens dans le chalet. Personne n'a imaginé qu'il gardait quelqu'un prisonnier. Il venait en ville pour s'acheter des trucs. Il a mangé ici une fois ou deux, mais c'était avant que j'arrive.

Elle regarde autour d'elle, attrape le ketchup sur l'une des tables et le met sur une autre, puis elle revient presque aussitôt.

— Et on pense qu'un jour, il s'est trop rapproché de la cage et que son prisonnier l'a tué en l'étranglant. Puis le pauvre a réussi à crier et à alerter quelques chasseurs. C'était juste après l'ouverture de la saison de la chasse à l'arc. Il a bien choisi son moment, à une autre période de l'année, il aurait été coincé là-bas pour de bon.

Mon pouls palpite dans mes oreilles. Je suis heureux

qu'Aleksio soit ici pour l'encourager à raconter toute l'histoire. Il acquiesce.

— Ils l'ont entendu ?

— Oui. Les chasseurs ont appelé la police. Au début, personne ne savait que son prisonnier était fou. Quand ils étaient en train de le libérer avec le chalumeau, il leur faisait la conversation normalement depuis l'intérieur de la cage. Il avait tiré le corps du professeur hors de leur vue, en le mettant entre la cage et le mur, pour qu'ils ne voient pas qu'il avait étranglé le mec au travers des barreaux, non pas que quelqu'un le lui aurait reproché.

Yuri croise mon regard.

Je grince des dents quand elle continue.

— La plupart des informations sont confidentielles, mais j'ai entendu une amie d'une amie dire que l'homme en cage semblait complètement normal jusqu'à ce qu'ils le fassent sortir et lui posent des questions. Ensuite il a commencé à flipper. Il a envoyé valser les flics comme s'ils n'étaient que des poupées de chiffon pour essayer de sortir du chalet. Il a mis un coup de pied dans la porte fermée – je ne plaisante pas, il n'a même pas utilisé la poignée – et il est sorti comme un diable de sa boîte. Mais franchement, est-ce qu'on peut lui en vouloir ?

— Moi, je ne lui en voudrais pas, grogné-je.

— Moi non plus, répond-elle. Mais on ne tabasse pas les flics qui viennent de nous sauver. Donc il s'est mis à courir dans les bois et il y a eu cette chasse à l'homme parce qu'ils ne savaient pas ce qu'il allait faire. Je ne sais pas pourquoi il a attaqué les officiers. Ouais, tu es enfermé, tu veux sortir, mais les flics te font sortir, non ? Évidemment, il était fou.

Je me mords la langue.

— Que lui est-il arrivé ? demande Aleksio.

— Eh bien, ils l'ont attrapé. Ils l'ont chassé avec des pistolets à tranquillisant – l'un de nos habitués est un vétérinaire pour grand animal qui travaille dans les fermes et il est parti avec eux. Puis je ne sais pas.

Je prends mon meilleur accent américain.

— Est-ce qu'il a été arrêté ? Envoyé en prison ?

Britta hausse les épaules.

— Il a vraiment blessé les flics ? demande Tito.

— Oh, l'un d'entre eux est resté à l'hôpital. Pendant longtemps.

Aleksio sourit.

— Je suis curieux. J'aimerais vraiment savoir ce qui s'est passé.

— Attendez, je dois servir des assiettes.

Elle se dirige vers le comptoir et passe des portes battantes.

Je serre les poings.

Tito baisse la voix.

— Il est enfermé. Je peux te le dire. Il a tabassé des flics ? Ils l'ont fait interner.

Aleksio jure à voix basse. Faire sortir un homme de prison n'est pas une chose facile, même pour nous.

Elle va servir ses assiettes et revient.

— Certaines personnes disent qu'il a été envoyé à Stillwater, mais personne ne le sait vraiment.

Stillwater. Une prison avec une aile psychiatrique.

C'est clairement la fin de notre interrogatoire.

Nous remercions Britta, payons la note et nous entassons dans le SUV. Tito cherche des informations sur Google. Il n'y en a aucune. Tout cela est très étrange.

— Nous avons besoin du rapport de police. Il nous renseignera sur tout ce bordel, déclare Aleksio.

Nous observons le tableau de service du commissariat et étudions les noms des flics du coin. Nous les envoyons à Konstantin, le vieil homme qui a sauvé Aleksio. Il pense que Konstantin pourrait avoir un contact.

— C'est une information publique, non ? demandé-je. Nous pouvons la demander.

— Oui, c'est public et nous pourrions demander, répond Aleksio, mais j'imagine qu'ils nous feront remplir des papiers pour ça. Une requête en vertu de la liberté d'information. Et si les représentants d'ici sont en lien avec les hommes de Lazarus ? Il a des yeux et des oreilles partout. S'il n'a pas cette piste pour Kiro, je veux que ça continue ainsi. Nous devrions soudoyer quelqu'un. Gentiment et discrètement.

Konstantin nous recontacte directement – il n'a aucune relation parmi les flics locaux, néanmoins il pense que Lazarus en a certainement.

— Nous pourrions faire un braquage armé au commissariat, dis-je. Il ne doit pas y avoir plus que quelques employés en ce moment. Non ? Ce sera facile à prendre.

Aleksio y réfléchit.

— Oui, mais si nous ne trouvons pas ce que nous voulons, Lazarus surveillera cet endroit de près. Et il a les moyens de trouver des informations rapidement.

— Et on braquerait un commissariat de police, déclare Tito. Il y a ça, aussi.

Je ricane.

— Vous les Américains.

Tito rit.

— Mec.

— Non, c'est le moment d'y aller sûrement, doucement et intelligemment, dit Aleksio. Pour Kiro.

Aleksio a un plan. L'un de nos enquêteurs écrit des livres d'histoire, il aime les vieux dossiers poussiéreux.

— Nous allons l'envoyer ici, comme s'il écrivait un livre sur cet endroit et nous allons lui demander de se renseigner sur plusieurs choses en même temps, pas seulement sur l'incident du chalet. Il devra demander des informations sur tous les incidents dans cette zone dans l'année qui nous intéresse pour qu'ils ne soient pas alertés. Ça prendra quelques jours, peut-être une semaine, avant qu'ils le laissent aller au palais de justice du comté pour y examiner les rapports, mais c'est le plus sûr. Le plus sûr pour Kiro.

— À moins que Lazarus ait cette piste.

— Je ne vois pas comment il pourrait être au courant.

Aleksio appelle l'enquêteur pour le mettre sur le coup.

Nous restons silencieux pendant une grande partie du trajet vers chez nous, pensant tous à cette cage. Kiro, dans cette cage. À mi-chemin de Chicago, Aleksio commence à parler de la manière d'enrayer le blanchiment d'argent. C'est un autre moyen pour atteindre Lazarus.

C'est agréable. J'ai vraiment envie de faire du mal à Lazarus en ce moment. Si je ne peux pas surveiller Tanechka ou sauver Kiro, je vais faire du mal à Lazarus.

Aleksio pense qu'ils font passer leur argent sale par un entrepôt fournissant les restaurants de la partie sud de Chicago.

Je me tourne vers lui.

— Tu n'as qu'un mot à dire, *brat*. Nous pouvons attaquer cet endroit dès que nous atterrirons. Que ce soit sanglant. Pour faire diversion.

— C'est tentant, répond Aleksio. Mais c'est mieux de partir en reconnaissance d'abord.

Je me rassieds sur mon siège, luttant contre l'envie de sortir mon téléphone et de regarder Tanechka. Je me rappelle qu'Aleksio a besoin de voir que je ne suis pas obsédé. Je me souviens que je suis en train d'enregistrer les flux des webcams à la maison et que je regarderai le tout quand je rentrerai. Rattraper mon retard peut être troublant et me prendre beaucoup de temps quand j'essaie de regarder en même temps les écrans en live, mais je l'ai déjà fait.

Après notre atterrissage, Aleksio décide qu'il a besoin de

mon aide pour partir en reconnaissance à l'entrepôt. Je sais ce qu'il fait : il m'empêche de surveiller Tanechka.

D'accord. Je vais partir avec lui.

Nous passons à côté de l'entrepôt de Lazarus fournissant les restaurants. Cette partie de la ville est délabrée. Beaucoup d'immeubles sont vacants. Beaucoup de fenêtres sont brisées. Je prends note des entrées et de la visibilité autour du bâtiment.

L'entrepôt juste à côté est plus intéressant. La cheminée sur le toit est brisée. Une cheminée cassée est un bon endroit pour se cacher et étudier les opérations de blanchiment d'argent de Lazarus.

Une pancarte sur la porte de l'entrepôt avec la cheminée brisée indique : Brenner Industries. Aleksio regarde sur Google et nous dit que Brenner importe du textile. Nous nous dirigeons vers une porte sur laquelle il est écrit « livraisons uniquement » et nous sonnons. Un vieux gardien ouvre la porte.

Aleksio et moi ne prenons pas la peine de tirer sur ce vieil homme. Nous nous frayons juste un passage à l'intérieur.

L'homme lève les mains. Il sait ce que c'est, ce que nous sommes. Cet endroit sent les produits chimiques qu'ils utilisent pour empêcher la pourriture et les autres vermines de s'attaquer aux vêtements.

— Soit c'est le pire jour de ta vie, soit c'est le meilleur, dit Aleksio. Qu'est-ce que tu choisis ?

— Le meilleur, répond prudemment l'homme.

Aleksio fait un marché avec lui. Il est d'accord pour laisser l'un de nos hommes monter et se cacher dans la cheminée pour surveiller l'entrepôt de Lazarus. Aleksio et lui discutent de la façon dont ils embarqueront l'autre gardien dans cette histoire.

Le vieil homme voit que cela peut être une bonne journée pour eux deux. Ils seront tous les deux payés. L'entrepôt qu'ils protègent ne sera pas abîmé.

Chapitre Cinq

Aux heures des repas, nous sommes rassemblées dans une grande pièce pour manger. Mes sœurs prisonnières sont effrayées, la plupart sont Russes ou Ukrainiennes, mais il y a également des Américaines et quelques Vietnamiennes dans notre groupe.

Je les réconforte comme mon mentor, Mère Olga, l'a fait quand je me suis sentie si perdue. Il y a une fille, Anna, qui avait l'habitude de passer son temps à pleurer. C'est dangereux de pleurer, parce qu'ils vous envoient dans un lieu encore pire. Je lui tenais la main, lui disant que je la ferais sortir. Je l'empêchais de pleurer.

Des images d'évasion, de ces femmes que j'emmènerai avec moi, continuent de bouillonner en moi. Les images sont violentes et mortelles.

Je les rejette. Je ne suis pas une femme violente.

Parfois, je suis obligée de dîner avec Charles, l'homme qui dirige cet endroit – juste lui et moi à une table spéciale. Les tempes de Charles sont rasées comme du velours foncé et il a des yeux si marron qu'ils ont presque l'air noirs. J'ai la chair de poule quand je m'assieds avec lui. Quelquefois, je me dis qu'il n'a pas d'âme.

Les sœurs du couvent m'ont dit d'aimer mon ennemi, mais ce n'est pas si facile avec Charles. Il me dégoûte.

Puis je me rappelle que ce n'est pas à moi de juger.

Je suis une novice, pas encore une religieuse, mais dans tous les cas, j'essaie d'agir comme tel en suivant les exemples de Mère Olga et de l'abbesse du couvent Svyataya Reka. Et bien sûr, je suis l'exemple de Jésus-Christ, que nous imitons en toute circonstance.

C'est mon désir le plus profond de sauver ces femmes – sans tuer – puis de retourner au couvent. Peut-être qu'alors, l'abbesse me demandera de rejoindre les sœurs pour de vrai. Je porterai la robe extérieure et le voile, qui feraient de moi une véritable ascète et me permettraient de prendre un nouveau nom. Je retournerai m'occuper des chèvres.

La vie n'était pas facile dans cette partie de l'Ukraine, désagréablement proche de la frontière russe. Nous nous retrouvions souvent à la merci des insurgés et des combattants de tout genre qui venaient et nous prenaient notre nourriture.

Parfois, nous devions fuir pour notre propre sécurité, nous passions des nuits blotties dans les petites annexes avec les petits trésors que nous avions pu sauver. Nous pouvions le supporter. En tant que religieuses, nous prions pour beaucoup de choses, mais surtout, nous prions pour la paix.

J'essaie de m'en souvenir.

Je peux moi-même supporter n'importe quoi, mais c'est douloureux de voir à quel point les filles ont peur ici.

Je sais ce que c'est de se retrouver seule dans un endroit étrange. Perplexe et effrayée.

Il y a deux ans, je me suis réveillée seule, dans un endroit étrange, sans aucun souvenir.

Mon corps était tordu sur un lit de branchages qui entaillaient ma chair, dans mon dos et mon épaule. Celle-ci me brûlait comme si un millier de lames étaient enfoncées dedans.

C'est mon souvenir le plus récent.

Le second est que j'ai levé les yeux vers le ciel bleu étincelant, si brillant et bleu qu'il semblait irréel.

C'était si beau.

Je me suis rapidement rendu compte à quel point j'étais chanceuse. J'étais tombée du bord d'une falaise, sur un arbre en saillie.

Mais quand j'ai baissé les yeux et que j'ai vu la distance qui restait sous moi, j'ai su que j'étais encore en danger.

J'ai appelé à l'aide.

Mon cri a fait écho. Personne n'a répondu. J'étais seule.

Je ne me souviens de rien – ni de mon nom, ni d'où je viens, ni de la façon dont je me suis retrouvée dans un arbre, à mi-chemin entre le sommet et le bas d'une falaise rocheuse.

Rien n'est plus effrayant que de ne pas se souvenir de son identité.

Pendant deux jours, j'ai descendu la falaise rocheuse en m'agrippant et en glissant. Éreintée, assoiffée, m'accrochant aux rochers et aux racines, dérapant, tombant, la douleur dans mon épaule parfois insupportable. Finalement, j'ai rejoint le fleuve, en bas de la passe. Je l'ai suivi, ne m'arrêtant que pour chercher un refuge pour la nuit. Parfois, je devais nager, à cause des falaises de chaque côté.

Je portais un jean, une veste en cuir et un T-shirt avec les mots « The Scorpions ». J'espérais que c'était un indice sur mon identité. J'ai appris plus tard que c'était un groupe de rock célèbre venant d'Allemagne.

Le quatrième jour, des promeneurs m'ont trouvée et m'ont

emmenée à l'hôpital de Vladikavkaz. Ils ont soigné mes blessures et remis mon épaule déboîtée en place. Les infirmières ont essayé de trouver ma famille en consultant le registre des personnes disparues sur Internet. Puis elles ont appelé la police. Personne n'avait rapporté ma disparition.

Je savais parler à la fois anglais et russe et j'avais un tatouage sur le cœur disant « Tanechka + Viktor ».

Des noms banals qui ne me disaient rien.

Mon corps est couvert de cicatrices horribles qui ne viennent pas de ma chute – des blessures de combat d'après l'une des infirmières. Certaines ont été causées par une balle, d'autres par une lame. Mes blessures les ont effrayées. Je voulais leur dire que je n'étais pas une mauvaise personne, mais je n'en étais même pas sûre.

C'est à l'hôpital que j'ai rencontré Mère Olga, qui était tombée malade en rendant visite à de la famille. Parfois, j'allais lui parler du fait que je me sentais troublée et perplexe, sans souvenir de qui j'étais. Je n'avais pas ma place dans le monde.

Quand Mère Olga a été autorisée à sortir de l'hôpital, elle m'a offert une place pour aider les mères du couvent dans la vaste steppe de l'oblast de Donetsk. Elle m'a prévenue du danger qui régnait là-bas. Certaines des religieuses avaient fui.

J'y suis allée.

Je suis tombée amoureuse du couvent autrefois majestueux, un édifice de pierres grises entouré de vertes collines ondulantes. La moitié avait été bombardée dans la décennie qui venait de s'écouler et une grande partie de l'édifice en pierre était encore en ruines, mais même dans cet état, je le trouvais beau.

Les sœurs m'ont appris à prendre soin des chèvres. Elles avaient peur de les emmener paître trop loin de chez elles, mais moi, je n'avais pas peur. Me battre contre des hommes ne me faisait pas peur. C'était mon passé sombre qui m'effrayait.

Mère Olga et l'abbesse m'ont appris à prier. Je trouvais cela assez plaisant, mais je n'étais pas mue par un sentiment religieux, jusqu'à un certain jour où j'étais dans la steppe avec les chèvres.

Je n'avais pas dormi, troublée par un accident en ville où j'avais eu vraiment envie de briser le nez et les doigts d'un combattant russe qui se moquait de Mère Olga. Je me suis accidentellement assoupie dans l'herbe.

Quand je me suis réveillée, une lumière étrange scintillait depuis un fourré. Je suis allée voir de quoi il s'agissait et je me suis retrouvée à balayer des feuilles sèches et de la terre pour découvrir ce qui, sous mes doigts, semblait être une icône de Jésus qui luisait dans ma direction. Je ne comprenais pas comment ce morceau de bois peint pouvait autant scintiller. La lumière semblait sortir des yeux et du visage de Jésus, plus éclatante que le soleil et toutes les étoiles.

Tout ce que je savais alors, c'était que j'étais remplie d'une paix indescriptible rien qu'en observant son visage.

Cette lumière illuminait les buissons et la tête des chèvres qui s'étaient réunies autour de moi. Comme un lampadaire, mais en plus vif. Dès que j'en ai été capable, j'ai ramené l'icône au monastère, courant à toute vitesse, impatiente de la montrer aux mères, mais son éclat a faibli.

Quand j'ai passé les portes, il n'y avait rien d'autre qu'un morceau de bois peint, une icône comme une autre, mais plus abîmée et plus usée, sans peinture par endroits.

L'avais-je imaginé ? L'avais-je rêvé ?

Mère Olga était enthousiaste. Elle m'a dit que l'icône avait été volée des décennies plus tôt et qu'elle la croyait perdue pour toujours.

L'abbesse est arrivée quand elle a entendu la nouvelle.

— La grâce de Dieu est venue te réconforter, a-t-elle dit.

C'est alors que j'ai su que je voulais les rejoindre. Je voulais ressentir cette grâce et ce réconfort pour le reste de ma vie.

Les combattants sont arrivés peu de temps après la découverte de l'icône.

J'ai tremblé quand trois d'entre eux nous ont obligées à nous asseoir et à les regarder manger la majorité de notre nourriture et jeter le reste.

Puis ils nous ont forcées à nous agenouiller devant eux et ont retiré nos voiles.

Ils voulaient nous faire du mal – je le sentais jusqu'au fond de mes os. Quand l'un d'entre eux s'est approché de la plus jeune novice, une fille de quatorze ans, je n'ai pas pu me retenir. Comme dans un rêve, je me suis levée. Je leur ai dit de reculer. De partir.

Ils ont ri.

Ils étaient cinq et j'étais seule, mais j'avais la violence d'un typhon en moi. J'entendais Mère Olga me dire de faire attention, mais sa voix n'était rien comparée au sang chaud qui rugissait dans mes veines.

Les hommes ont ri et dit que je serais la première.

J'ai souri. Je les ai laissés s'approcher. Bien s'approcher.

Quelque chose me faisait tenir. J'étais figée comme un lapin pris dans les phares.

Dès que j'ai senti leur souffle sur mon visage, cette même chose s'est mise en action. Un coude dans la gorge, un genou dans le nez, un pied dans la mâchoire, les doigts s'enfonçant dans les yeux, tout cela en une seule séquence fluide.

Je me souviens du choc sur le visage du leader lorsqu'il m'a regardée, depuis le sol ensanglanté, au milieu de ses camarades morts.

J'ai savouré sa surprise en écrasant sa trachée avec ma botte. La nonne avec qui il prévoyait de s'amuser n'était soudain plus si amusante.

Je me suis approchée du dernier encore en vie. C'est alors que Mère Olga m'a attrapé le bras.

— Tanya !

C'est ainsi qu'elles m'appelaient. Sa poigne était celle d'une vieille femme, mais elle était puissante.

— Ça suffit !

Je me suis obligée à ne plus bouger. Mon cœur battait tellement rapidement, j'imaginais que tous les habitants de cette zone rurale pouvaient l'entendre. C'est avec une volonté de fer que je me suis figée et que j'ai baissé la tête.

— S'il vous plaît, pardonnez-moi, ai-je chuchoté en russe à celui qui restait.

Il s'est contenté de me regarder, terrifié. Le visage ensanglanté.

Il observait la nonne novice qui l'avait attaqué.

J'aurais pu écraser une montagne avec l'effort qu'il m'a fallu pour baisser la tête et demander pardon.

Nous avons dû le conduire à l'hôpital qui était à un jour de route.

Ainsi, j'ai été obligée de recommencer ma période de novice depuis le début. J'étais déterminée à ne plus jamais me battre. Pour devenir religieuse.

Un jour, quelques mois après ça, je faisais une sieste sur une butte. Je me suis réveillée avec des bottes appuyées sur mes deux bras, comme d'énormes rochers, et un tissu doux pressé contre ma bouche.

J'étais inconsciente avant de m'en rendre compte.

Quand je me suis à nouveau réveillée, j'étais enfermée dans un conteneur sombre avec deux douzaines de femmes, sur un cargo, pour plusieurs semaines. Les vierges parmi nous ont été emmenées dans cet endroit avec des caméras et beaucoup de petites chambres. Ils ont testé les autres pour voir si elles étaient vierges, mais ils ne m'ont pas testée. Ils ont supposé que la nonne novice serait vierge.

Ils m'autorisent à garder mon voile et ma robe de novice ici. Ils m'autorisent à garder mon *chotki*.

Je déteste les caméras ou toute forme de surveillance – une impression de mon ancienne vie que je ne comprends pas vraiment. Néanmoins, je prie en me cachant le visage, chuchotant une prière à Jésus.

L'un des gardes m'a demandé si j'aimerais avoir une croix sur le mur. Je lui ai dit que je préférerais une icône et il a réussi à m'en trouver une similaire à celle que j'avais vue dans les steppes. Elle est un peu plus moderne, mais Jésus porte les mêmes couleurs et il tient ses mains dans le même beau geste. Cette icône sert de fenêtre vers le paradis comme si elle était couverte d'or ou illuminée par un millier de soleils.

Je ne pense pas qu'il me l'ait donnée par gentillesse. Je crois que le fait que je sois une nonne me rend désirable pour les enchérisseurs.

Pourtant, je lui en suis reconnaissante.

Je trouverai un moyen de mettre mes sœurs captives en sécurité.

Chapitre Six

ALEKSIO ME DEMANDE de l'aider avec la surveillance du blanchiment d'argent dès que ce sera possible. Il pense que j'ai besoin de me concentrer sur autre chose que le Valhalla. Il a sans doute raison.

Mais je continue de regarder Tanechka et de surveiller les webcams. Je dors peut-être un peu plus, mais je dois la surveiller. Parfois, Yuri aide. Parfois, c'est Mischa. Mes frères comprennent.

Quand on arrive à la fin des deux semaines, je gagne l'enchère pour cette vierge va-nu-pieds du nom de Nikki au prix de 2 678 dollars.

Il est l'heure.

Les hommes qui gèrent le bordel m'ont dit à quoi m'attendre : je serai mis à l'arrière d'un van et mes yeux seront bandés pour le voyage, qui durera deux heures. On me fouillera pour s'assurer que je n'ai pas de dispositifs de transmission, d'armes ou quoi que ce soit d'autre de suspect. J'aurai, au maximum, deux heures sans être surveillé avec Nikki, temps pendant lequel j'aurai le droit de tout faire sauf la frapper, l'étrangler, la mutiler ou la tuer.

Je demande qu'elle soit attachée et bâillonnée et je retrouve le van du Valhalla à la station de bus en centre-ville comme indiqué.

Je porte un déguisement qui me donne l'air gros, une perruque blonde et un faux tatouage dans le cou. Aleksio me taquine en me disant que les déguisements de ce genre font tellement KGB, tellement espion russe. En fait, c'est le cas. Certains anciens de la *mafiya* russe ont commencé au KGB. Nous avons beaucoup appris d'eux.

On me dit de tendre les bras. Ils sortent le détecteur de sécurité. Mon cœur est soulagé quand je vois qu'il correspond à ce que nous avions prévu qu'ils utiliseraient. Les outils que j'ai amenés sont cachés dans mon costume, coincés dans une poche avec un appareil qui manipulera les ondes et indiquera aux hommes que je ne porte aucune sorte d'appareil informatique ou de transmission.

J'ai promis à Aleksio que j'arrêterais la mission s'ils utilisaient un autre type de détecteur. C'était une promesse difficile à faire.

Je suis seul à l'arrière d'un van sans fenêtre. J'enlève mon bandeau, mémorisant les virages, écoutant ce qu'il y a sur la route, créant une carte dans mon esprit. Le voyage prend deux heures, même si je suis plus ou moins sûr que nous n'avons pas quitté la zone couverte par le métro.

J'en suis encore plus certain une fois qu'ils me bandent à nouveau les yeux et qu'ils me font sortir. Rien que la sensation de l'air m'indique que nous sommes près du lac Michigan.

On me conduit dans un bâtiment qui sent le bois de charpente neuf et on m'emmène au sous-sol, comme je l'avais prédit.

Nous nous arrêtons et ils enlèvent mon bandeau. Je suis

dans un couloir dans un sous-sol aménagé, flanqué par deux hommes, tous les deux armés. Des gardes sont placés à chaque bout du couloir, également armés. Il y a de la moquette grise sous mes pieds, des lumières fluorescentes au-dessus. Tanechka pourrait faire une bombe avec de telles lumières.

Je me rappelle qu'elle n'a pas besoin de mon aide.

Un genre de manager avec une épaisse barbe blanche vient et m'explique les règles. Lui aussi, il est armé. J'acquiesce, gardant une posture humble en évaluant mon environnement : des sorties à chaque bout du couloir, cinq portes de chaque côté. Je fusionne cette carte avec celle que j'ai créée dans ma tête en observant les filles.

Tanechka est au-dessus.

Je la sens. Mon âme s'oriente vers elle tout comme une fleur s'étire vers le soleil.

Le manager m'explique les règles dans un anglais lent et articulé. Il veut s'assurer que je comprends. Je lui confirme que c'est le cas, je lui répète le tout, prenant toute la mesure de cet endroit avant d'être séquestré. La moquette partout, c'est bien. Tout est étouffé.

Je me souviens de la promesse que j'ai faite à Aleksio – à moins que Tanechka soit en danger et ait besoin de moi, je ne dépasserai pas les limites de ma mission. Je vais mettre le mouchard et sortir. Je n'irai pas la chercher.

Le gardien baraqué pointe sa montre du doigt.

— Frappez à la porte quand vous aurez fini. Si vous utilisez les deux heures, vous aurez un avertissement dix minutes avant.

Il ouvre la porte. Nikki est à l'intérieur, attachée à la chaise comme je l'ai demandé, me lançant un regard noir. Elle grogne et proteste derrière son bâillon.

La porte se referme et je tourne le verrou, même si je suis sûr qu'ils peuvent entrer n'importe quand. La chambre est ornée de froufrous. Ça fait partie du fantasme. Ça me dégoûte. L'isolement sonore a l'air bien. Ce sera en ma faveur.

Je reporte mon attention sur Nikki, dans sa robe blanche, le regard rageur. Même assourdies par son bâillon, ses insultes me parviennent. Elle me traite de pervers dégoûtant avec un petit sexe et j'en passe. Un Américain.

— C'est la première et dernière fois que je te toucherai, lui dis-je. Compris ? Mais tu dois rester immobile.

Elle ne me croit pas. Sans surprise. Mais elle va voir. Je prends les bouchons de ma poche et les mets dans ses oreilles, ce qui n'est pas facile quand sa tête bouge si frénétiquement. Puis je prends la taie d'oreiller et la mets sur sa tête. Elle se tortille, ses cris étouffés.

Je l'ignore et observe la pièce à la recherche de caméras, passant mes doigts sur les moulures et les installations. Ils ont promis qu'il n'y aurait pas de caméras, mais qui sait.

Je sors mes outils de la poche de mon déguisement. La première chose que je fais, c'est activer le signal relais pour qu'Aleksio et les autres aient la localisation. Ensuite, j'utilise la caméra à vision nocturne pour sonder les murs à la recherche d'une masse représentant un équipement électronique. Si les serveurs ne sont pas à côté de cette pièce, mon travail sera beaucoup plus compliqué.

À trois mètres du mur, vers l'ouest, je repère le signal chaud caractéristique des serveurs.

Bien.

Je sors ma minuscule scie circulaire, qui fonctionne sur batterie. Elle est très silencieuse. Je déplace une commode et découpe un trou dans le mur derrière. Je fais passer un câble dedans. Je n'ai qu'un câble rigide pour insérer une clé dans un port USB, une tâche pour laquelle je me suis entraîné. Faire cela avec un câble rigide, c'est comme écrire un message avec un stylo de trois mètres. Il me faut une grande partie de la première heure pour mettre la clé.

Quand elle est dans le port, j'envoie un message avec le téléphone que j'ai fait entrer clandestinement. Le mouchard est allumé. J'enlève le câble. Ça se passe bien.

C'est alors que je la vois en train de me regarder fixement. Elle a enlevé la taie d'oreiller et elle sait maintenant. Parlera-t-elle s'ils insistent ? Utilisera-t-elle cette information pour s'attirer des faveurs dans cet endroit ? Pour sécuriser sa liberté ?

Je mets un doigt sur mes lèvres, puis je termine mon travail. J'enroule le câble, le fourre dans la poche de mon déguisement et replace calmement le panneau que j'ai scié. J'utilise un kit pour réaliser un mastic pigmenté et je l'étale tout autour, puis je replace la commode.

Il reste quinze minutes. Je me retourne vers Nikki. À nouveau, je vois la peur dans ses yeux. Je secoue la tête et enlève ses bouchons, mais pas le bâillon.

— Je suis un ami, dis-je. Tu comprends ?

Elle acquiesce.

— Tu n'en parleras pas.

Elle secoue la tête pour dire non, oui, non. Elle grogne, voulant désespérément communiquer.

Je soupire et enlève le bâillon.

— Emmène-moi avec toi, chuchote-t-elle. Tu peux le faire. Je peux te dire comment !

Je m'agenouille devant elle.

— Si je te prends avec moi, ça veut dire que je sauve une personne. Mais avec ce que nous allons apprendre ici ? Nous sauverons tout le monde. Et toutes celles qui auraient pu se retrouver ici.

— Et pourquoi j'en aurais quelque chose à foutre ?

— Parce que ça compte pour moi, lui dis-je.

— Emmène-moi.

— Ce n'est pas possible, dis-je. Tu as exactement deux choix. Soit tu te tais, tu ne racontes pas ce que tu viens de voir et nous vous ferons toutes sortir dans deux semaines, soit tu racontes ce que tu as vu et tu ne sortiras jamais.

Elle me lance un regard perçant et je sais qu'elle réfléchit aux différentes possibilités. Les troisième et quatrième options. C'est un type de fille que je connais bien.

— Tu veux faire l'idiote et tenter de marchander avec ces gens ?

Je pose mes mains sur chaque accoudoir du fauteuil et me rapproche très près d'elle.

— Tu penses qu'ils honoreront leur parole ? Je suis ton seul espoir.

Elle se contente de me regarder. Elle sait. Elle comprend.

— Je veux rentrer à la maison, chuchote-t-elle.

Je me lève.

— Je vous surveille toutes. Ce n'est pas si mal.

Elle me fusille du regard.

— Ouais, ce n'est pas encore si mal pour moi. Mais je ne resterai pas longtemps dans cette pièce. On m'emmènera dans un endroit pire que celui-ci après. Un bordel dans un sous-sol et il n'est pas aussi sympa que celui-là.

— On te retrouvera, dis-je.

— Putain, merci beaucoup, répond-elle.

Je m'assieds sur le lit. Nous n'avons pas pensé à l'endroit où Nikki irait ensuite. Ils la verront comme une fille déjà utilisée. Sa virginité envolée. Je ne peux qu'imaginer le type de bordel dans lequel elle ira maintenant.

— C'est la meilleure chose qu'on puisse faire. Nous essaierons de te trouver.

Elle me repousse avec des jurons.

— Est-ce que tu as rencontré les autres femmes d'ici ?

Elle hausse les épaules.

— Tu as rencontré la nonne ?

Elle ricane.

— Qu'y a-t-il de si drôle ?

— Son Dieu ne l'aide pas beaucoup, n'est-ce pas ?

— Non, il ne l'aide pas. De quoi elle a l'air ?

— Euh… d'une bonne sœur, répond Nikki. Je ne sais pas pourquoi tout le monde l'aime. Surtout les filles russes. Elle ne connaît que la Bible. Elle ne se souvient pas du tout de son passé.

— Quoi ? Qu'est-ce que tu veux dire ?

— La bonne sœur est amnésique. Comme dans un *soap opera*.

Je me sens blêmir.

— Il y a deux ans, elle s'est réveillée dans un arbre, sur le flanc d'une montagne. Elle se rappelle que dalle avant ça. Elle connaît son nom uniquement grâce à un tatouage. Elle pense que Jésus est son sauveur.

Nikki écarte ses cheveux bruns de ses yeux.

— Tu parles d'un sauveur. Je pense qu'elle devrait aller voir Jésus pour se faire rembourser, si tu veux mon avis.

Tanechka ne se souvient de rien ? Une bonne sœur, c'est une bonne couverture. Mais une bonne sœur amnésique ?

Mon cœur tambourine. Tout ce temps, j'ai imaginé qu'elle était en mission. Que le fait que je garde mes distances l'aidait. Qu'elle pouvait se protéger toute seule quand il s'agissait de…

— Que fait-elle quand ils la maltraitent ?

— Euh… tu as déjà vu cet autocollant « que ferait Jésus ? » sur les voitures ?

— Qu'est-ce que tu veux dire ?

— C'est une nonne, mec. Elle s'en fout totalement s'ils la malmènent.

La pièce se brouille sous mon regard. Ne se souvient-elle pas comment se battre, alors ?

Ces hommes pourraient lui faire n'importe quoi et elle serait incapable de les arrêter.

Il est certain que je l'ai mise dans cette situation le jour où je l'ai jetée dans cette passe. Je l'ai traitée de *predatel*. Traîtresse.

— Va savoir ce que son acheteur fera, continue Nikki. Même si je parie que Charles en Charge s'occupera de la nonne avant ça.

Je me raidis.

— Charles en Charge ?

— Le psychopathe qui gère cet endroit. Il l'oblige à manger avec lui parfois, comme si c'était un malade avec qui elle sortait en rendez-vous. Tu connais ce film où il y a ce garçon maléfique et tous les animaux le fuient ? Ajoute vingt ans, un coup de déodorant et tu obtiens Charles. Tout le monde veut la bonne sœur. Le gardien avec la barbe d'un père Noël motard qui t'a laissé entrer ici ? On pense qu'il veut se jeter sur elle aussi – ils l'ont rétrogradé ici, au sous-sol. Qui aurait pu deviner que le coup de la religieuse blonde était si puissant avec les mecs ? Tout le monde veut un bout du cul de la nonne et maintenant, tu arrives et...

— Ça suffit.

Je me lève et regarde ma montre. Treize minutes. J'ai donné ma parole. Je n'irai pas chercher Tanechka à moins qu'elle soit en danger.

— Elle est en danger, déclaré-je à voix haute.

Nikki recommence à parler, m'appelant Sherlock.

— Chut. Laisse-moi réfléchir.

Nikki se tait.

Je me pince l'arête du nez. Aleksio et le gang sont probablement dans le quartier maintenant. Le plan était que je parte comme j'étais venu, laissant ces mecs me bander les yeux et me reconduire au point de départ. Aleksio et le gang devaient suivre.

Ce n'est plus le plan.

Je vais coller mon oreille à la porte.

— Tu as dit que le gardien avec la barbe blanche du père Noël était obsédé par la nonne ?

Nikki acquiesce.

— C'est quel genre de mec ? Est-ce qu'il ferait quelque chose d'impulsif ? De stupide ?

— À part être gardien dans un bordel de vierges ?

— Il est obsédé à quel point ? Tout le monde pense comme toi ?

— Comme je l'ai dit, ils l'ont enlevé de l'étage de la nonne. Ils ne lui faisaient pas confiance quand il était avec elle. Sérieusement, c'est quoi le problème avec cette religieuse blonde ?

— Elle est à l'étage et deux chambres sur la droite ?

Nikki plisse les yeux.

— Comment tu le sais ?

J'enlève ma ceinture.

Elle écarquille les yeux.

— Qu'est-ce que tu fais ?

J'en sors une paire de surins en plastique.

— C'est ton jour de chance. Tu vas sortir d'ici. Tu sais comment te défendre ?

— Oh que oui.

— Dis-moi. Dis-moi ce que tu sais faire. Tu sais tirer avec une arme ? Réponds honnêtement.

— Tu as une arme ?

— Pas encore.

Elle me sourit lentement.

— Je sais tirer.

Je coupe les cordes autour de ses poignets et de ses pieds.

— Mets ça dans ta poche. On ne peut pas les laisser.

— Je n'ai pas de poches, mais...

Elle passe lâchement une corde autour de son cou et attache

les autres aux extrémités avant de cacher le tout dans sa robe. Bien. Elle obéit sans poser de questions. Ça peut fonctionner. Je peux sauver Tanechka *et* la mission.

— Tu as déjà fait un braquage ?

Elle acquiesce.

— Qui a réussi ?

— Ouais, répond-elle. J'étais dans les Lady Sixx. Tu sais ce que c'est ? C'est un gang de filles.

— Tu as déjà tiré sur quelqu'un ?

Elle me regarde droit dans les yeux.

— Je suis à cent pour cent. Peu importe ce dont tu as besoin. C'est suffisant.

— Je vais faire sortir la nonne et leur faire croire que le père Noël l'a emmenée. On va aussi leur faire croire que tu as eu de la chance et que tu as saisi l'opportunité pour t'échapper.

— Pourquoi la bonne sœur ? Elle sera un poids mort.

Je la regarde, faisant tournoyer le surin encore et encore, comme une extension de ma main.

— C'est peut-être *toi* le poids mort.

— D'accord, d'accord.

— Le père Noël va venir pour me prévenir qu'il reste dix minutes. Est-ce qu'il viendra seul ?

— Ouais, répond-elle. Mais certains mecs ne veulent pas s'en aller quand leurs deux heures sont terminées, alors plus de gardiens viennent.

— On ira vite.

Sur la moquette, je dessine une carte du sous-sol avec mon doigt. Nikki m'aide à faire l'étage supérieur et ensemble, nous élaborons un plan. Elle est douée. Elle a fait attention à son environnement, elle a élaboré ses propres plans. Elle connaît un grand conduit. C'est une information que je n'avais pas.

Nous décidons qu'elle menacera le gardien avec l'arme à l'intérieur de la chambre pendant que j'irai chercher Tanechka.

J'insiste sur le fait que sa mission est de le garder et de le faire taire jusqu'à mon retour.

— Compris, dit-elle.

Je fais un signe de tête vers le surin dans sa main.

— Tu vas peut-être devoir l'utiliser. Ça pourrait devenir sanglant avant la fin.

Elle a un sourire narquois. Elle n'en perdra pas le sommeil si la situation devient sanglante.

— Le flingue est le dernier recours. N'importe quel bruit bousillera notre évasion.

— J'ai compris ! répète-t-elle, impatiente.

J'envoie un message à Aleksio avec les instructions. Il sait qu'il ne faut pas discuter au milieu d'une mission. J'ajuste mon déguisement. J'écoute à la porte, essayant de percevoir des bruits de pas. Finalement, l'homme à la barbe de père Noël arrive. Il frappe.

— Dix minutes.

— Je suis prêt.

J'agite la poignée comme si je ne pouvais pas l'ouvrir. Je me colle au mur et quand il ouvre, je me jette sur lui et le désarme. Je tiens son arme contre sa tempe tandis que Nikki le fouille.

Elle sort ses clés de voiture.

— Génial, chuchote-t-elle en lui lançant un sourire narquois.

— Tu veux vivre ? Coopère, grogné-je.

Le gardien nous donne la localisation, la marque et le modèle de sa voiture. Je lui attache les mains. Nikki met un bout de la taie d'oreiller dans sa bouche, dissimulant à peine sa joie. Elle le bâillonne fermement, également avec joie.

Je la laisse garder le revolver.

Je prends la casquette du gardien ainsi qu'un autre trousseau de clés. Ça doit être les clés des chambres des autres femmes. Je ferme la porte derrière moi. Je n'ai pas sa barbe, mais ce sera suffisant. Je sais comment bouger devant les caméras.

Je pars directement dans le couloir en direction de la chaufferie. Toutes les sensations du monde tourbillonnent en moi quand je me rapproche de Tanechka. Je dévisse l'entrée d'un conduit dans le plafond, les mains tremblantes. C'est le tuyau dont m'a parlé Nikki. Elle le gardait pour elle, pensant se cacher dedans si elle réussissait à se libérer. Je m'élève jusqu'à l'étage supérieur, juste en dessous du couloir. J'attends que les bruits de pas s'évanouissent, conscient que ma fenêtre de dix minutes vient de se réduire à cinq.

Quand le couloir est désert, je me hisse. Je vais dans la chambre de Tanechka, hésitant à la porte, effrayé à l'idée que ce soit elle. Effrayé à l'idée que ce ne soit pas elle.

Je déverrouille et ouvre la porte.

Elle est là, agenouillée, exactement comme elle le fait devant la caméra.

Tanechka.

Elle ne me regarde pas, mais maintenant je suis sûr que c'est elle, autant que je sais qu'il y a un soleil dans le ciel.

— Tanechka, chuchoté-je en m'appuyant dos à la porte.

Elle ne bouge pas.

Si elle reconnaît ma voix, elle ne le montre pas. Je tremble, résistant à l'impulsion de lui sauter dessus, de couvrir son corps avec le mien.

Je veux arracher mon foutu cœur et le mettre à ses pieds, le détruire devant elle quand elle regardera.

Elle se concentre sur la petite icône, une réplique de celle que l'on trouve dans les églises orthodoxes à la maison. Je lui parle en russe.

— *Eto ya*, dis-je.

« C'est moi. »

Elle reste obnubilée par la petite statue. Elle entend tout. Elle attend. Elle évalue. C'est tellement digne de Tanechka.

Je me glisse derrière elle, permettant aux caméras de voir simplement la casquette du gardien père Noël avant de mettre un morceau de scotch dessus. Il sera la victime de ce coup monté.

Elle continue de prier. Je m'agenouille à côté d'elle, tremblant de joie et de chagrin en voyant son profil, aussi familier que la vodka. C'est elle.

— *Moya* Tanechka.

Elle se tourne enfin vers moi. J'étais préparé à sa colère, à sa haine. Mais elle me regarde comme si j'étais un inconnu.

Elle ne me reconnaît pas.

C'est comme si j'étais privé de soleil.

— Tu es en vie.

Elle se contente de regarder mon visage.

Je la fixe, tombant sur ses taches de rousseur pâles, sur le bleu royal de ses yeux. La silhouette de ses cils me fait ressentir une joie indescriptible – *korotkiye resnitzy*, des « cils trapus » comme elle les appelait. Elle recouvrait ses cils trapus avec du maquillage noir. J'étudie la façon dont sa peau lisse couleur crème s'étire audacieusement sur ses larges pommettes.

Elle se retourne. Mon cœur tambourine quand elle bouge ses doigts fins sur les nœuds du *chotki*, bougeant ses lèvres, chuchotant la prière. La cicatrice blanche sur sa mâchoire est comme une vieille amie. Je me souviens du combat. Deux centi-mètres plus bas et c'était sa jugulaire.

Je pose une main sur son bras et lui parle en russe.

— Je suis ici pour te faire sortir.

— Tu me connais ?

— Oui. Je vais te faire sortir. Nous parlerons plus tard.

— Tu fais sortir les autres ?

— Bientôt.

— Pas maintenant ?

— Plus tard.

— Alors non, merci. Je resterai jusqu'à ce qu'elles soient toutes en sécurité. Je passerai en dernier.

Elle se dégage de ma poigne et recommence à prier.

Mon cœur tambourine. Nous allons être à court de temps.

— Nous sauverons les autres. Bientôt.

— J'attendrai.

Tanechka. Si têtue.

Je me dresse au-dessus d'elle.

— Pardonne-moi.

Je m'agenouille et prends son cou pour lui faire une prise d'étranglement. Elle ne lutte pas – au lieu de ça, elle lève la main vers l'icône sur le petit support. Elle s'effondre avant de pouvoir l'attraper. Je la hisse sur mon épaule, puis marque une pause. Je prends la petite icône ainsi que son *chotki* et je sors.

Je ne veux pas prendre ces choses stupides, mais c'est ce que le gardien à la barbe de père Noël ferait.

Elle n'a vraiment plus de mémoire – l'ancienne Tanechka m'aurait fait une prise et je serais tombé sur le dos si j'avais essayé quelque chose de ce genre. Je la serre contre moi, son poids dans mes bras comme un retour à la maison. Je me précipite dans le couloir et vers la sortie. Ce n'est pas facile. Mais ma Tanechka ne sera jamais lourde pour moi. Elle ne sera jamais trop à porter.

Nikki est déjà là avec le garde. Cette fille est bien. Elle lève un doigt quand elle me voit – encore une minute avant que nous ayons de la compagnie.

Le gardien père Noël écarquille les yeux quand il voit que j'ai la nonne.

— Tu viens avec nous. Ferme-la et obéis ou on te tue, lui dis-je.

Nous sortons par derrière et descendons un perron recouvert de mégots de cigarette donnant sur un petit carré de broussailles. Le Valhalla est quelconque de l'extérieur, comme un petit immeuble. De minuscules fenêtres sont encastrées dans un mur sale en briques pâles. Nous traversons l'allée, passons devant d'autres complexes d'appartements. Nous sommes clairement encore en ville.

Je porte Tanechka comme si elle était ma propre vie. Les pneus de notre van crissent et les portières arrière s'ouvrent. Aleksio en sort.

— Tu déconnes, Viktor !

Je lui jette les clés du gardien père Noël.

— Quelqu'un doit conduire la Volvo noire de 2013 loin d'ici, maintenant.

Je leur dis où elle est.

Yuri arrive, les yeux écarquillés.

— Qu'as-tu fait à Tanechka ? demande-t-il en russe.

— Rien.

Aussi doucement que possible, j'installe Tanechka, inconsciente, à l'arrière. Je ne veux pas la quitter, mais nous sommes à court de temps.

— Nikki, tu montes à l'arrière avec elle. Elle te connaît. Sois gentille avec elle ou je te renvoie directement ici.

Je ferme la portière.

Mischa arrive. Il contrôle le gardien.

— C'est vraiment elle ! dit Yuri.

Je peux à peine contenir mon cœur.

— Frappe-moi, Aleksio.

— C'est quoi ce bordel ? réplique Aleksio, énervé.

— Je devais le faire, *brat*. J'y retourne et je vais leur vendre mon histoire. La mission se passe bien. J'y retourne et je me charge de ça. Tu verras.

Yuri arrive et me frappe à la mâchoire. Je me mords les

lèvres et lui demande de me frapper à nouveau pour que ce soit bien sanglant – nous l'avons fait de nombreuses fois.

Je souris.

— Maintenant, emmène-les en sécurité.

Je me précipite dans l'allée, arrivant à l'arrière du Valhalla au moment où deux gardiens en sortent.

Je joue le rôle du client embrouillé et furieux, demandant à être remboursé.

— Regardez ce que la va-nu-pieds m'a fait ! déclaré-je en montrant ma joue. Elle m'a frappé !

Je leur raconte mon histoire. Je leur dis que Nikki m'a frappé. Je dis que j'ai appelé le gardien à la barbe de père Noël, mais Nikki a pris son flingue et s'est enfuie. Je leur dis qu'il avait l'air énervé, furieux, et qu'il m'a laissé seul dans la pièce. J'ai appelé et comme personne n'est venu, je suis parti à la recherche de quelqu'un. La porte arrière était ouverte, alors je suis sorti pour chercher le van et être ramené chez moi. Je joue férocement mon rôle, avec engagement, dans un mauvais anglais avec une pointe d'allemand. Je suis le client en rogne.

Les gardiens commencent à assembler les pièces du puzzle, racontant l'histoire avec leurs propres mots.

— Il a laissé Nikki partir et il savait que Charles lui en ferait baver, alors il s'est tiré, suggéra l'un d'entre eux.

Puis ils découvrent la disparition de la nonne. L'histoire change : le gardien père Noël a merdé et a laissé Nikki s'échapper. Comme il n'avait rien à perdre, il s'est enfui et a pris la bonne sœur avec lui. Ils disent tous à quel point Charles sera énervé.

J'exige qu'on me rende mon argent, comme si c'était mon inquiétude principale.

L'histoire du gardien barbu qui enlève la nonne continue, avec plus de détails.

Ça fonctionne. Je suis soulagé.

Quand je demande une troisième fois mon argent, on m'enfonce un Glock dans le cou.

— Et si on te raccompagnait au lieu de te tuer ? Ça te convient ?

Je lève mes mains tandis qu'ils menacent ma famille imaginaire. Si je révèle quoi que ce soit, disent-ils, les gens que j'aime mourront. Je fais comme si j'étais effrayé, promettant de ne plus jamais en parler.

Ils ne pensent plus au service à la clientèle avec moi.

Ils m'en veulent un peu, je crois. Après tout, l'enchaînement des événements commence avec moi. J'ai laissé une fille qu'ils avaient attachée et bâillonnée me frapper. Je me suis suffisamment plaint pour distraire le gardien, permettant à la fille de voler son arme et de s'échapper.

Ils me bandent les yeux et me mettent à l'arrière du van pour me ramener. J'appuie mon oreille contre la partie métallique, essayant d'écouter. Ils sont furieux contre le gardien père Noël qui est parti avec la nonne. Ils sont déjà à leur recherche.

Aleksio détiendra le gardien quelque part. Il aura des informations intéressantes.

Tanechka restera avec moi.

Le retour jusqu'à l'arrêt de bus prend moins de temps. Ils ne prennent pas la peine de tourner en rond pour me berner maintenant qu'ils ont menacé ma famille.

Nous arrivons à la gare. Ils m'enlèvent mon bandeau et me jettent quasiment sur le trottoir. Ils ont des problèmes plus importants que moi.

Je traverse la gare bondée. Je ne pense pas qu'ils me suivent, mais je fais toujours attention. J'arrive de l'autre côté et vois Aleksio appuyé contre sa Jaguar.

Il attrape ma veste de costume et m'écrase contre la portière, le regard affolé.

— Est-ce que tu avais prévu de la ramener ? Dis-moi. J'ai besoin de savoir. Tu l'avais planifié ?

— Non.

Il serre ma chemise et me pousse davantage.

— Je dois pouvoir te faire confiance !

— Où est-elle ? Elle va bien ?

Aleksio me fusille du regard, ses narines se dilatent.

— C'est quoi ton problème ? Tu ne devrais même pas avoir le droit de la voir là !

— Elle est réveillée ?

— Oui, crache-t-il. Elle est à la maison avec Tito et cette fille, Nikki. Mischa est en route.

J'acquiesce. Mischa et elle étaient des amis proches.

— Elle était en danger.

Je parle de l'amnésie à Aleksio.

— Je ne pouvais pas la laisser.

— Elle était en danger à la minute près ?

— À la minute où j'étais là-bas ? Non, dis-je en le regardant droit dans les yeux.

— Alors c'est quoi ton problème ?

— Elle n'a aucune mémoire ! Elle ne peut pas se défendre !

Aleksio me lâche avec un soupir dégoûté et il monte du côté conducteur.

— Tu aurais fait la même chose pour Mira, déclaré-je.

Yuri est devant, contenant à peine son sourire. *Tanechka est de retour !* Je m'assieds à l'arrière.

Aleksio démarre en trombe, me laissant à peine le temps de fermer ma portière.

— Nous devons pouvoir nous faire confiance, conclut-il.

— Tu peux faire confiance à Viktor, intervient Yuri. Mais il fera toujours passer Tanechka au-dessus du reste. C'est la seule chose.

— La mission n'est pas compromise, dis-je. Ils pensent

encore que je suis Peter, l'informaticien allemand. Ils ne croiront pas que j'étais là pour installer un mouchard. Tout va *bien*.

Aleksio grogne.

— Je sais comment berner un homme, finis-je.

— Si Viktor dit que tout est réglé, alors tout est réglé, explique Yuri.

Il me soutient toujours.

— Ils ne m'auraient pas ramené s'ils avaient soupçonné quoi que ce soit, ajouté-je.

Yuri fait remarquer à Aleksio que maintenant, nous avons le gardien, en plus du mouchard.

— D'accord, un gardien vivant et un mouchard, c'est mieux qu'une simple surveillance, répond Aleksio. Mais putain, Viktor.

Des frissons me traversent.

— C'est *elle*, dis-je.

Yuri se retourne et croise mon regard.

— Mais si elle pense vraiment être une nonne...

— Je m'en fiche. C'est Tanechka. Je l'aiderai à se souvenir.

Yuri fronce les sourcils.

— Si j'étais toi, je ne voudrais pas qu'elle se souvienne. Ou du moins, assure-toi que nous soyons dans le coin. Pour te protéger.

— Elle est en vie, répliqué-je. C'est tout ce qui compte.

Chapitre Sept

TANECHKA

LES HOMMES NOUS EMMÈNENT, Nikki et moi, dans une très belle maison – une maison mitoyenne ça s'appelle – à Chicago. C'est un Américain, Tito, qui est en charge. Il est grand et baraqué. Ses cheveux courts sont presque blancs aux extrémités.

Le halo d'un tueur.

Je n'ai peut-être pas mes souvenirs, mais je reconnais un tueur quand j'en vois un. Quelque chose au plus profond de moi me le dit. Comme l'homme qui m'a fait sortir de cet endroit, l'homme qui s'est agenouillé près de moi et semblait me connaître. C'est un tueur aussi.

Je me suis toujours inquiétée que quelqu'un de mon ancienne vie débarque et mette en danger les sœurs au couvent. Je n'aurais jamais imaginé que quelqu'un de mon ancienne vie me trouverait dans ce bordel.

Ils pensent qu'ils m'ont sauvée, mais ce n'est pas le cas. Il y a des prisonnières là-bas qui ont besoin de moi. Surtout Anna. Que se passera-t-il si elle pleure encore ?

Je leur ai promis, à elle et aux autres filles, que je ne les abandonnerai jamais. C'était la première fois que je me sentais vraiment comme une religieuse, quand je les réconfortais.

Tout ce que je veux dans la vie, c'est aider les autres.

Maintenant j'ai l'impression de les avoir abandonnées. Je n'ai pas grand-chose dans la vie, mais j'ai une parole.

Ces hommes s'en moquent.

— Je dois y retourner, répété-je à Tito.

— Attends Viktor, répond-il. Tu pourras lui demander.

Le froid me submerge. Viktor. Le nom sur mon torse.

— Viktor ?

— L'homme qui t'a sortie d'ici.

— Je n'attendrai pas. Je ne resterai pas.

Je m'avance vers la porte.

Il la bloque.

— C'est peu probable, ma Sœur.

Il montre la chaise près de la cheminée.

— Assieds-toi.

Je resserre les extrémités de mon voile sous mon menton et je croise les bras, observant les sorties.

Je ne veux rien avoir à faire avec mon ancienne vie. Une vie qui m'a légué un corps couvert d'horribles cicatrices.

— D'accord, reste debout, déclare-t-il.

Nikki s'assied, passant un bras derrière le dossier de la chaise.

— Quelqu'un a une cigarette ?

— Agis correctement et on verra, répond Tito.

Je me détourne de l'étrange familiarité de cette scène. Des gens comme ça, un endroit comme ça.

Je ne veux pas savoir ce que j'étais.

Mère Olga a toujours dit que Dieu pouvait pardonner même les pires des pécheurs s'ils venaient vers lui avec le bon sentiment dans leur cœur, mais si j'étais maléfique ? Et si j'appréciais de tuer des gens ?

Depuis que j'ai vu cette précieuse lumière sortir de cette icône dans le fourré, ma vie a été un voyage vers l'amour.

J'ai terriblement envie d'être quelqu'un de bien.

Parfois, je ressens cette ancienne vie aux limites de ma conscience, comme un brouillard dangereux qui pourrait avaler le bon si je le laissais faire.

Je mets la main dans ma poche et referme mes doigts autour d'un coin de l'icône.

Tito a quelques autres Américains sous son commandement – deux à l'intérieur, davantage à l'extérieur. L'habitude de compter les hommes et d'évaluer les forces vient aussi de cette vie sombre. Je n'en veux pas.

Ils nous demandent si nous voulons déjeuner. Nikki veut un burger.

Je n'ai pas faim.

À nouveau, Tito me demande de m'asseoir. Je demande à avoir un téléphone.

— Il faut que tu t'asseyes.

Je me lève. Apparemment, cela le rend nerveux. Je prends un crayon, un stylo et écris un numéro de téléphone. C'est le portable du couvent en Ukraine.

— S'il vous plaît, appelez et dites-leur que je vais bien.

Tito prend le papier et le met dans sa poche.

Soudain, la porte s'ouvre et un homme chauve et costaud entre avec des sacs, l'air très enthousiaste. Il me parle en russe.

— C'est vraiment toi !

Il cherche mon regard avec un immense sourire si marqué que je ressens de l'affection pour lui. Il n'arrive pas à croire que je ne le reconnaisse pas.

J'acquiesce poliment. Je ne le connais pas.

Il tend les sacs à Tito, sans arrêter de me regarder.

— Tanechka. Tu te souviens de moi ? Mischa ? Allez, Tata...

— Je suis désolée. Je ne suis pas elle. S'il te plaît, ramène-moi dans cet endroit. Si tu penses que tu es mon ami, si tu as des sentiments pour moi, Mischa... ramène-moi.

Mischa semble partagé, troublé. Tito hausse les épaules.

— C'est une page blanche, les gars, dit Nikki.

— Tanechka..., répète Mischa.

Puis il marque une pause, comme s'il voulait dire tellement de choses.

— Viktor est en chemin, déclare Tito.

Mischa défait les sacs et pose les pâtisseries sur une assiette – des *vatrushkas* avec de la caillebotte au centre et des zestes de citron. Il me jette des regards.

— Viktor s'est dit que tu aurais faim.

Je secoue la tête.

— Ouais, eh bien, tu vas aller t'asseoir à la table et manger les pâtisseries que Mischa a apportées, ordonne Tito, sinon je t'attache là.

Mischa grogne contre Tito.

— Sois gentil. Elle est avec nous.

Tito hausse les épaules.

Je m'assieds, mais je ne mange pas. Mischa reste planté là, une présence forte et silencieuse, tel un arbre.

— C'est bon de t'avoir. Tellement bon, avoue-t-il après un moment.

Nikki mange tout ce qui est dans son champ de vision. Ensuite, elle attrape un paquet de cigarettes dans la poche d'une veste non loin et en allume une. Tito lui enlève directement de la bouche.

— Pas chez Viktor.

Elle se lève et s'approche de Tito, mais il la repousse simplement.

Elle rit.

— Minable.

Nikki n'a jamais voulu que je la réconforte. Elle serait une jolie jeune femme, si seulement elle écartait ses cheveux noirs de ses yeux et s'asseyait correctement. Au lieu de ça, elle a passé une jambe sur le dossier du canapé. Les hommes du bordel l'ont habillée avec une robe blanche courte et des chaussettes blanches montant jusqu'à ses genoux. Quand elle est assise comme ça, on voit ses sous-vêtements.

— Nikki... ta...

Je fais un geste pour me faire comprendre.

Elle se contente de ricaner.

— Ouais, vivement qu'on m'enlève ces putains de vêtements.

Elle lance un sourire narquois à Tito. Il fait semblant de ne pas remarquer, même si c'est le cas.

— Il y a des vêtements de femme en haut, dit l'un des mecs.

Tito secoue la tête.

— Personne ne fait rien jusqu'à ce qu'Aleksio ou Viktor revienne.

— Allez, Tito, l'encourage Nikki. Tu m'aimes dans cet accoutrement ? Ouais, je crois que tu m'aimes dans cet accoutrement pervers.

Tito lui lance un regard sombre, puis il incline le menton.

— Carlo, fais-la monter pour qu'elle puisse enfiler quelque chose de plus décent. Pas de conneries. Compris ?

Le garde du corps fait monter Nikki.

J'observe la maison qui a des couleurs plaisantes et un agencement agréable. Mais je ne vais pas rester.

— C'est chez lui ?

— Chez Viktor ? Oui, dit Mischa.

— Je ne le connais pas.

Mischa échange un regard avec Tito.

— Et je ne vais pas rester.

Mischa se contente de me fixer du regard. On pourrait croire que je suis un lapin qui parle vu la façon dont il me regarde. Puis Nikki revient dans un jean, des baskets et un T-shirt noir déchiré qui dévoile son nombril. Mischa écarquille les yeux et me regarde avec une intensité renouvelée.

— Metallica pour la gagne.

Nikki fait un genre de signe de la main, me montrant ses deux index et ses deux auriculaires.

Mischa continue de m'observer, comme si j'allais réagir face à Nikki dans ces nouveaux vêtements. Pourquoi ? Je suis heureuse qu'elle ait une nouvelle tenue. L'ancienne était pour les hommes, pas pour elle.

J'entends des bruits de pas derrière la porte. Je sais qu'il s'agit de ce Viktor, celui qui m'a sortie de cet endroit. Je le sais avant qu'il entre.

La porte s'ouvre brusquement.

Il marque une pause, dans l'embrasure de la porte. Il porte un costume noir, sa cravate de travers. Il s'est débarrassé de ce rembourrage qui lui donnait l'air gros. Son visage est sévère et carré, mais ses yeux d'un marron chocolat pétillent. Un petit creux se forme dans son menton quand il sourit.

Il a l'air tellement heureux et au fond de moi, je me dis qu'il est beau.

— Tanechka.

— S'il te plaît, ramène-moi, Viktor. Tu sais où c'est. Ces filles ont besoin de moi.

Viktor réduit la distance entre nous. Il s'agenouille à mes pieds, s'accrochant au tissu épais de ma robe de religieuse, levant les yeux vers moi sous ses cils noirs.

Je ne sais pas quoi faire de cet homme agenouillé à mes pieds ainsi. Cela remue des émotions en moi, comme l'air après une tempête – frais et comme parsemé de larmes.

— *Lisichka*, dit-il.

« Petite renarde. »

Quelque chose me tiraille l'esprit. Je me redresse et lui parle en russe.

— Je ne te connais pas.

J'essaie de reculer. Il ne me laisse pas faire.

— Ramène-moi.

Il appuie son front contre mes cuisses au travers du tissu rêche. Je sens sa chaleur, son électricité.

— Je suis tellement désolé, *lisichka*.

Je le repousse – avec plus de violence que je ne le devrais – et il atterrit par terre.

— Je ne suis pas cette personne, dis-je urgemment. Ramène-moi.

— Tanechka, intervient Nikki. Ma Sœur, peu importe, je pense que tu devrais y réfléchir, parce que ce mec est pas mal. À mon humble avis.

— Mais qu'est-ce que tu portes ? hurle Viktor à Nikki. Ces affaires appartiennent à Tanechka.

— Non, c'est faux, déclaré-je.

Viktor se tourne vers moi.

— Quelle est la dernière chose dont tu te souviens ?

— La première chose, tu veux dire ?

Un air tempétueux traverse son regard.

— Bien. La première chose.

— Si tu ne veux pas me ramener, est-ce que tu as au moins alerté la police sur ce qu'ils font aux femmes là-bas ?

— On gère, fais-moi confiance.

Il se lève.

— S'il te plaît, Tanechka, tu ne veux même pas me dire ça ?

C'est étrange comme je peux sentir son cœur. Je connais tellement de choses sur cet homme. J'ai l'impression d'être une roue de charrette trouvant la rainure sur la route.

— J'étais dans un arbre en saillie de l'une des façades rocheuses de la passe de Darial, dis-je.

— Tanechka.

À la façon dont Viktor prononce mon nom, avec tant d'émotion, je me dis qu'il va s'enflammer.

Je lève la main.

— Je ne veux rien savoir de mon ancienne vie. Ni comment je suis tombée.

Viktor et Mischa échangent des regards.

— Si vous êtes vraiment mes amis, vous serez ravis pour moi – ravis que j'aie trouvé la paix, ravis que Dieu m'ait envoyée au couvent. Puis au bordel.

— Dieu ne t'a pas envoyée...

— Dieu m'a donné une chance de recommencer...

La voix de Viktor explose.

— Ça suffit, Tanechka !

Je croise les bras. Quelque chose chez lui m'attire.

— Je suis désolé, chuchote-t-il, perdu. Pardonne-moi.

Mes yeux se posent naturellement sur son pouls battant frénétiquement dans sa gorge, comme si je savais qu'il serait là. J'ai conscience de son sang qui coule rapidement, du volcan enfermé en lui. Je sens son tourment. C'est l'homme le plus tourmenté que j'ai jamais vu.

Il scrute désespérément mon visage.

J'ai soudain envie de le prendre dans mes bras et de chuchoter des mots réconfortants contre sa joue, pour empêcher sa souffrance.

Un autre homme jaillit par la porte, il a un cou épais, des cheveux blonds et un large sourire franc. Dans une autre vie, il pourrait s'agir d'un garçon de campagne innocent, mais dans cette vie, c'est un tueur parmi les tueurs. Il était à l'extérieur du bordel de vierges quand ils m'ont emmenée.

— Tanechka.

Viktor pose une main sur son épaule.

— Regarde. C'est Yuri. Ton bon ami.

Yuri affiche un large sourire et me tend ses mains.

— Oh, Tanechka !

Je ne les prends pas. Je me retourne vers Viktor.

— Je vous serais très reconnaissante de me laisser au moins contacter mon couvent...

— Plus tard.

— Elles sont ma famille. Elles vont s'inquiéter pour moi.

— *Nous sommes* ta famille, rétorque Viktor. Je suis ta famille.

Mon cœur tambourine.

— Nous étions mariés ?

Viktor ricane, l'air presque en colère.

— Nous n'avons jamais trouvé d'utilité aux papiers ou aux contrats. Nous n'étions pas les laquais de la bureaucratie de l'État. Notre amour était fort, il transcendait tout.

— Je ne suis pas elle.

— Tu ne *sais* pas que tu es elle, c'est tout.

— *Tu* ne sais pas, dis-je.

Viktor ferme les yeux et semble se calmer. Il lève les mains.

— Ce n'est rien.

Il parle comme s'il tentait de m'apaiser, mais c'est lui qui a besoin de se calmer.

— Tu iras à ton propre rythme.

— Je n'irai à aucun rythme. Je ne te connais pas. Ça ne changera pas.

D'autres hommes arrivent. Des Russes qui semblent me connaître, d'autres Américains également.

Viktor vient vers moi, il se met à côté. Je frissonne quand il rapproche sa bouche de mon oreille, sa main effleurant à peine mon dos droit.

— Je veux que tu saches que tu es en sécurité maintenant.

Tu comprends ? Tu es en sécurité avec moi. Je ne laisserai rien t'arriver, et je ne te ferai absolument jamais de mal.

— Je veux que les filles soient libérées, dis-je. Si vous ne le faites pas, moi je le ferai.

— On s'en charge, répond Viktor. Nous ferons tomber cette organisation plus vite et plus efficacement que les flics, d'accord ?

— Quand ?

— Dès que nous pourrons la faire tomber de manière à ce qu'ils ne puissent pas la rebâtir ensuite.

— Ces filles ne peuvent pas attendre.

— Fais-moi confiance, on s'en charge, répond Viktor, exaspéré.

Il dit aux autres de nous laisser.

Je me raidis. Je ne veux pas être seule avec celui-ci.

Un Américain s'avance et attrape Viktor par l'épaule.

— Tu en es sûr ?

— Oui, dit Viktor. C'est bon.

L'homme met une main sur la joue de Viktor. Ses cheveux sont plus longs que ceux de Viktor et ils sont bouclés, mais autrement, il lui ressemble beaucoup. Les mêmes traits sombres, le même nez épais, les mêmes lèvres généreuses.

On dirait son frère. Un frère américain.

Viktor sourit, mais ce n'est pas son vrai sourire. C'est étrange que je sois capable de lire en Viktor.

Le frère américain de Viktor fait un petit geste de la main.

— Allons-y.

Le groupe bouge comme un seul homme vers la porte – tout le monde sauf Nikki. Tito la prend par le bras.

— Laisse-la, dis-je à Tito. Si elle ne veut pas venir avec toi...

Nikki ricane et se défait de sa poigne.

— Je gère, ma Sœur.

Elle jette un coup d'œil à Tito.

— Je peux avoir une cigarette ?

Tito fronce les sourcils.

— Dehors.

Nikki le suit à l'extérieur.

— Tu as toujours été si protectrice, répond Viktor.

Le frère américain de Viktor s'arrête dans l'embrasure de la porte et se retourne.

— Nous revenons pour le dîner, déclare-t-il. On apportera du stroganoff et des *pirozhki*. D'accord ?

— Tanechka n'aime pas les *pirozhki* de pommes de terre, dit Viktor.

— C'est faux.

Je pose une main sur ma poitrine.

— J'aime les pommes de terre...

— Tu n'aimes pas les *pirozhki* de pommes de terre, crois-moi. Tu dis toujours que c'est une arnaque dans le monde des *pirozhki*.

Il se retourne vers son frère.

— Pas de *pirozhki* de pommes de terre.

— D'accord, mec, répond son frère.

Et ainsi, nous nous retrouvons seuls. En russe, il dit :

— Tu n'aimes pas ça. Je t'évite les problèmes.

— Je ne suis pas elle.

— Je vais allumer un feu, déclare Viktor. N'essaie pas de t'en aller. Tu n'iras pas loin.

J'acquiesce.

— Je n'ai pas besoin de te le dire, n'est-ce pas ? Tu as probablement remarqué combien de mecs il y avait exactement dehors quand tu es arrivée. Tu repères toujours ton environnement de cette façon. Tu savais qu'il y avait une caméra dans la chambre – je le voyais. Tu as remarqué et évité les caméras aussi facilement qu'un poisson dans l'eau.

C'est étrange qu'il le sache. Il met en boule une poignée de papiers et la coince sous une bûche, dans la cheminée.

— Nous devons t'enlever cet accoutrement stupide.

Mon pouls s'accélère.

— Il n'est pas stupide.

Il se raidit, retenant apparemment des mots durs. Doucement, il dit :

— Tu n'es pas une bonne sœur.

— Je suis une novice et j'espère devenir religieuse. J'aimerais que tu contactes mes sœurs au couvent pour leur dire que je vais bien. C'est près de Donetsk.

Il se retourne.

— Tu es allée jusqu'à Donetsk ?

— Dans la campagne, dans l'oblast de Donetsk. Pas en ville.

Il pose tellement de questions que je finis par lui raconter l'histoire – la version courte, en tout cas. L'hôpital. La rencontre avec Mère Olga. Rien sur l'icône. Je ne veux pas qu'il se moque de mon expérience avec elle.

— Tu as dû avoir si peur.

— C'est vrai. J'avais surtout soif et mal.

— Tanechka...

Je lève une main. Je ne veux pas de sa pitié ni de sa passion. Toutes ses émotions sont trop fortes.

— Je ne veux pas en parler. D'accord ?

— Et si tu enfilais des vêtements normaux ? J'en ai pour toi.

— Non, merci.

Il se retourne et pose une plus petite bûche sur le dessus, se concentrant férocement.

— Tu n'as jamais rien pris à personne.

— Arrête de parler comme si tu me connaissais. Tu m'as connue autrefois, mais plus maintenant.

Il se retourne.

— *Tu* ne te connais pas, c'est le problème.

Il arrange les bûches puis frotte une grande allumette. Le papier s'enflamme. La lumière embrasse ses pommettes, donne des teintes brunes à ses cheveux noirs et courts. Il utilise le tisonnier et le feu prend vie. C'est agréable.

— *Tu* ne *te* connais pas, répète-t-il.

Les flammes dansent, illuminant la pièce. C'est bien plus confortable que cette journée grise à l'extérieur. Je me rapproche.

— Avant, tu aimais le feu, dit-il.

Je renifle. Apparemment, tout ce que je fais ravive son espoir comme le feu réchauffe la pièce.

— Nous parlions anglais comme ça. Nous parlions toujours anglais pour nous entraîner. Nous étions les deux meilleurs locuteurs de notre gang.

Ce qui explique certaines choses.

— Je me souviens encore de l'anglais.

— Quand je t'ai vue sur le site, Tanechka, tu n'imagines pas.

Le feu brûle vivement derrière lui maintenant, éclairant les contours de sa silhouette.

— Tout s'est arrêté pour moi quand... tu es partie. Et puis je t'ai revue... Je n'arrivais pas à y croire. Tu ne te tournais jamais vers la caméra, bien sûr, mais je savais que c'était toi – tout comme tu sais que c'est moi. Tu ne peux pas me berner. Tu es confuse, mais je pense que ton cœur me connaît.

— Viktor, dis-je.

Son nom est une forme familière sur mes lèvres.

— Je ne peux pas être qui tu veux.

— Tu es *toujours* qui je veux.

Il regarde autour de lui.

— J'allais louer une garçonnière, mais quand je t'ai vue, quand j'ai vu que nous avions cette chance, j'ai juré de faire ce qu'il fallait. De te créer cette belle maison... Tu reconnais certains des meubles ? J'ai fait livrer ce fauteuil depuis Moscou. C'est de là que tu viens.

Il s'avance vers un fauteuil doré avec un cadre en bois sculpté.

— Tu t'en souviens ?

L'espoir dans ses yeux est si intense que ça me brise un peu le cœur.

— Non.

— On l'a acheté au marché aux puces d'Omsk. Et le ressort à l'intérieur ? J'ai toujours dit de le virer, parce qu'il rendait ce fauteuil inconfortable et les invités se plaignaient, mais tu aimais ce truc. Tu disais : « C'est juste un bout de fil de fer ! »

Les fossettes dans ses joues s'enfoncent quand il sourit en se souvenant. Ces fossettes provoquent quelque chose d'étrange dans mon ventre.

— Tu disais : « Un bout de fil de fer ne prendra pas le dessus. »

Il a l'air si heureux. Parler de ce fauteuil lui fait revivre cette époque.

Il s'agenouille devant, passant une main sur le coussin, puis il lève les yeux vers moi, son visage trahissant son espoir.

— On voit encore l'endroit où tu as déchiré le coussin pour passer en dessous et le réparer. Viens. Regarde.

Je reste où je suis.

— Tu n'as jamais rien laissé tomber. Tu détestais les lâcheurs. Oh, tu détestais vraiment les lâcheurs.

Son sourire s'évanouit.

— Viens et regarde. Tu ne trouvais pas la couleur exacte pour le fil.

Je m'assieds sur le canapé.

— Ça suffit.

Il ferme les yeux. C'est ce qu'il fait lorsqu'il essaie de réprimer ses émotions.

— Je comprends. Tout ça va trop vite pour toi. Tu as eu un traumatisme. Tu es amnésique. Mais je vais t'aider. Ce n'est pas grave si tu ne te souviens pas de tout. C'est peut-être même mieux de ne pas te souvenir de tout d'un coup.

Je soupire, essayant de ne pas apprécier le feu.

Il vient à côté de moi et s'assied. Je le sens sur ma peau, dans mon ventre.

— Tu ne veux vraiment pas te souvenir ?

— Je t'ai dit ce que je voulais. Je veux contacter le couvent. Je veux savoir ce que tu fais pour mes sœurs captives et si tu ne prévois pas de les libérer immédiatement, je veux que tu me libères pour que je puisse y retourner moi-même. J'appellerai peut-être la police et nous les libèrerons.

— C'est ça, la police. Comment sauras-tu à quel flic faire confiance ? Tu penses qu'un endroit comme celui-ci peut exister sans protection policière ? Nous avons la situation sous contrôle. J'étais là-bas pour mettre un mouchard et m'introduire dans leur réseau. On gère.

Je jette un regard vers le feu, détestant cette impuissance.

— Tu dis que tu ne veux pas connaître ton ancienne vie, mais comment peux-tu savoir quelle est la meilleure vie si tu ne sais pas comment était la première ?

Il me prend la main. Mes doigts frémissent lorsqu'il me touche.

— Tu ne sais pas.

— Je sais que ce que j'ai maintenant est mieux que n'importe quelle vie possible.

— La vie que tu avais avant, elle était glorieuse.

— C'est la raison pour laquelle mon corps est couvert de cicatrices ? Mon corps est la preuve que la vie que j'avais avant n'était pas glorieuse.

— La vie en général, peut-être pas toujours, mais *toi*, tu étais glorieuse. Tu étais une guerrière. Féroce, si belle et courageuse. Tu étais...

Il se tait, cherchant ses mots. Il est beau quand il se souvient d'elle.

— Tu brillais, conclut-il enfin. Plus fort que tout...

— Certaines choses brillent encore plus.

— C'est faux. Tu étais impressionnante, courageuse...

Sa tristesse est à vif.

— Tu étais mon cœur entier.

Il prend mes mains et appuie contre son front la boule indisciplinée que forment nos doigts entrelacés.

Mon sang palpite.

— Il faut que tu te souviennes.

Il lève à nouveau ses yeux marron vers moi.

— Tu as vu le tatouage. Est-ce qu'il pourrait mentir ?

— C'était une vie différente, dis-je doucement. Les gens changent.

Il scrute mon regard, comme s'il cherchait la femme qu'il a perdue. Mais c'est lui qui est perdu. Il est perdu et attirant. Je regarde nos doigts entrelacés, hypnotisée par sa chaleur, par la familiarité brute de sa peau.

— Je n'aurais jamais pensé que je te toucherais à nouveau, je n'aurais jamais imaginé...

Il embrasse mes doigts, rapidement, des baisers ardents qui font gonfler quelque chose en moi, comme s'ils me nourrissaient. Il lève les yeux vers moi, puis il baisse à nouveau son visage et recommence à embrasser mes mains. Cette fois-ci, ses baisers sont lents, ses lèvres sont douces et chaudes. Une sensation étrange et plaisante s'étire en moi.

Du désir.

Je dégage brusquement mes mains des siennes.

J'ai été droguée, kidnappée, menacée, gardée prisonnière dans un bordel sous-terrain. J'ai été obligée de m'attabler avec un homme malade et tordu, mais je n'ai jamais vraiment été effrayée.

Jusqu'à maintenant.

— Je ne suis *pas* elle. Respecte ça.

Son regard est sévère et sombre. Il se lève.

— Je respecte Tanechka. Tanechka voudrait que je me batte pour elle. Elle ferait la même chose pour moi.

— Je *suis* Tanechka. Je suis la nouvelle Tanechka.

Chapitre Huit

Viktor

Tanechka arrête de me parler une heure après son arrivée.
Je lui montre notre chambre. Je lui dis qu'il y a des vêtements
dans les tiroirs et l'armoire. Elle m'informe qu'elle ne se changera pas et elle ferme la porte avant de tourner la clé.

Bien. La chambre est belle. Elle sera entourée d'objets
familiers.

Aleksio et Mira arrivent avant l'heure de dîner.

— Des nouvelles de Kiro ?

J'ai besoin de bonnes nouvelles. J'ai besoin de savoir qu'il
n'est pas enfermé dans une prison où je ne peux pas aller le
chercher.

Aleksio secoue la tête.

— *Nada.*

Je prends une grande inspiration.

— D'accord.

— C'est joli. Je ne savais pas que c'était ton truc, dit Mira.

Elle touche la nappe rouge, brodée avec des motifs artistiques traditionnels.

— C'est Tanechka. C'est comme la maison qu'elle a décorée pour nous à Moscou.

— Elle ne sait toujours pas…, commence Mira.

Je hausse les épaules.

— Elle ne se souvient pas. *Pas encore.* Sur Internet, ils disent de l'entourer d'objets familiers. De têtes connues.

— Et si elle n'arrive toujours pas à se souvenir ?

— Elle se souviendra.

Aleksio scrute mon visage.

— Et si elle se souvient effectivement ? N'est-ce pas dangereux ?

— Peu importe ce qui se passera, je veux juste qu'elle revienne.

Il détourne le regard.

— La bonne nouvelle, c'est que ton plan a fonctionné. Au Valhalla. Ils ne soupçonnent pas que tu jouais un rôle.

Nous nous concentrons sur le Valhalla, passant en revue ce que nos techniciens ont glané dans les fichiers informatiques jusqu'ici. Ils ont identifié des filières et des intermédiaires. Aleksio me montre un diagramme qu'il a commencé. Un truc que la police pourrait faire.

Yuri, Tito et Nikki arrivent et avec eux, la riche odeur du bœuf stroganoff. Ils sont rapidement suivis par Pityr, Mischa et quelques autres. Nous préparons le festin.

Yuri admire la nappe rouge, brodée de motifs traditionnels noirs.

— C'est tellement Tanechka.

Aleksio pose le grand plat à emporter pour dix personnes sur la table. Je le pousse à utiliser le plat de service. Tanechka voulait toujours utiliser la bonne vaisselle.

Aleksio me regarde étrangement.

— Peu importe, mon frère.

— Tanechka aimait les jolies choses, expliqué-je à Mira. Elle a grandi en étant pauvre, mais elle n'a pas laissé ça l'abattre. Même quand nous étions riches dans la *Bratva*, elle insistait pour avoir de la jolie vaisselle. Et de bonnes manières à table.

— Elle s'énervait tellement quand l'un d'entre nous jetait son assiette, dit Yuri. Même si c'était elle qui les cassait la moitié du temps.

— Les Russes en font tellement trop, commente Aleksio. Elle est en haut ?

— Oui. Elle s'est enfermée dans la chambre.

Je sors les bougies et les allume.

— Elle viendra.

Je sers de la vodka à nos invités et bois mon verre cul sec.

— Une nonne, dit Mischa. Elle n'a jamais rien fait à moitié, ça, c'est sûr.

— Tu te souviens de son regard de chat sauvage ? demande Yuri.

Je ris.

— *Blyad*, répond Mischa. Ce regard. Ce tempérament.

Yuri se tourne vers Aleksio et Mira.

— Son regard haineux pouvait couper un homme en deux. Elle soulignait ses yeux de maquillage noir et c'était comme si deux lasers étaient en train de te brûler. Quand tu étais dans ses bonnes grâces, il n'y avait rien qu'elle n'aurait pas fait pour toi, mais si tu te la mettais à dos...

— Ça commençait avec le regard. Ça finissait dans le sang, répond Mischa en échangeant un regard avec Yuri.

— Quoi ? demandé-je.

— Tu as un plan pour le moment où elle se souviendra que tu as failli la tuer ? demande Yuri.

— J'improviserai.

— Improviser ? crache Yuri. Tu n'improvises pas avec Tanechka. Elle est du genre « je t'arrache les intestins d'abord, je te pose des questions ensuite ».

— Tu ne voudrais pas qu'elle soit armée quand elle s'en souviendra, ajoute Mischa.

— Vous pensez que je ne sais pas comment gérer Tanechka ?

Je quitte la table et vais la rejoindre en haut.

Elle ne bouge pas quand je frappe à la porte.

— Tanechka, l'appelé-je. C'est l'heure du dîner. Est-ce que je dois défoncer la porte ?

Elle arrive et l'ouvre. Elle porte toujours cette robe noire sévère, boutonnée jusqu'en haut du cou, ainsi que le voile noir attaché autour de son menton.

Derrière elle, je vois qu'elle a débarrassé une bibliothèque et qu'elle y a placé l'icône de Jésus sur un tissu, sur l'une des étagères les plus basses. Je grimace en l'imaginant prier devant. Embrassant les pieds de Jésus.

— On va dîner, dis-je.

Elle se contente de me regarder avec ses yeux bleus profonds. Elle est méfiante, mais elle a faim, je pense.

— Je sais que tu es déjà en train de planifier ton évasion. Tu auras besoin de forces, n'est-ce pas ?

— D'accord.

Tout le monde se lève quand je la guide dans la salle à manger. Tanechka est magnifique à la lumière des bougies et les mèches de cheveux blonds qui s'échappent de son voile brillent comme de l'or blanc. Elle salue ses vieux *bratki* poliment, mais sans les reconnaître.

Tanechka. C'est dangereux d'espérer. Pourtant, j'espère avec chaque fibre de mon être. Je lui verse de la vodka.

— Non, merci, dit-elle. De l'eau, s'il te plaît.

Nikki lève les yeux au ciel.

De l'eau avec son dîner, ce n'est pas habituel, mais je lui sers quand même un verre. Ma Tanechka n'aime pas qu'on lui dise quoi faire. Elle demande à Nikki si elle a contacté sa famille.

— Ouais, c'est tout bon pour moi, répond Nikki.

En Russie, nous adorions organiser des dîners extraordinaires. Maintenant, Tanechka porte une robe de bonne sœur et un voile pour le dîner.

Elle est ici au moins. Les hommes commencent à manger.

— Nous n'allons pas dire le bénédicité ? demande-t-elle.

— Non, répliqué-je.

Je passe l'assiette de Mira et me rends compte qu'elle me fusille du regard. Elle pense que je devrais jouer le jeu ? Oh que non.

Tanechka récite seule son bénédicité, en silence, la tête baissée.

Sa prière m'agace. L'article que j'ai lu sur l'amnésie disait de l'entourer de choses familières et la prière n'était pas quelque chose de commun dans notre ancienne vie.

Les flingues, l'alcool et la baise. C'était notre ancienne vie. C'est de cela que je vais l'entourer. Dès que nous nous enverrons en l'air, ses souvenirs lui reviendront. J'en suis sûr.

Nous mangeons. J'oriente la conversation vers Sky World, un parc d'attractions délabré en périphérie de Moscou dans lequel nous avions l'habitude d'aller, enfants. Tanechka ne s'en souvient pas.

Yuri fait rire tout le monde avec ses descriptions du grand huit en bois et des balançoires. Les attractions à Sky World étaient tellement dangereuses. Même Tanechka sourit. Son sourire me remplit de tellement de bonheur qu'il déborde presque sous forme de larmes.

Les manèges sont particulièrement choquants pour Aleksio, Mira, Nikki et Tito. C'est en partie ce qui rend le tout amusant.

— Vous les Américains, grogne Yuri. Vos aires de jeux en plastique tout lisse, c'est relax.

Nous discutons de ça, mais Tanechka ne semble plus amusée. Elle reste murée dans le silence.

De temps en temps, Mira lui pose des questions sur sa vie au couvent et Tanechka répond poliment. Toujours par une phrase courte. Oui ou non, si possible. Elle pense que nous ne sommes pas mieux que le bordel, mais j'ai vu son rire. L'ancienne Tanechka transparaissant. Je vais la faire revenir.

La seule fois où elle parle, c'est à nouveau à propos du bordel.

— Tu aurais dû me laisser et emmener les autres filles. Je m'en serais sortie.

Elle fait un signe de la main, observant la table.

— Je suis reconnaissante pour tout ça, mais je n'en ai pas besoin. J'aurais pu endurer ce que ces femmes ne pouvaient pas.

Je bois un verre de vodka cul sec, accueillant cette brûlure vive et bienvenue.

— Nous sauverons ces femmes.

Aleksio lui explique que la police est corrompue. Que l'établissement ne fermerait que temporairement ou serait peut-être juste déplacé si nous ne frappons pas assez loin dans le réseau.

— Imagine que c'est un plafond, lui explique-t-il. Fermer le bordel, c'est comme réparer une fuite dans un plafond en peignant par-dessus la tache.

— Va le dire aux vierges qui attendent les hommes qui les ont achetées. Effrayées, seules. Qu'est-ce qu'elles diraient de ton *plafond* ?

Je retiens un sourire. Elle est merveilleuse.

Aleksio lui explique la vue d'ensemble plus soigneusement, comme si elle n'avait pas compris la première fois.

Tanechka a bien compris. Elle est énervée, impatiente. J'échange des regards amusés avec Yuri – nous le voyons tous les deux.

— Tes explications ne veulent rien dire pour moi, crache-t-elle. Beaucoup de paroles et aucune action.

Mischa se mord la lèvre. Pityr a un sourire radieux. Tanechka ne comprend pas pourquoi on ne peut pas arrêter ça *maintenant*. Elle voit les filles qui ont des problèmes. Allez, on va les chercher. C'est son attitude. Bordel. *C'est tellement Tanechka.*

Je pose mon verre.

— Tu voudrais qu'on ferme l'établissement de manière violente, alors ? Tu préférerais ça ?

— Ce n'est pas un vrai choix, déclare-t-elle. Il y a plus d'options que ces deux-là.

— Prier, peut-être ? la défié-je.

— Va le dire à la police et fais-lui confiance. Va trouver les flics réglos et dis-leur.

— Oh, s'il te plaît ! m'exclamé-je.

Ce commentaire est plus que puéril. Tanechka ne dirait jamais une chose pareille.

— La police existe pour une raison, répond-elle.

— Les flics sont à louer dans cette ville. Tu n'as pas écouté ? Ce n'est pas si différent en Russie. C'est juste que tu ne t'en souviens pas.

Elle me lance un regard de défi. Elle n'accepte pas mon discours. Ça me réchauffe le cœur.

Elle se tourne vers Mira à un moment. Elle l'a correctement identifiée comme l'une de ses alliées potentielles.

— Il y a certainement une église orthodoxe ici, à Chicago.

— Tu n'iras pas dans une putain d'église, rétorqué-je.

— Ils me laisseront contacter mes sœurs au couvent.

— Moi aussi, dis-je. Dès que tu auras enlevé ce costume de nonne.

— Ce n'est pas un costume.

Un silence gêné tombe sur la table. Yuri essaie de relancer

l'ambiance avec plus d'anecdotes sur Sky World, mais toute trace d'amusement a disparu.

Plus tard, dans la cuisine, Mira me sermonne, me dit que j'ai laissé un choix horrible à Tanechka.

Je hausse les épaules

— C'est fait.

— Et si j'appelais son couvent ? dit-elle. Tu as dit qu'elle ne pouvait pas, mais moi je pourrais.

— Si elle veut vraiment parler à ses sœurs là-bas, elle enlèvera ses habits de nonne.

— Tu agis comme un imbécile. Pourquoi voudrait-elle se souvenir de quoi que ce soit, si c'est pour finir avec toi ?

J'attrape la boîte de chez Petrovsky et commence à déposer les *orehi* sur une assiette colorée.

— Qu'est-ce que c'est ?

— On appelle ça des « noix ». *Orehi*. Des biscuits fourrés à la crème. Une stupide friandise pour enfants, mais Tanechka les adore.

— Elle n'abandonnera pas ses vêtements maintenant.

— Je sais. Elle est si têtue.

Je le sais mieux que Mira.

— Alors arrête d'essayer de la changer en lui enlevant ce qui lui appartient. Pourquoi ne pas plutôt lui *donner* ce qu'elle aime, à la place ?

— À ton avis, qu'est-ce que je fais ?

J'appuie mes poings contre le plan de travail en marbre froid.

— C'est quoi ce dîner ? Et tout cet endroit ?

— Elle ne les a pas choisis, c'est *toi*. Si tu lui donnes un petit peu, peut-être qu'elle donnera un petit peu aussi.

— C'est l'avocate qui parle ?

Mira est avocate, elle travaille à Chicago depuis peu. Elle

adore la loi. Ce n'est pas évident pour Aleksio, mais leur amour est fort.

— C'est ton amie qui te parle et qui te dit de ne pas être un crétin. Songe à me laisser appeler ses sœurs au moins. Tito dit qu'elle lui a donné un numéro. Il l'a probablement dans sa poche. Je pourrais appeler et leur faire savoir qu'elle va bien.

Je ne réponds rien.

— Faire savoir aux sœurs qu'elle va bien pourrait l'aider à voir que tu n'es pas si mal.

Elle marque un point.

— D'accord, fais-le. Je vais faire venir Tito. Et Mischa, au cas où tu aurais besoin d'un interprète.

— C'est bien.

Je sors d'un pas lourd, me sentant vraiment furieux.

— Le dessert, déclaré-je en posant l'assiette à la lumière faiblissante des bougies. Je dis à Tito et Mischa que Mira veut les voir.

Yuri et Pityr sont enthousiastes. Nous n'aimions pas trop les *orehi* – bien trop sucrés pour nous –, mais nous avions l'habitude de taquiner Tanechka avec ça. Nous commençons à faire passer l'assiette. Tout le monde en prend un ou deux. J'en mets trois dans l'assiette devant Tanechka.

— Ils viennent de chez Petrovsky ? demande Pityr.

— Oui.

Nous luttons tous pour ne pas fixer Tanechka. Mais elle ne reconnaît pas les *orehi*. Je le vois bien.

Mira et Mischa reviennent quelques minutes plus tard. Mira annonce qu'elle a appelé le couvent de Tanechka.

Celle-ci se lève, étonnée.

— Tu veux bien me laisser leur parler ?

— J'ai raccroché, mais Mère Olga a un message pour toi. Tout le monde est en bonne santé et va bien, et elle a dit quelque chose sur un coq qui avait hâte de te voir.

Tanechka a les larmes aux yeux.

— *Petushik*, chuchote-t-elle. Quoi d'autre ?

— Elles sont heureuses de savoir que tu vas bien, Tanechka. Elles s'inquiétaient.

Mischa acquiesce.

— Elles avaient l'air d'aller bien.

— Et qu'en est-il des combats à la frontière ? Les attaques... Il y avait un vieux gardien et il n'était pas très fort. Tu es sûre qu'elles vont bien ?

— Tout va bien. Elles ont dit que tu ne devais pas t'inquiéter.

— Tu leur as dit que je voulais leur parler ? Que j'essaie ?

Mira me jette un coup d'œil, à moi, l'ogre.

— Je leur ai dit que tu voulais vraiment leur parler et que tu le ferais bientôt.

— Merci.

Je mets un *orehi* dans ma bouche.

Quel genre d'homme suis-je ? N'aurais-je pas pu montrer une once de gentillesse envers la femme que j'aime ?

Je ferme les yeux et je suis de retour dans la passe de Darial, alors qu'elle s'accroche à moi, le vide en dessous.

Predatel, je l'appelle. Me souvenant pourquoi je dois la tuer. Elle a trahi la *Bratva*. C'est une traîtresse.

Alors même qu'elle tombe, elle tend la main vers moi, la terreur et l'incrédulité dans son regard. Son visage est gravé dans mon esprit, dans mes rêves.

Les conversations grondent autour de moi, mais j'ai trop bu. J'ai envie de pleurer.

Je regarde la lumière de la bougie vaciller sur l'épaisse nappe rouge et je me sens désespéré. Je me déteste pour ce que je lui ai fait.

— C'est tellement délicieux, dit Tanechka.

Je lève les yeux et la vois fixer son assiette vide. Son regard s'illumine lorsqu'elle le pose sur l'assiette contenant le reste des *orehi*.

— Délicieux.

— Tu en veux d'autres ?

Elle baisse les yeux. Elle en veut d'autres. Désespérément. Mais elle secoue la tête.

— Non, dit-elle doucement. Ce serait de la gourmandise.

Chapitre Neuf

Viktor

JE LAISSE notre chambre à Tanechka – seule. Je dors dans une chambre d'invités, ou du moins j'essaie.

Elle descend le matin suivant, tirée à quatre épingles, toujours dans sa robe de nonne et avec son voile. Je la laisse seule, lui donnant de l'espace. Elle demande à nouveau si l'on peut chercher une église russe orthodoxe en ville. Encore une fois, je réponds non.

Elle me regarde avec son regard brûlant. Mon cœur bondit. Ça, c'est l'ancienne Tanechka qui réapparaît.

Je décide que nous irons pique-niquer. Nous avions l'habitude de pique-niquer dans un parc près d'un lac et elle aimait ça. Le lac Michigan est plus grand et il y a plus de vent, mais elle appréciera.

D'abord, je dois acheter les denrées parfaites. Je parle à Sander, l'un de nos nouveaux mecs, qui attend devant la porte. Nous avons beaucoup d'argent pour engager de gros bras comme lui. S'ils prouvent leur loyauté, ils auront un rôle à jouer dans l'empire que notre père a bâti – une fois que nous l'aurons repris à Lazarus le Sanglant.

— Garde-la ici pendant que je m'absente. Ne laisse pas ce costume de bonne sœur te tromper, dis-je à Sander. Chaque once de son corps cache une tueuse.

Il acquiesce. Il comprend, ou du moins, je pense qu'il comprend. Personne ne peut vraiment savoir qui est Tanechka.

Je marche sur le trottoir. C'est un vieux quartier de la ville, avec des rues bordées de maisons en grès rouge. Les feuilles jaunes sur les arbres sont éclatantes. Un pâté de maisons plus loin, je fais demi-tour et retourne voir Sander.

— Il y a encore quatre hommes dans le périmètre ? lui demandé-je.

Il acquiesce.

— Trouves-en un autre pour qu'il y en ait cinq. Elle va essayer de partir et je ne veux pas qu'elle soit blessée.

Je demande à Mischa et Yuri d'expliquer aux Américains à quel point elle est douée pour les évasions. Mischa affirme avec insistance qu'ils ont tout sous contrôle.

— Explique-leur, dis-je. Ils ont besoin de l'entendre de ta bouche aussi.

Quand je reviens, je ne retrouve aucun des hommes dehors. Je me précipite dans la maison et ils sont là, tous dans le salon. Tanechka est assise par terre, menottée à un tuyau de radiateur.

Je grogne.

— Elle va bien, déclare Mischa.

Je m'agenouille à côté d'elle.

— Tu vas bien ?

— À part le fait que je dois partir ?

Elle tire sur ses menottes. Je l'aime tellement que je ne peux pas réfléchir.

Je sors avec Mischa, qui me raconte ce qui s'est passé. Apparemment, elle a essayé de sortir dès que j'étais au bout du pâté de maisons. Les mecs l'ont rattrapée.

— Très gentiment, m'assure-t-il.

Ona nasha dorogaya podruga, il l'appelle. « Celle que nous aimons le plus. »

Je le remercie et le renvoie dehors, puis je libère Tanechka.

— Si tu dois aller aux toilettes, vas-y maintenant. Nous partons pique-niquer.

Elle se frotte les poignets et me lance un regard noir.

Une heure plus tard, nous nous garons devant le lac. C'est une belle journée d'été, ensoleillée et brillante, le ciel est d'un bleu électrique – un ciel bonbon, avait-elle l'habitude de dire. Je lui ai apporté un pull, mais elle ne le veut pas. Les nonnes, chez nous, sont connues pour être des ascètes.

Peu importe. Je sors, attrape le panier de pique-nique et la couverture, puis je me dirige vers sa portière.

Elle me regarde d'un air méfiant.

Je dois m'empêcher de saisir ses joues et de l'embrasser.

Elle ne veut pas sortir.

— Tu veux que je te porte ?

Cette phrase la fait sortir. Je lui donne le pull et la guide sur le sable pâle et frais vers les eaux sombres, agitées par des vagues. La plage est déserte aujourd'hui. Les gens ne sont pas intéressés par la plage en automne. Pour les Américains, tout doit toujours être parfait.

Elle me lance l'un de ses regards de défi digne de Tanechka. Cela suffit à me remplir le cœur d'amour. Elle me parle en russe.

— Tu n'as pas peur que je m'enfuie ?

— Je pourrais aimer ça. Je pourrais aimer t'attraper.

Elle détourne rapidement le regard. Sander et ses hommes nous ont suivis, juste au cas où. Il ne faut jamais sous-estimer Tanechka.

Je me retourne et marche à reculons.

— Ce n'est pas ta première fois en Amérique ? Tu le savais ? Nous sommes venus deux fois.

— À Chicago ?

— Non. Une fois à Omaha, une fois à San Francisco. Tu aimais les vieilles maisons de San Francisco. Tu disais qu'elles ressemblaient à des biscuits glacés.

— Hmm.

Elle détourne le regard, comme elle le fait si souvent quand je lui rappelle son ancienne vie. Je me dis que c'est bon signe si elle fuit ces souvenirs. On ne fuit pas quelque chose à moins que ce soit menaçant.

— Tu as dit que tu voulais les manger, ces maisons.

Les deux fois où nous avons voyagé en Amérique, c'était pour pourchasser et tuer ceux qui avaient trahi la *Bratva*, mais je ne le dis pas. Omaha a été plutôt sanglant. Nous avons dû tuer une personne de plus avant que ce soit terminé.

— Nous avons été mis en binôme parce que nous parlions tous les deux anglais. Je suis né ici. Tu ne le savais pas. Moi non plus, jusqu'à il y a un an.

Elle se contente de me regarder.

— Je suis né ici, à Chicago, dans une famille albanaise. J'avais deux ans, j'apprenais seulement à parler quand l'homme en qui mon père avait le plus confiance a attaqué notre famille. Notre père gérait une dynastie d'affaires qui s'étirait sur la moitié du pays. Mais cet homme – le père de Mira – a drogué nos parents et les a tués.

— Mira ? Celle qu'Aleksio aime ?

— Oui. Son père et un homme du nom de Lazarus le Sanglant ont détruit notre famille. Ils ont drogué nos parents et les ont pourchassés jusqu'à la salle de jeu où nous étions, mes frères et moi. Mes parents voulaient nous protéger. Au lieu de ça, ils ont été massacrés devant nous.

— Tu l'as vu ?

— Je ne me souviens que... d'impressions. Aleksio a tout vu, dans le reflet d'une fenêtre. Il avait neuf ans.

Son regard s'adoucit.

— Je suis désolée.

— Ce vieil homme, Konstantin, un vétéran de la guerre du Kosovo, il a caché Aleksio dans l'ombre, avec une main sur sa bouche pour qu'il ne crie pas. Konstantin a sauvé la vie d'Aleksio. Nos ennemis nous ont vendus, moi et Kiro, notre petit frère, mais ils auraient tué Aleksio. Ils ont tenté. Pendant toute sa vie, Aleksio a eu des tueurs à ses trousses. Moi, ils m'ont envoyé à l'autre bout du monde, dans un orphelinat de Moscou, sans identité. Ils ont vendu notre *bratik* Kiro à une agence d'adoption. Nous n'arrivons toujours pas à le trouver.

Son regard tendre veut tout dire pour moi.

— Lazarus le Sanglant veut tuer Kiro. Il ne veut pas que les trois frères soient réunis. Nous faisons tout notre possible pour trouver Kiro en premier.

— Tu penses que vous le trouverez ?

Je me tourne et marche à son côté.

— Je l'espère. Aleksio est certain que nous le pouvons, mais chaque piste que nous avons ne nous mène à rien. Lazarus est vraiment puissant et Kiro est probablement enfermé quelque part, totalement vulnérable.

— Tu es effrayé, observe-t-elle. Parce que tu aimes ton petit frère.

— Oui, chuchoté-je. J'essaie d'être optimiste pour Aleksio, mais tu ne connais pas Lazarus. Dernièrement, j'ai l'impression que nous l'avons condamné.

— Ce n'est pas grave d'avoir peur, mais il y a toujours de l'espoir.

Elle me prend la main.

— Regarde en toi et tu pourras le trouver.

Je déglutis difficilement. Elle a pris ma main.

— Tu es revenue, dis-je.

Elle me lâche.

— Je parlais de Kiro.

Nous continuons à marcher en silence.

— Tu n'as pas l'air Américain.

— J'ai été enlevé à l'âge de deux ans. Tu me croyais si intelligent, car je pouvais penser et même rêver en anglais. C'est parce que cette langue était en moi depuis tout ce temps. Je ne m'en souvenais pas, mais les connexions dans mon cerveau avaient été créées pour l'anglais. Parce que je suis né ici.

— Hmm, répond-elle.

À nouveau, je me retourne et marche à reculons. J'aime regarder son visage.

— Tu veux savoir comment tu en es venue à apprendre l'anglais ?

Derrière elle, les arbres montrent leurs couleurs d'automne. Des hôtels scintillants et des gratte-ciels s'élèvent au-dessus de Lake Shore Drive.

— Tu ne veux pas savoir ?

— C'est sans importance.

Je m'arrête quand je décrète que nous sommes à l'endroit parfait. J'étale la couverture. Je m'assieds et ouvre le panier.

— Assieds-toi.

— Ai-je le choix ?

— Tu préfères rester debout ?

Elle s'assied, toute droite, comme la nonne qu'elle veut me faire croire qu'elle est, mais une petite mèche de cheveux brillants s'est échappée du voile, voletant et s'agitant comme un petit drapeau. Je me demande à quel point ses cheveux sont longs là-dessous. Elle avait l'habitude de les avoir longs – elle disait qu'elle pouvait se permettre une plus grande diversité de styles. Un bon assassin est un bon caméléon.

— Tu as appris l'anglais facilement grâce à ton obsession pour le rock and roll, dis-je. C'est comme ça que tu l'as parlé. En te souvenant de chansons.

Elle fronce les sourcils.

Je sors les bouteilles d'eau pétillante citronnée, ouvre l'une d'entre elles et la pose sur un plateau. Elle aime tout ce qui est citronné. Toutes les saveurs mordantes. Tout ce qui est piquant, même côté sexe. Elle aime être tenue fermement, être coincée. *Fais-moi savoir que tu es là*, chuchotait-elle. *Fais-le-moi savoir, Viktor.*

C'était un code signifiant qu'elle voulait que j'y mette plus de force. Elle aimait s'envoyer en l'air.

Je prends une petite boîte dans le panier et l'ouvre, ravi de voir que le gâteau au miel a survécu au voyage. J'en dépose un morceau dans une petite assiette peinte et la place devant elle, à côté de son eau pétillante citronnée. Avant, elle aimait une telle eau avec de la vodka.

Elle me remercie poliment.

— *Spasibo.*

— *Nezahto.*

Je sors un bouquin, les poèmes d'Anatoly Vartov.

— Un livre, dit-elle.

Je grince des dents. *Un livre.* Ce n'est pas juste *un livre* : c'est son recueil de poèmes préféré. Elle avait une relation personnelle intense avec chacun d'entre eux, surtout celui qui s'intitule « Cages ». Dans sa vie, elle a connu une période sombre pendant laquelle elle le lisait et pleurait devant sa beauté. Ce poème était comme un cadeau pour elle.

— J'ai pensé que nous pourrions lire.

Je m'allonge sur le dos.

— Je peux te le lire, si tu veux.

— Ça ne fonctionnera pas, Viktor. Tu ne m'aideras pas à me souvenir.

— Où est le mal alors ?

Elle soupire, apparemment en train de se détendre et je songe que Mira avait peut-être raison. On ne peut pas obliger une fleur à éclore, mais on peut lui montrer le soleil.

Tanechka jette un coup d'œil à son gâteau au miel.

— Je ne veux que de la nourriture simple.

— Le gâteau au miel n'est pas si compliqué.

Elle mord dans le cake et mâche, impassible, comme s'il s'agissait de carton. C'était l'une de ses gourmandises préférées : des couches de gâteau imbibées de miel avec un glaçage crémeux entre chaque. Un gâteau de fille. Elle marque une pause, regardant toujours dans le vide, mais il y a une légère lumière dans son regard. Elle aime.

J'ai l'impression que mon cœur va exploser.

Sa célèbre concentration était bien pour tuer, mais pas seulement : elle lui permettait d'apprécier la beauté et le plaisir plus profondément que les autres.

Je veux lui dire que c'est quelque chose que j'aimais beaucoup chez elle, mais je me retiens. Je veux que ce moment soit à elle, pas à moi.

Elle baisse les yeux vers le gâteau.

— Pas mal, déclare-t-elle doucement.

Je détourne le regard avant qu'elle puisse voir mes pupilles briller.

Je donnerais n'importe quoi pour la faire revenir. Je lui donnerais une lame et lui dirais de me trancher la gorge.

Du coin de l'œil, je la vois prendre une autre bouchée. J'affiche une expression neutre, pour ne pas avoir l'air impressionné.

— Généralement, ce sont les bébés russes qui partent pour l'ouest.

— Oui, dis-je.

— Pourquoi a-t-il fait ça ?

J'essaie de ne pas me montrer trop heureux à l'idée qu'elle soit intéressée par mon histoire.

— Mon père a fait monter celui de Mira dans la hiérarchie pour qu'il devienne son bras droit, mais ce n'était pas suffisant. Il voulait le pouvoir que notre père possédait. Mes frères et moi étions des obstacles. Le père de Mira est mort maintenant, mais son *kunar*, Lazarus, est encore pire. Lazarus est le propriétaire du Valhalla, là où tu étais. Il y avait une prophétie...

— Je ne crois pas aux prophéties.

— Moi non plus, mais beaucoup de gens y croient et c'est ce qui leur donne du pouvoir. Une vieille bique, honorée pour ses prédictions, nous a montrés du doigt, tous les trois, lors d'une fête peu après la naissance de Kiro. Elle a dit qu'ensemble, nous étions imbattables. « Vous, les garçons. Ensemble, vous régnez... vous, les garçons, les trois garçons. » Aleksio pense que c'est en partie pour cette raison que Lazarus et le père de Mira nous ont pourchassés.

Je remarque qu'elle se concentre sur la boîte où se trouve le reste du gâteau. Deux tranches de plus.

J'essaie de ne pas sourire.

— Il y en a encore.

— Je ne pense pas en vouloir.

J'agite ma main.

— Donne-les aux mouettes, alors.

Elle croise les mains sur ses cuisses. Oh, elle veut le gâteau.

— Vos ennemis veulent vous empêcher de vous réunir ?

L'ancienne Tanechka ne poserait pas une question si évidente.

— Oui, dis-je.

— Lazarus croit en la prophétie ?

— Probablement pas. Mais au sein de... notre communauté, ce serait un énorme avantage psychologique pour lui de tuer Kiro. Les gens seraient plus enclins à le suivre. Ce n'est pas si facile de nous tuer, Aleksio ou moi. Mais Kiro est quelque part, dehors.

Je me rassieds et mets un autre morceau sur son assiette, puis j'observe un cargo au loin, lui offrant de l'intimité. Elle a vraiment envie de ce gâteau.

Je lui parle de Kiro, du fait que c'est peut-être un garçon sauvage. Je lui parle de la joie que j'ai ressentie quand Aleksio est arrivé au garage, à Moscou. Tanechka aurait été tout aussi heureuse pour moi que Yuri en voyant que j'avais un frère. Elle m'aurait sauté dans les bras et nous serions partis tous les trois nous éclater en ville.

Là, elle se contente d'écouter.

Elle tend la main et tire sur un bord du gâteau spongieux. Mon cœur se soulève. Mais elle le jette ensuite. Les mouettes volent au-dessus de nous. L'une d'elles s'empare du morceau et part en battant des ailes. Tanechka jette le reste, morceau par morceau, nourrissant les mouettes.

C'est tellement typique de Tanechka. On ne peut rien lui imposer.

Chapitre Dix

TANECHKA

LES MOUETTES FINISSENT PAR PARTIR. Je m'allonge, observant le ciel.

— Ce bleu est tellement beau.

Il ne dit rien. Je ne sais pas s'il est heureux ou triste. Si souvent, il semble être submergé par les deux émotions à la fois. Je n'ai jamais rencontré un homme si lunatique.

Mais encore une fois, je n'ai pas rencontré beaucoup d'hommes.

Dont je me souvienne, en tout cas.

Il scrute le lac, les bras derrière lui, les manches relevées pour montrer des avant-bras sinueux et musclés.

Des doigts épais, très épais, s'étirent sur la couverture de pique-nique.

J'adore regarder ses doigts. Je sais que je ne devrais pas.

Si j'en crois ce qu'il dit, il a autrefois touché tout mon corps avec ces mains. Je n'imagine pas la sensation si je le laissais me toucher avec ces doigts épais.

Parfois, son regard est trop intense, il voit trop. Est-ce qu'il observait ainsi mon corps nu ?

Il se retourne vers moi.

— À quoi tu penses, Tanechka ?

— À beaucoup de choses.

— J'aimerais pouvoir prendre toute cette douleur que tu as ressentie dans la passe. Je mourrais dix fois pour te l'épargner. Je ferais n'importe quoi...

— Je ne voudrais pas qu'on me l'enlève. Ce qui s'est passé était un cadeau, déclaré-je.

Il grince des dents et détourne le regard. Il n'est pas d'accord. Pour lui, ce n'était pas un cadeau.

Quatre de ses hommes nous suivent. Il pense que je ne le sais pas. J'en ai vu deux quand nous sommes sortis de la voiture. Et deux après. Il y en a trois sur la route derrière nous. L'un s'attarde près du snack aux volets baissés, non loin de là.

Il a sans doute raison de mettre quatre hommes sur le coup. J'envisage parfois de m'échapper, ça me vient de nulle part, comme un allié caché qui me ferait passer un petit mot. Je visualise souvent le plan du rez-de-chaussée de la maison dans laquelle il m'enferme, tel un diagramme dans mon esprit. L'idée du toit m'est venue quelques fois. Les rangées de maisons sont si serrées que le toit serait comme une autoroute. Cette façon de voir les choses me fait penser à un chemin déjà bien trop emprunté.

Il veut me lire de la poésie.

Je lui dis non.

Je n'aime pas qu'il sache des choses sur moi. Comme le gâteau au miel. Les *orehi*. L'eau pétillante. J'aime tellement ces choses. Ce n'est pas juste qu'il le sache. J'aime regarder ses doigts. Que dirait Mère Olga ?

Il veut mettre de la musique, alors, mais je ne vais pas me

laisser faire. Pas après ce qu'il m'a dit sur mon amour pour le rock and roll américain.

J'ai peur d'aimer ces choses. Comme si j'allais abandonner l'idée d'être une religieuse. Oublier toutes les filles du Valhalla. Il dit qu'ils s'en chargent, mais je me sens si impatiente.

Il tend la main vers le panier et en sort un bloc avec des carrés de couleurs dessus. Il me le tend et, instinctivement, je commence à tourner les éléments dans un sens et dans l'autre, sachant qu'il n'est pas correct et qu'il doit être ajusté.

— Le Rubik's Cube, dit-il. On adorait ça. On faisait des compétitions.

Je marque une pause. C'est une autre ruse. J'ai envie de le finir. Il y a des carrés rouges là où ils devraient être bleus. Les verts, les rouges. Ça me fait mal de ne pas le finir.

— Vas-y.

Je le pose sur le côté.

— C'était une autre vie.

Il le reprend.

— Ça ne peut pas faire de mal.

J'essaie de résister, mais j'en suis incapable. Je l'attrape et je le termine en cinq coups, puis je le jette sur le côté, essayant d'occulter mon sentiment de triomphe.

Il s'allonge à côté de moi maintenant, sur le ventre, la tête relevée dans ses mains, souriant.

— Tu ne veux pas savoir comment tu as appris à faire ça ?

— Non, dis-je.

Je ne peux pas lui faire savoir à quel point j'ai envie de recommencer.

— Avant, tu étais aussi curieuse qu'un chat. Parfois, ça t'attirait des ennuis.

Sa proximité me fait ressentir quelque chose d'incontrôlable. Je devrais me rasseoir, laisser cette sensation disparaître. Mais un mouvement si brutal en révélerait trop.

Alors je reste. Je fais semblant de ne pas être affectée par sa présence.

— Tu as toujours aimé les histoires et les mystères.

Il saisit un petit morceau de tissu sur ma manche et le frotte entre son pouce et son index – inconsciemment, apparemment. Mais rien de ce que fait cet homme n'est inconscient. Il vaut mieux que je m'en souvienne.

— Je me souviens qu'une fois, nous avions une bague que quelqu'un avait perdue. Un anneau peu commun orné d'un rubis. Tu pensais que c'était celtique.

Il ne touche pas ma peau, seulement ma manche. Pourtant, une force gravitationnelle émane de lui.

Il continue de parler. Le velours de sa voix caresse ma peau.

Il est trop bon. Il est trop *tout*, exactement comme le gâteau au miel.

— Tu as fait appel à des érudits pour identifier ce modèle si particulier, puis tu as fait des recherches parmi les créateurs et les boutiques. Tu avais d'innombrables idées pour trouver le propriétaire.

Il poursuit, faisant l'éloge de mon ingéniosité.

J'éloigne ma manche de ses doigts. Je fais semblant d'étudier les nuages.

Peu importe si nous ne nous touchons pas. Il continue de submerger mes sens.

— Que s'est-il passé ?

— Nous avons trouvé la personne.

— Juste avec une bague ?

— Oui. Personne ne pensait que nous pouvions le faire, mais tu étais tenace. Toi et moi, nous avons trouvé sa maison, juste avec la bague.

Quelque chose me tiraille l'esprit.

— Était-elle heureuse de la retrouver ?

Il marque une pause.

— Qui ne le serait pas ?

Le soleil réapparaît derrière un nuage et je ferme les yeux, me délectant de sa chaleur, mais également de l'admiration que me porte cet homme.

C'est alors que je le sens me toucher la joue. Quelque chose en moi se réveille.

Je me retourne et lui lance un regard noir.

Il retire sa main.

— Tu ne t'y prends pas bien, m'explique-t-il. Tu dois garder les yeux fermés.

— Quoi ?

— Allez. C'est un jeu auquel nous avions l'habitude de jouer.

Il pousse mon menton, tourne mon visage vers le ciel.

— Ferme les yeux.

Une tempête de plaisir jaillit en moi. Mon pouls s'accélère. Tout a l'air dangereux et agréable.

— Ferme-les. Fais ça pour moi.

— D'accord.

Je ferme les yeux. À nouveau, il me touche la joue, si légèrement que je ne le sens presque pas. Spontanément, mes lèvres se recourbent en un sourire. Je ne me souviens pas de ce jeu, mais je me souviens de la joie, du pur sentiment de bonheur qu'il procurait. L'excitation.

— *Pomnish ?* chuchote-t-il. Tu t'en souviens ?

— C'est inutile, Viktor.

— Garde les yeux fermés, demande-t-il.

Je sens le bout de ses doigts toucher ma joue encore une fois.

— *Pomnish ?*

Je souris à nouveau parce que je sais qu'il va m'embrasser à cet endroit. J'ai *besoin* qu'il m'embrasse là tout comme le jour doit suivre la nuit.

Puis je me fige. C'est ce jeu. Celui où l'on touche l'endroit qu'on va embrasser.

Je devrais y mettre un terme, mais chaque molécule de mon corps attend ce baiser, désire qu'il m'embrasse sur la joue, comme si je devais terminer cette chose que nous avons commencée.

C'est comme s'il communiquait avec mon corps, passant complètement outre mon esprit. Est-ce l'impression que l'on a quand on est hypnotisé ?

Je le sens proche.

Ma respiration s'accélère quand ses douces lèvres s'appuient sur ma joue, légèrement, rapidement, puis s'éloignent. J'ouvre les yeux.

Il s'écarte avec un air des plus étranges : un mélange de colère et de joie.

— Tu te souviens.

Je ne me souviens pas, mais mon corps, oui.

Son regard tombe sur mes lèvres. Il lève son doigt. Il veut refaire le même jeu, mais je suis trop rapide. J'attrape son doigt, le tords, menaçant de le casser. Je connais quatre façons différentes de lui casser le doigt et elles sont rangées dans mon esprit par ordre de douleur. Je serre, sentant le contour des os, horrifiée d'avoir ça en moi.

Maintenant, il a juste l'air heureux.

— Tu es en train de te souvenir.

— Que s'est-il passé lorsqu'elle a récupéré sa bague ? Quel est le reste de l'histoire ?

Il arrête de me regarder.

Je serre son doigt.

— Raconte-moi le reste.

— Vas-tu me briser le doigt, Tanechka ? Tu le sens ? Il te suffit de le tourner.

— Raconte-moi.

— Ou tu pourrais le briser au niveau de l'articulation médiane.

Je repousse sa main.

— Tu dis que tu veux que je me souvienne. Alors raconte-moi le reste.

— Tu as trouvé la propriétaire. Elle était heureuse de la récupérer.

— Il y a plus.

— Est-ce que je ressemble à un médium ? Je ne peux pas prédire l'avenir des gens.

— La femme à qui appartenait cette bague... est-ce qu'elle va bien ?

Il me lance un regard impuissant.

Tout mon corps se serre comme un poing.

— Raconte-moi le reste.

— Tanechka, murmure-t-il.

— Est-ce que je lui ai fait du mal ?

Il ne répond pas.

— S'il te plaît, le supplié-je. S'il te plaît, dis-moi.

Son regard me dit tout.

Je lui ai fait du mal. Je l'ai peut-être tuée.

Une vague de nausée traverse mon ventre. Ma voix est rocailleuse, comme extirpée des profondeurs rocheuses.

— Tu voulais que je me souvienne. *Raconte-moi.*

— Tu ne comprendrais pas.

J'ai l'impression d'avoir mal à la gorge, je peux à peine faire sortir mes mots.

— Je l'ai tuée. De sang-froid.

— Tanechka.

— Éloigne-toi de moi !

Je bondis et commence à courir, mes pieds s'enfonçant dans le sable fin, frénétiquement, mes bras s'agitant. J'essaie d'aller plus vite, plus vite, pour dépasser tout le monde. Je l'entends haleter derrière moi. Il m'attrape par derrière et je me fige, utilisant son élan pour le passer par-dessus mon épaule. Il atterrit sur le dos.

Je pivote et commence à courir de l'autre côté, envoyant du sable en l'air.

À nouveau, il me court après et cette fois-ci, il me fait un croche-pied, nous faisant tomber tous les deux. Il roule, accusant l'impact avec son corps et me serrant fermement.

Je lutte pour reprendre mon souffle quand il nous fait changer de position pour se retrouver au-dessus de moi.

— Je l'ai tuée.

Le poids de son corps me bloque. Le sable fin est frais et rêche sur ma joue.

— Chut, dit-il, tout va bien.

— Je ne vais pas *bien*.

— Tu dois juste te souvenir de qui tu es. Tu dois être toi, à nouveau.

— Je préférerais mourir.

Il me serre contre lui, m'écrasant avec la violence de ses émotions.

— Je ne te laisserai pas mourir. Pas encore une fois.

— J'ai tué une personne de sang-froid.

Le savoir, c'est douloureux. Il y a quelque chose de chaud dans ma poitrine, qui grandit si vite que j'ai l'impression que mes côtes vont se briser. Je lutte pour respirer et soudain, cette chose en moi éclate et je sanglote. De gros sanglots pesants.

Il me tient contre lui et me caresse les cheveux.

— Chut.

— Comment Dieu peut pardonner une personne comme moi ?

— Tanechka.

Il me caresse les cheveux.

— J'essaie de le repousser, mais il ne veut pas me laisser partir. Je sanglote dans ses bras détestables.

— Je suis impardonnable.

— Jamais, *lisichka*. Tu es courageuse. Tu es belle.

Je sanglote discrètement, perdue.

Il murmure dans mes cheveux, le souffle court, me serrant contre son torse.

— Je mourrais un million de fois pour toi.

— Non. Il est normal que je souffre. J'étais une tueuse. Il est normal que je connaisse la douceur de l'amour de Dieu pour qu'on me l'arrache ensuite.

— Arrête avec Dieu ! Oublie Dieu ! Dieu t'a oubliée. Il t'a abandonnée en enfer avant même que tu puisses marcher. Dieu ne te mérite pas.

— Éloigne-toi de moi !

Je le repousse. Je ne cours pas cette fois-ci. Je marche jusqu'à la voiture. Il me ramènera à l'appartement. Au moins je pourrai être seule là-bas. Je passe mes doigts sur la forme familière du *chotki*, nœud par nœud, jusqu'à la pampille au bout, représentant la gloire du royaume céleste. Il arrive à côté de moi quelques minutes plus tard, avec notre panier de pique-nique.

— C'était une tueuse à gages, tu sais. La femme que tu as retrouvée grâce à la bague. Tu as sauvé des vies en la tuant.

— Ce n'était pas à moi de la punir.

Je me tiens à côté de la voiture. Il va me ramener à l'appartement. J'attendrai le bon moment. Dès que j'en serai capable, je fuirai cet homme. Je sauverai les filles. Puis je rentrerai à la maison.

— C'était une tueuse à gages, répète-t-il.

— Tu ne comprends rien.

Je crache pratiquement mes mots.

— Je comprends que ton cœur est bon.

Chapitre Onze

LAZARUS

ASTUCE DU JOUR : quand vous faites semblant d'avoir de l'empathie, moins vous en faites, mieux c'est.

Un froncement de sourcils et une phrase simple, c'est tout ce dont on a besoin. À des funérailles, par exemple. À la femme en deuil ou quelqu'un dans le genre. *Je suis tellement désolé pour votre perte. Tellement désolé.* Même si vous étiez en train de rire en mettant la lame sous la gorge du mec, vous regardez sa femme droit dans les yeux et vous répétez autant que nécessaire. *Je suis tellement désolé, véritablement désolé.*

Ça aide de l'envisager comme une forme de jazz, avec des variations du riff de base.

L'empathie est une qualité primordiale pour un leader, d'après mon coach en ligne, Valerie Saint Marco, que je suis prêt à croire.

— S'ils ont l'impression que vous ne les comprenez pas, ils perdront le respect qu'ils ont pour vous.

Elle pense que je suis récemment devenu le patron d'une entreprise de comptabilité.

Valerie parle souvent d'imiter les sentiments des gens.

— Vous n'êtes pas familier avec les frustrations d'un assistant technique ou d'une personne embauchée depuis moins d'un an, par exemple, néanmoins, vous pouvez écouter leurs frustrations et les imiter, pour leur montrer que vous comprenez.

Cette déclaration m'a vraiment aidé. Feindre l'empathie est facile, mais c'est difficile de savoir *quand* introduire l'empathie. Les phrases inspirantes de Valerie sont excellentes. J'ai remarqué que certaines personnes veulent que vous fassiez un bond immédiat dans l'empathie, mais avec d'autres, c'est apparemment plus approprié de passer de la colère à l'empathie avec eux. Il faut trouver la bonne solution, sinon ils penseront que votre compassion est fausse.

Si les gens pensent que votre empathie n'est pas sincère, c'est pire que si vous n'en montrez pas du tout. Faites-moi confiance là-dessus.

J'ai aussi découvert que l'imitation aide à s'assurer qu'on n'est pas compatissant au mauvais moment, parce que cela montre clairement qu'on fait semblant.

Alors quand je vais au Valhalla, je demande à Charles de me raconter l'histoire avec ses propres mots. Cela me donne une chance de comprendre sur quoi je dois me montrer empathique à propos de la bonne sœur. Charles est le gérant du bordel et j'ai vraiment besoin de le garder avec moi.

Nous sommes dans son petit bureau, à l'avant du Valhalla. Le petit complexe d'appartements est positionné à l'angle d'une zone résidentielle, là où elle cède la place à un quartier de restaurants et de magasins bas de gamme. Des commerces du style « tout à un dollar ». Charles tremble de rage à cause du gardien qui a emmené la bonne sœur.

Alors je rage aussi. Je prévois de tuer le gardien dans tous les cas, mais je m'exprime de manière à mettre Charles au centre de l'histoire. Je me renfrogne et lui montre mes poings serrés. Valery dit que les indices physiques représentent 80 % de notre message. Qui l'aurait cru ?

— Cet homme va avoir mal, dis-je.

Charles acquiesce, lentement.

L'homme est obsédé par ses bonnes sœurs. Il emmène des femmes chez lui, les habille dans des tenues de nonne qu'il a spécialement créées et deux semaines plus tard, elles sont bousillées et il doit en faire d'autres, parce que les précédentes n'étaient pas suffisamment bien.

Qu'est-ce qu'on est censé faire avec ça ? Je défierais même Valery de ressentir de l'empathie pour cette frustration particulière.

Mais j'ai besoin qu'il gère le Valhalla. Il s'en chargeait avec le boss précédent, Aldo Nikolla. Aldo lui-même disait souvent à quel point Charles était précieux. Si je perds la loyauté de Charles, je devrais le tuer et il n'y aurait personne pour gérer le Valhalla. Ce serait un sacré coup dur.

Je sais qu'ils ne me voient pas comme un leader potentiel. Ils me voient plus comme un psychopathe peu fiable susceptible de devenir cinglé pour un oui ou pour un non. Cela vient des rumeurs lancées par les relations publiques d'Aldo Nikolla, même si j'admets avoir fait ma part pour les alimenter.

Un *kumar* doit instiller la peur. C'est dans la description du job.

Aldo Nikolla m'a fait passer pour l'héritier apparent. C'était comme une assurance-vie pour lui, sachant qu'aucun des ambitieux *kryetar* ne le tuerait de peur que je me retrouve à la tête de l'organisation.

Faire d'un tueur assoiffé de sang et à moitié fou son commandant en second... bien sûr, c'était un bon plan pour un homme qui ne voulait pas céder sa place.

Mais franchement, quand on fait d'un tueur à gages assoiffé de sang son successeur, disons juste que ce n'est pas le meilleur plan pour vivre longtemps.

Inutile de dire que j'ai été vague quand j'ai expliqué tout ça à Valerie pendant notre consultation initiale.

Engager un coach en ligne... à quel point cela trahit mon désespoir ? Mais *j'étais* désespéré. Je lui ai dit que je n'étais pas du genre à aimer les gens, que je n'avais pas la confiance de mon organisation, mais que je m'étais retrouvé aux commandes. Je lui ai demandé si elle pensait pouvoir m'aider.

Elle a tout de suite saisi le problème.

— Vous passez d'un rôle avec des tâches précises à celui de leader, a-t-elle dit. C'est commun pour les gens qui excellent dans le rôle de soutien d'être projeté chef avant d'avoir développé les capacités pour cela. Et ces premières semaines sont cruciales. Vos employés vous regardent.

J'ai apprécié qu'elle me comprenne et, oui, je sais qu'ils me regardent, beaucoup attendent que je fasse une erreur, surtout avec ces foutus frères Dragusha dans le coin.

— Qu'en pensez-vous ? J'ai besoin de développer rapidement ces capacités. Est-ce que je peux y arriver ? Est-ce que je peux être aussi bon que mon ancien patron, rapidement ?

— Oh que non.

J'étais vraiment furieux de sa réponse. Je m'imaginais en train de la traquer et de lui briser le cou, cette idée dansant dans ma tête. Mais ensuite elle a ajouté :

— Je pense que vous pouvez être meilleur que votre ancien patron, Lazarus. Je vais vous aider à mettre ce salaud hors-jeu.

J'ai ressenti une immense gratitude à ce moment-là, ce qui veut dire beaucoup, parce que je n'ai pas l'habitude de verser dans les sentiments. Mais j'étais heureux de sa réponse.

— Vous voyez ce que j'ai fait, Lazarus ? a-t-elle demandé. Donnez-leur une vision en laquelle croire. Soyez leur champion et ils seront vos champions. C'est ce que je vais vous apprendre à faire, avec des mesures concrètes que vous pouvez commencer à prendre dès maintenant.

Putain de Valerie. Elle est géniale.

Ses conseils m'ont déjà aidé. Elle est devenue mon arme secrète. Je mentirais si je disais que je ne me suis pas entiché d'elle. Elle est canon sur sa photo. Mais je dois me concentrer sur la tâche qui m'attend.

Valerie dit qu'un leader qui utilise la peur a une durée de vie limitée. La peur est efficace au début, mais l'équipe commencera ensuite à s'échauffer sous le joug de l'effroi. Je dois leur montrer force et compréhension.

Je suis resté assis patiemment tandis qu'elle me délivrait ce message particulier durant l'une de nos conversations Skype, le complétant avec une métaphore mixte dans laquelle je dirige un troupeau de bœufs. J'ai appris à ne pas relever les métaphores étranges de Valerie.

Elle a tort quand elle dit que la peur n'est pas efficace. Pourtant, je peux utiliser ses conseils.

Attiser la colère. Je pose une main sur l'épaule de Charles, là, dans son bureau bordélique.

— Il va avoir mal, répété-je.

Nous sommes d'accord là-dessus. Le gardien devra souffrir.

Charles semble apprécier. Alors je commence à développer.

— Nous allons le trouver, dis-je calmement. Et il nous suppliera de le tuer. Il va me hurler de mettre fin à sa vie à cause de ce qu'il t'a fait.

Charles acquiesce. Valerie serait fière que j'obtienne l'adhésion de Charles de cette façon.

— Puis je te ramènerai ta nonne. Ensemble, nous rendrons le Valhalla meilleur et plus fort.

— Je ne veux pas qu'elle soit blessée, dit-il. Si elle l'est...

— C'est notre but.

Que Dieu nous garde si elle est blessée avant que Charles puisse assouvir ses désirs psychotiques avec elle.

C'est tellement épuisant.

Ce serait beaucoup plus facile de tuer Charles, avec son fantasme ridicule sur les bonnes sœurs, qui est à la fois banal et absurde.

Le site Internet de Valerie indique qu'être une confidente exécutive fait partie de son travail. Elle me dit qu'elle est là pour me conseiller si j'ai besoin de lui faire de grandes ou de petites confidences. Cependant, je me dis que Charles avec son fantasme de tuer de bonnes sœurs n'est probablement pas le genre de choses auxquelles elle fait référence.

Je décris simplement Charles comme un manager dont la personnalité ne m'emballe pas. Parfois, je me dis que Valerie comprendrait, qu'elle se dirait que l'histoire de la nonne est ridicule et banale, mais elle se fixerait sur l'aspect moral de cette affaire en excluant tout le reste. Ce serait tellement typique de Valerie.

Bref, l'équipe attend des indications sur la manière dont je compte devenir leur champion, donc je m'assure de soutenir Charles et l'équipe du Valhalla. Là, je vois que ça fonctionne. Charles me regarde comme si j'étais un guerrier de son côté plutôt qu'un voyou vicieux qui ne devrait pas gérer le grand empire du crime qu'est le clan du Black Lion.

Lazarus 2.0 est un guerrier pour ses employés, a dit Valerie une fois. J'aime ça. Le 2.0 est nunuche, ouais, mais quand Valerie le dit, ça n'a pas l'air ringard. Quand je me plains de mon image d'antisocial au sein de l'organisation, elle m'encourage à inventer une histoire pour moi-même. *Vous étiez peut-être antisocial parce que votre rôle l'exigeait. Maintenant, ce n'est plus le cas. Vous êtes un homme qui relève le défi.*

L'enthousiasme de Valerie est contagieux parfois.

Je me demande ce qui se passera si la bonne sœur est morte.

C'était spécial pour Charles, puisque cette femme était vraiment une religieuse, même si elle n'était pas Américaine. Puis-je trouver une autre nonne ? Est-ce que Charles en acceptera une autre à la place ? Est-ce qu'une bonne sœur canon est comme un chiot pour les tueurs en série comme Charles, et qu'on peut juste les substituer ? Ou est-ce qu'une bonne sœur est plus comme un cookie et que l'une est aussi bonne que l'autre ? Qu'est-ce qui me mettrait dans la peau du champion de Charles ?

Encore des choses que je ne peux pas demander à Valerie.

Chaque chose en son temps. Il faut trouver la nonne d'abord.

Je veux qu'elle revienne, et pas seulement pour le bien de Charles. La combinaison de ses cheveux blonds qui ressortaient de façon provocante de son voile avec la façon dont elle n'arrêtait jamais de prier attisait la ferveur des hommes et leurs enchères comme jamais. Le prix élevé sur sa tête était un excellent prix d'ancrage pour les autres filles, car elles paraissaient bon marché en comparaison et cela encourageait la montée des enchères pour toutes. Elle était également parfaite pour augmenter la notoriété du site.

— Tu as interrogé le client toi-même ? demandé-je à Charles. L'Allemand qui était là quand le gardien l'a enlevée ?

Charles acquiesce.

Il devait être nerveux, toutefois, focalisé sur sa nonne. Il n'a peut-être pas été capable de détecter un mensonge. Je n'ai sans doute pas un quotient émotionnel très élevé – selon Valerie –, mais je peux remarquer un mensonge comme personne. Je vois des indices que personne ne perçoit.

Les émotions rendent les gens stupides. C'est pourquoi je suis malin.

J'ai besoin de mettre la main sur cet Allemand.

— J'aimerais avoir ses coordonnées, dis-je. Juste au cas où.

Charles va vers son ordinateur et affiche un tableur.

Des nonnes... *franchement*. N'est-ce pas ?

Cependant, c'était son marché avec Aldo Nikolla. Ce dernier l'autorisait à assouvir ce fantasme religieux au Valhalla en guise de paiement. Grâce à ça, il n'est pas cher, efficace et investi. Valerie serait fière.

Il griffonne sur un bout de papier et me le tend.

— À notre avis, ce n'est pas son genre, explique Charles.

— Les gens peuvent être surprenants. Mais ne t'inquiète pas. C'est notre putain de ville.

Je m'apprêtais à dire « ma putain de ville », mais je change à la dernière seconde. « Notre putain de ville. »

Il m'en est reconnaissant.

Valerie. Je deviens accro à elle. Souvent, j'aimerais pouvoir la mêler à ces affaires, mais je dois me rappeler qu'elle est coach exécutive, pas *consigliera*. Impliquer Valerie là-dedans, ce serait comme porter une chaussure sur la tête. Non ?

En plus de trouver la nonne, je dois détruire les frères Dragusha, faire ce qu'Aldo Nikolla n'a pas eu le courage de me laisser faire dix-neuf ans plus tôt.

Tout le monde sait qu'Aleksio et Viktor Dragusha sont de la partie maintenant. Les gens retiennent leur souffle pensant que la fratrie va se réunir et prendre le contrôle de tout, exactement comme dans la prophétie.

Les tuer tous les trois serait l'idéal, mais un seul me suffira. Ce doit clairement être Kiro. J'ai essayé d'envoyer des gens après Aleksio et Viktor, mais ça n'a pas fonctionné. Mes meilleurs gars ne s'occuperont pas de ce boulot – hors de question. Aleksio et Viktor sont trop dangereux, trop bien défendus.

Tuer Kiro sera facile une fois que nous l'aurons trouvé.

Encore mieux, tuer Kiro renforcera ma position de chef, mieux que n'importe quoi d'autre. C'est ce que mes hommes ont besoin de voir, comme lorsque le roi Arthur retire l'épée du rocher.

Charles, dans sa colère, a demandé à ses mecs de chercher le gardien, mais encore une fois, c'est stupide. Où vont les gens effrayés ? Ils vont là où ils se sentent en sécurité. Où les gens se sentent-ils en sécurité ? À la maison. Où est la maison d'une nonne ? Dans une église.

J'ai besoin que Charles comprenne l'idée. *Vos employés doivent se croire malins*, dit toujours Valerie. *Vous voulez qu'ils se sentent bien quand ils se regardent dans le miroir.*

Je m'assieds avec lui et lui pose des questions sur sa nonne. Il a une bonne dose d'informations sur elle. Il pense qu'elle est plus intelligente qu'elle ne le laisse croire. Elle vient d'un couvent, près de la frontière russo-ukrainienne, que l'on appelle Svyataya Reka, ce qui se traduit par « Rivière Bénie » d'après Internet. Je lui pose des questions jusqu'à ce qu'il trouve l'idée d'aller la chercher dans une église si elle échappe au gardien. Nous faisons quelques recherches ensemble et localisons une église russe orthodoxe sur Leavitt Street. Elle est centrale et c'est la plus grande de Chicago. Et les noms sont similaires.

— Qu'en penses-tu, Charles ?

Apparemment satisfait de lui-même, il me répond :

— Tanechka ira, si elle le peut. Ils ont des nonnes là-bas aussi. Elle choisira cet endroit.

Je lui lance un sourire radieux, imitant son plaisir.

— Génial, dis-je. D'accord. Alors elle nous mènera à lui. Juste au cas où, penses-tu que je devrais poster des hommes dans toutes les églises russes orthodoxes de Chicago ?

— Il vaut mieux prendre des précautions.

— Bien. Considère que ce sera fait.

En réalité, c'est déjà fait. J'ai déjà des hommes dans chacune d'entre elles, mais il n'a pas besoin de le savoir.

La bonne sœur va s'échapper. J'espère. Charles aura sa

victime avec qui s'amuser, comme un scout avec une araignée. Je ferai un exemple de ce gardien et ce sera un sacré succès.

Je pense.

Valerie voit parfois des angles que je ne vois pas. J'aimerais vraiment pouvoir obtenir son avis honnête.

Mais même si je la kidnappais, que je l'obligeais à me servir ainsi, ça ne changerait probablement pas les choses. Ou peut-être que si ?

Ironiquement, Valerie serait la personne parfaite à qui poser la question.

Chapitre Douze

Viktor

TANECHKA EST à nouveau enfermée dans notre chambre. *Sa chambre maintenant.* Je la laisse faire. Elle peut avoir tout ce qu'elle veut. *Presque tout.*

Elle peut avoir tout ce que l'ancienne Tanechka pourrait vouloir.

Je me dirige vers la cuisine.

J'ai appris ce que c'était de souffrir après l'avoir tuée. Là, c'est difficile, mais d'une autre façon.

C'est tout de même douloureux.

Je tords le bouchon d'une bouteille de vodka pour l'enlever, je le jette de l'autre côté de la pièce et bois. La bouteille n'aura plus besoin de bouchon.

Je m'effondre sur le canapé, la tête baissée, la bouteille pendant entre mes doigts.

Je fais défiler cette après-midi dans mon esprit, me souvenant de son visage lorsqu'elle a mordu dans le gâteau au miel. Pendant un moment, elle paraissait elle-même.

Quand la bouteille est à moitié vide, je monte pour vérifier comment elle va. C'est silencieux. J'appuie mon oreille contre la porte.

— Va-t'en, crie-t-elle. Laisse-moi tranquille.

— Je ne te quitterai jamais, *lisichka*.

Silence.

Je glisse sur le sol devant la chambre, assis dos contre la porte. Elle me déteste. Elle le devrait, bien sûr. Surtout si elle retrouve ses souvenirs.

Pour l'instant, tout ce que je peux faire, c'est lui montrer qu'elle n'est pas seule.

— Je t'aime plus que tout, déclaré-je.

Rien.

Je prends une autre gorgée, laissant le liquide enrober ma gorge pour contrer mes sombres souvenirs. Elle est seule là-dedans. Elle est en colère. Chaque bruit qu'elle fait est comme un coup de lame dans mon ventre.

— Tu ne seras jamais seule, ajouté-je. Je serai toujours là, comme un chien à tes pieds.

Je l'entends renifler. Est-ce qu'elle pleure ?

J'appuie la paume de mes mains contre mes yeux. La culpabilité et la haine de moi-même se mélangent dans un cocktail familier, bouillonnant dans mon torse.

Si seulement elle avait été récupérée par des fermiers ou un employé du gouvernement. Tout sauf des nonnes.

Et la femme avec la bague *était* une tueuse à gages, après tout. Sa mort a sauvé des vies. Le Dieu de Tanechka devrait en tenir compte.

Je ne peux pas le supporter plus longtemps. Je me lève. Je tambourine à la porte.

— Laisse-moi entrer.

— Laisse-moi tranquille.

Je jette la bouteille contre la porte au bout du couloir. Elle se brise. Je me sens à moitié aveuglé.

— Tanechka !

Pas de réponse.

J'appuie mon épaule contre la porte et la force. Tanechka est assise sur le lit, son voile de travers, ses cheveux brillants décoiffés, les yeux rouges.

Chapitre Treize

C'EST une bête magnifique qui pose ses mains sur mes épaules.

— L'incident de la bague est une petite partie de ta vie, dit-il.

— L'*incident* ? J'ai tué une femme !

— C'était une tueuse, *lisichka*.

Je secoue la tête.

— Ce n'est pas à moi de juger. C'est seulement le travail de Dieu, Viktor.

Il me soulève et m'appuie contre le mur.

— Tu vas arrêter de parler de Dieu.

— Je vais parler de tout ce dont j'ai envie !

Il souffle difficilement, ses narines se dilatant. Je devrais être effrayée, mais tellement de choses chez lui me paraissent profondément familières. Plaisantes, même.

Je ne devrais pas me sentir mal pour lui. Je ne devrais pas être à bout de souffle quand il me colle contre le mur.

— Ton Dieu ne te connaît pas. Pas comme moi je te connais.

Sa chaleur monte. Il tremble intensément, ses joues négligées scintillent à la lumière de la lampe sur la table de chevet. Il ne s'est pas rasé.

Il oublie de se raser quand il est en colère. Cette pensée m'apparaît de nulle part et me donne envie d'attirer sa tête vers ma poitrine pour le réconforter. Je me dis que ça ne signifie rien. Je ne le connais pas.

— Ton Dieu ne te connaîtra jamais comme moi, Tanechka, et il ne t'*aimera jamais* comme je t'aime.

— Tu as tort.

Je le repousse et me lève, haletante.

— Dieu m'aime sans condition. Et toi ?

— Oui !

— À moins que je sois religieuse.

— Je t'aime pour qui tu es.

Pourtant, son regard me transperce.

Je me dis qu'il va faire quelque chose d'insensé maintenant. Il est comme une chanson. Je connais toutes les notes avant qu'elle soit chantée. Je me prépare.

En grognant, il attrape les deux côtés de sa chemise blanche et l'ouvre en l'arrachant, révélant son torse solide et musclé, sur lequel sont éparpillés des poils sombres. Je vois les tourbillons d'encre et les lettres sur son cœur. Son tatouage est le même que le mien : « Tanechka + Viktor ».

— Tu as le même.

Je serre le tissu contre ma poitrine.

— Non.

Il repousse mes bras, attrape mon col et déchire ma robe jusqu'au milieu. Le tatouage transparaît sous le fourreau en coton qui couvre ma fine combinaison. Avec un air horrifié, il déchire le fourreau pour révéler entièrement le tatouage.

— Ils ont essayé de l'effacer. Qui a fait ça ? Pas les nonnes. Les hommes du Valhalla ? Qui t'a touchée ?

J'essaie de le repousser. J'échoue.

— Qui ? Je vais le tuer.

— Alors je ne te le dirai pas.

— Je les tuerai tous.

Il trace les contours du dessin avec un doigt tremblant.

— Est-ce que ça t'a fait mal ?

— Non.

— C'est comme ça qu'ils ont su ton nom.

— Laisse-moi tranquille.

— Ils n'ont pas réussi à l'effacer entièrement.

— Ils auraient pu le faire et j'en étais contente. Je voulais qu'il disparaisse.

Les sœurs aimaient prétendre qu'il n'était pas là, tout comme moi. C'était une autre vie, une autre personne.

Je me raidis quand Viktor appuie ses lèvres contre le tatouage, les laissant posées là, sur mon cœur tambourinant.

J'essaie tout de même de le repousser. C'est comme pousser une montagne.

— Dieu ne te connaît pas comme moi je te connais, sinon il aimerait tout chez toi et tout ce que tu as fait.

Il appuie ses lèvres sur mon épaule, puis sur la courbe supérieure de ma poitrine en le disant, comme s'il s'adressait directement à mon cœur.

— Si Dieu te connaissait comme je te connais, il serait fou amoureux de toi.

— Ne parle pas comme ça.

Avec un grognement, il s'éloigne, ses yeux sombres encore plus sauvages. Il attrape mon fourreau et le déchire jusqu'à mon nombril.

Une chaleur me traverse.

Il passe les restes de la robe et du fourreau par-dessus mon épaule droite, comme si j'avais à moitié enfilé un manteau, ma combinaison exposée.

Je le pousse vainement, mes vêtements pendant sur mon autre épaule. J'ai peur qu'il déchire aussi ma combinaison et prenne mon téton dans sa bouche.

Cette image me transperce chaudement. Comment pourrais-je vouloir une telle chose ?

Au lieu de ça, il pose son doigt sur une cicatrice au bout de ma clavicule. Était-ce son but ? Révéler la cicatrice ? Et pas mon sein ?

— Tu as déjà remarqué combien de tes cicatrices sont hachurées, Tanechka ?

Je halète, pleinement consciente de ses doigts doux et chauds.

— Tu as déjà remarqué ?

— Je n'y pense pas. Les cicatrices sont d'horribles rappels d'une autre vie.

— Elles sont belles.

Il attrape mon bras et le lève pour que je me retrouve face à une autre trace horrible, celle-ci sous mon avant-bras.

— Elle est hachurée. Regarde-la, Tanechka !

Je tourne les yeux vers la cicatrice. Je ferais n'importe quoi pour arrêter ça.

— C'est une blessure défensive. Les hachures montrent que la cicatrice a été faite quand tu étais très jeune.

Son regard est féroce et sincère.

— C'est ce qui arrive quand la peau s'étire lorsque le corps grandit. Celle-ci, tu l'as eue quand tu avais dix ans, en défendant un enfant de ton immeuble d'un prédateur adolescent sadique.

Ses doigts bougent le long des bords gonflés de la cicatrice, comme s'ils parlaient un langage que lui seul pouvait deviner.

La magie s'élève dans l'espace entre nous.

— Tu t'es mise en danger pour que l'enfant plus faible puisse s'échapper. Tu étais comme ça, Tanechka. Même au bordel. Tu voulais prendre la douleur de ces femmes. Tu es comme ça ! Cette cicatrice, voilà qui tu es, honnête et féroce.

Je serre le tissu sur mon épaule. J'ai toujours imaginé que cette cicatrice était quelque chose de sombre et de méprisable.

— Rien n'efface le fait d'être une tueuse.

— Tu as besoin de savoir qui tu étais avant de dire ça.

Il tire sur le tissu. C'est une bataille que je ne gagnerai pas. Il est plus fort et il a l'avantage de savoir que je ne lui ferai pas de mal.

C'est inutile de l'autoriser à déchirer un peu plus ma robe, alors je le repousse et enlève le reste de mes vêtements de nonne.

— Heureux ?

Je tremble devant lui, dans rien de plus qu'une fine combinaison presque transparente et une culotte. Ma tunique est en boule à mes pieds. Il me faudra une éternité pour la recoudre. Je me concentre là-dessus. Je vais trouver une aiguille et du fil, puis je la remettrai en état.

— Fais ce que tu veux, continué-je. J'étais préparée pour ça au bordel.

Il a l'air dévasté.

— Tu penses que je te ferais du mal de cette façon ?

Il appuie doucement ses doigts sur le tissu de la combinaison, descendant ensuite là où ma cage thoracique laisse place à mon ventre tendre. Je me raidis en réalisant où il va : il cherche deux longues cicatrices, une marque double, comme les rails d'un train, s'enroulant sur mon flanc. Elles deviennent visibles quand il appuie sur le tissu.

— Tu as eu celles-ci en sauvant un chiot pris dans du fil barbelé. Ton père t'a battue parce que tu t'es attiré des ennuis et tu le savais, mais tu l'as quand même fait. Il n'y avait pas un seul être vulnérable pour lequel tu ne te battais pas. Ton père était ivre et faible, mais tu étais forte. Tu étais à la tête de ta petite famille, tu prenais même soin de ton père alors que tu le méprisais.

Mon pouls s'accélère. Sa proximité m'affecte grandement. Qu'il sache tout sur moi est séduisant. Toutes ces choses que je redoutais. Elles ne sont pas toutes mauvaises.

— Et ici...

Il appuie deux doigts sur mes côtes, là où c'est parfois douloureux.

— À l'âge de quatorze ans, tu as confronté des policiers qui demandaient de l'argent à une de tes amies en échange de leur protection, une pauvre fille qui a dépensé tout son argent pour enterrer son bébé, son petit garçon qui venait de mourir. Les policiers t'ont battue avec des matraques et t'ont brisé cette côte. Ils ont dit que tu les avais attaqués. Tu l'as probablement fait. Tu détestais la police, tu détestais Poutine et ses hommes. Ce qui t'a valu d'atterrir dans un foyer pour délinquantes.

Il caresse la zone douloureuse.

— Ça te fait mal quand il neige et quand il pleut. Une poche chauffante peut t'aider. J'en ai une. Je te l'amènerai et te montrerai comment tu l'utilisais.

Il a raison. C'est douloureux quand il pleut.

— Je connais ton corps aussi bien que le mien, *lisichka*, chuchote-t-il. Un jour, il a été à moi, tout comme mon corps était à toi. Même maintenant, tout ce que je suis, c'est pour toi.

Son attirance sombre devient plus forte.

Il bouge sa main sur mon flanc, vers la pire cicatrice de toutes. La balle. Même les nonnes savaient qu'on m'avait tiré dessus à cet endroit. Il y a une plaie de sortie, derrière.

Viktor tombe à genoux, ses lèvres à deux centimètres de cette blessure vraiment horrible. Il appuie sur le fin tissu de la combinaison pour qu'elle se voie à travers et il en trace le contour avec son doigt. Son doigt épais et galbé. Avec son autre main, il touche ma hanche.

Je me raccroche à la douceur de son contact.

— Le médecin a dit que tu devrais l'hydrater. Avec de l'huile de noix de coco. Je t'en apporterai.

J'acquiesce, le cœur au bord des lèvres.

Il en dessine à nouveau le contour. Je prends une grande inspiration, me concentrant sur les retouches que je dois faire sur les vêtements qu'il a déchirés. J'imagine le genre de points que je vais utiliser – tout ce qui pourrait éloigner mon esprit de ses mains tendres.

Mais il est difficile de l'ignorer, cet homme habillé et puissant à genoux devant moi. J'ai conscience de sa rugosité contre ma peau nue.

Il fait trembler mon ventre. Ma respiration s'accélère. Je ne veux pas qu'il arrête. Je rêve d'être une nonne et de faire vœu de chasteté, pourtant, je suis là, à apprécier le contact d'un tueur.

Il touche le centre de la cicatrice et je me raidis. Parce qu'il doit maintenant embrasser cette zone. C'est le jeu. Toucher et embrasser.

— S'il te plaît, non, haleté-je.

En levant les yeux vers moi, il approche ses lèvres de la cicatrice. Doucement, gentiment. Son baiser est soyeux et électrique.

— C'est là que tu m'as sauvé la vie. Tu as pris cette balle pour moi, Tanechka.

Il s'agrippe à mes hanches et m'embrasse à nouveau, si doucement que je peux à peine le détecter.

— J'ai détesté que tu le fasses. C'était pendant notre guerre avec le gang Petrov. Ils allaient me tuer et tu t'es jetée sur Roman Petrov comme un animal sauvage. Et puis le coup de feu est parti. Quand je t'ai vue recroquevillée, toute ma vie s'est effondrée devant mes yeux. Nous avions si peur pour toi, Yuri et moi. Nous t'avons emmenée à l'hôpital, sur leur territoire, nous ne pouvions pas attendre. Nous avons monté la garde jusqu'à pouvoir te déplacer. Nous ne pensions pas survivre.

Il appuie son visage contre mon ventre. Il s'agrippe à l'arrière de mes cuisses à travers ma combinaison.

Je passe mes mains dans ses cheveux.

— Nous avions si peur pour toi. Pityr a kidnappé un médecin pour avoir un deuxième avis, tant il était fou. Tu as été malade pendant longtemps après ça, mais nous t'avons ramenée. Tu es revenue avec nous.

Mon ventre semble bouger tout seul, comme s'il était vivant. Viktor ferme les yeux et m'embrasse au travers du tissu. Mon sexe semble flotter.

Il serre l'arrière de mes cuisses, ses doigts mordant le coton fin. Une sensation agréable et lumineuse ondule entre mes jambes quand il relève la tête et masse légèrement mes cuisses.

Je resserre mes poings dans ses cheveux. Je devrais le repousser.

Je le ferai bientôt.

Il tourne à nouveau son visage vers mon ventre et incline la tête vers le bas pour qu'elle soit au niveau de mon sexe, mais il ne me touche pas.

— Tu as toujours aimé quand je parlais là, que je respirais là. Tu aimais sentir la proximité entre nous. Tu as toujours aimé cet espace entre rien et tout. Tu appelais ça « l'entre-deux ». Ça te fascinait.

Je ferme les yeux, appréciant la chaleur de sa bouche, consciente également de la chaleur entre mes jambes en réponse à ses déclarations.

— Tu aimais quand je t'embrassais presque ici, dit-il. Quand je te touchais presque. Quand je te léchais presque. Tu aimais ça. Je n'avais qu'à te toucher ici pour que tu jouisses.

Il effleure le tissu entre mes jambes. L'étoffe n'adhère à aucune partie de mon corps, juste à l'espace entre mes jambes.

Je défaille presque sous cette sensation. Il a touché cet endroit, maintenant il doit l'embrasser.

Je le repousse.

— Je ne joue plus à tes jeux.

Il se balance sur ses talons et lève les yeux, ses beaux yeux chauds et scintillants.

— Tu sentais tout. Tu étais si sensible. Ce jeu te faisait tout ressentir.

— Laisse-moi tranquille.

Il se lève.

— Un doigt et tu commençais à crier...

Je rassemble mes affaires.

— Regarde ce que tu as fait. Ça va me prendre des heures pour les recoudre.

— Tu ne vas pas les recoudre. Ce costume n'est pas pour toi.

Il m'arrache la robe et le reste des mains, saisit le voile sur ma tête et part en trombe.

Je lui cours après.

— Viktor, s'il te plaît !

Il descend l'escalier.

— Viktor !

Il traverse le salon, en direction de la cheminée, là où des braises scintillent encore. Il jette mes vêtements dedans. Je me précipite vers eux, mais il m'attrape le bras, ses doigts s'enfonçant dans ma chair. Avec sa main libre, il prend le tisonnier et pousse le tissu brûlant, l'agitant sur les braises. Je regarde désespérément mes affaires partir en fumée.

Enfin, il me relâche.

Je tombe à genoux devant la cheminée.

— Il y a un placard rempli de vêtements pour toi en haut. De beaux vêtements que tu aimais autrefois. Tu porteras ceux-là. À partir de maintenant, tu vas porter les habits de Tanechka.

Chapitre Quatorze

Viktor

ELLE DÉVALE les escaliers le lendemain matin avec un T-shirt et un jean, ses cheveux brillants retombant sur ses épaules. J'en ai le souffle coupé.

— *Lisichka.*

Elle continue à avancer vers moi, ses grandes chaussures noires claquant sur le sol.

— Ne t'y habitue pas. Je serai bientôt de retour dans la robe en serge. Tu ne peux pas m'en empêcher.

Je souris. Elle a choisi ces vêtements pour son évasion.

Je la comprends comme un marin comprend l'océan.

Elle enfoncera un bonnet sur sa tête et y coincera ses cheveux dès que je serai parti. Puis elle enfilera une veste noire et y fourrera toute la corde qu'elle pourra trouver. Et d'autres affaires. L'ancienne Tanechka tailladerait la semelle de ses chaussures pour une meilleure adhérence. Je donnerais n'importe quoi pour aller avec elle, pour être à nouveau son allié.

Au lieu de ça, je vais demander à mes hommes de l'arrêter.

En sortant, j'interpelle Pityr, l'un des hommes qui surveillent la rue. Il est nerveux. Je lui donne une claque dans le dos.

— *Blatnye*, dis-je.

Il ne se sent pas tellement *blatnye*, pas si dur à cuire. Il me parle en russe.

— Les *patsanis* de Lazarus le Sanglant viennent juste de passer. Trois voitures.

Il lève son téléphone.

Tout le monde a envoyé des messages à ce sujet.

Ma mâchoire se crispe.

— Quelle était ton impression ?

— Ils ne savent pas où tu habites, répond-il en saisissant la trajectoire de mes pensées. Ils ont traversé la rue dans un sens, puis dans l'autre, nous mettant au défi d'engager le combat. Suggérant que c'était leur ville. C'était une démonstration de force. Ils feront bientôt quelque chose ici. Un nouveau leader a besoin d'exercer son pouvoir.

J'acquiesce.

— Je suis d'accord.

— Je ne sais pas pourquoi ils ne l'ont pas encore fait, explique-t-il. Peut-être pour conserver la sympathie de ses flics.

Il utilise le mot *mussor* – ordures –, mais il veut bien parler des flics.

— Lazarus le Sanglant se fiche de contenter qui que ce soit. C'est pour cette raison que ce sera facile de le faire tomber.

— Ils disent que Lazarus est un bon chef. Tout le monde est surpris.

Il me raconte les dernières rumeurs selon lesquelles le coup du tueur enragé n'était qu'un rôle. Maintenant qu'il a pris le contrôle de la famille, Lazarus est malin et réfléchi.

Les Russes disent que Lazarus offre des bonus à tous les jeunes guerriers Russo-Américains qui le rejoignent. Ils disent aussi que les Russo-Américains sont nerveux à cause de ça. Ils craignent qu'une guerre de gangs éclate.

— Nous sommes venus dans ce quartier pour avoir des relations plus solides avec eux. *Blyad.* Et si le contraire se produisait ? dis-je.

Pityr secoue la tête.

— Je ne sais pas, *brat.*

— Si la mauvaise personne les rejoint, on est foutus.

Il acquiesce.

Aleksio ne va pas apprécier. Je montre le toit du doigt, le chemin que Tanechka emprunterait.

— Elle va essayer de monter. Tu te souviens comme elle y arrivait bien ?

— Elle était rapide et légère, répond-il. La robe de nonne va la gêner.

— Elle l'a enlevée.

Il hausse les sourcils. Il pense que c'est bon signe.

— Ne la sous-estime pas. Et appelle-moi s'il se passe quelque chose. Même un truc insignifiant.

J'appelle Yuri et Tito et leur dis ce qui se passe. Ils doivent se préparer, surtout maintenant que les hommes de Lazarus traînent dans le coin.

Aleksio attend au Tiptop Diner, à dix pâtés de maisons. Je me glisse dans le box, en face de lui, et lui raconte ce que Pityr vient de me dire à propos de Lazarus le Sanglant. De tous les *bratki* qui se réunissent autour de lui.

— Je ne comprends pas. Ça ne les dérange pas que ce soit un psychopathe ?

— Ils disent que le coup du psychopathe était un rôle qu'il jouait, lui expliqué-je. Que Lazarus le Sanglant se comportait comme ça parce qu'il était tueur à gages, mais que maintenant qu'il est leader, il n'est plus psychopathe.

— Il est passé de John Wayne Gacy à Jeff Bezos ?

Je hausse les épaules. Je ne connais pas ces noms. Je commande du jus d'orange.

— Merde. Si le gang russo-américain commence à perdre des mecs au profit de *Lazarus le Sanglant* ? C'est mauvais, dit-il une fois la serveuse partie.

— À la maison, la seule façon de sortir d'un gang, c'est les pieds devant.

Aleksio ricane.

— Nous devons commencer à renforcer nos liens avec les Russes ici. Nous devons commencer à lâcher plus d'argent. Et j'ai manqué cette foutue négociation avec Dmitri hier.

— *Blyad* ! Tu ne peux pas louper les réunions avec leur chef.

Dmitri est leur leader.

— C'était une urgence. J'étais obligé.

— Nous avons besoin de leur loyauté si nous voulons combattre Lazarus.

— On va y travailler davantage.

J'acquiesce et regarde par la fenêtre du restaurant. Nous sommes tous les deux nerveux à l'idée d'avoir des nouvelles de Kiro, mais je ne veux pas nous porter la poisse en en discutant. Je parle alors de Konstantin.

— Je veux qu'il rencontre Tanechka. Je n'ai jamais pu ramener une fille à ma famille. Konstantin, c'est le grand-père grognon que je n'ai jamais eu. Le grand-père albanais grognon avec son foutu café turc.

— Ça montre que tu n'y connais rien en café.

Il vérifie son téléphone. L'enquêteur est en retard. C'est mauvais signe.

Si Lazarus le Sanglant a trouvé notre enquêteur, ça signifie qu'il est mort et qu'ils ont probablement obtenu l'information qu'ils recherchaient. Et une façon d'atteindre Kiro.

La serveuse m'apporte mon jus de fruits. Je le sirote.

— On pourrait trouver Kiro aujourd'hui. C'est le côté positif.

Il me regarde avec intérêt.

— Quoi ?

— Regarde-toi, Madame Risette.

Ça ne me ressemble pas, j'imagine, de voir le bon côté des choses, comme on dit. Mais Tanechka est de retour. Tout est possible.

— Mais tu as raison. Nous allons trouver Kiro, et s'il est dans une supermax, alors nous serons les premiers enfoirés à faire sortir un homme d'une supermax.

Il continue de m'observer et ajoute :

— Comment va Tanechka ?

— Elle s'adapte.

Je la vois en train de descendre les escaliers dans des vêtements ordinaires, ses cheveux retombant sur ses épaules. Ses yeux brillants de défi. C'était presque elle.

— Elle sait quelques-unes des… choses qu'elle a faites.

— Des choses. Tu veux dire, des *coups* ?

J'acquiesce.

— Merde. Comment elle le prend ?

— Pas très bien. Je ne voulais pas qu'elle le sache tout de suite. Au moins elle porte des vêtements normaux maintenant. Un T-shirt et un jean. C'est bien de la voir là-dedans.

Il se raidit.

— Elle a changé ses vêtements de bonne sœur ? Comment tu as réussi à la convaincre ?

— Ce n'était pas vraiment volontaire.

— Viktor, mais qu'est-ce que tu fous ? Je croyais qu'il fallait l'entourer d'objets familiers et la laisser aller à son propre rythme ?

Je hausse les épaules.

Il ouvre l'emballage de sa paille et la jette dans son soda.

— Je n'ai pas respecté ce que Mira voulait et j'ai failli la perdre.

— Ta Mira n'était pas dans la maison que tu avais achetée pour elle, en train de lécher les bottes d'un autre homme.

Il fronce les sourcils.

— Un autre homme ?

— Jésus.

Il me lance un regard méprisant.

— Mec.

— Quoi ? Tu as dit que je devrais la respecter. C'*est* du respect, envers la véritable Tanechka. Elle ne voudrait pas ça. Tanechka s'attendrait à ce que je me batte pour elle. Je mourrais pour qu'elle revienne dans ce monde.

— Et si c'était Tanechka ?

— Ce n'est pas le cas. Tu ne la connaissais pas. Elle mérite au moins de se rappeler qui elle était, pour pouvoir faire un choix.

— Est-ce que tu lui donnes le choix ? Enfin, je comprends, Viktor, une nonne, c'est limite...

Soudain, Sykes, notre enquêteur, arrive avec son chapeau enfoncé sur la tête. Aleksio se glisse à côté de moi pour que l'homme puisse avoir un côté du box pour lui tout seul.

— Je n'aime pas cet endroit public, grommelle Sykes.

Aleksio lui passe des billets et Sykes fait glisser une clé USB sur la table vers nous. Il a un grand visage, un petit nez et une peau de la couleur d'un spray autobronzant.

— Ce sont les archives. Il y a beaucoup de conneries là-dedans, juste pour que vous voyiez ce que j'ai fait. J'ai le rapport sur Kiro. C'est la bonne nouvelle.

Il attire alors notre attention.

— Il a été arrêté, explique-t-il. C'est plus ou moins l'histoire que vous avez entendue. Il a attaqué les policiers qui l'ont libéré, sans provocation. Ce mec a vraiment mis le paquet. Il n'aime pas être détenu.

L'enquêteur se rassied et fait glisser ses mains des deux côtés sur la banquette. Ce Sykes, c'est un homme qui prend deux places à lui tout seul s'il le peut.

— La mauvaise nouvelle, c'est qu'il est passé devant la cour de district et qu'ils ont fait une évaluation psychiatrique. Apparemment, il a été interné, mais je ne peux obtenir aucune information définitive et certainement pas savoir où il a été envoyé. Un certificat d'internement a été créé à un moment, mais il a été supprimé des dossiers correspondants. J'ai une autre idée, mais ça nécessite une autre requête en vertu de la liberté d'information. Je me suis déjà permis de la faire.

— Attends... interné ? demande Aleksio. Comme dans un asile psychiatrique ?

— Possible. L'audition a eu lieu en présence de deux avocats – un pour l'État, un pour lui – et d'un psychiatre. C'est la procédure dans le cas d'un internement. J'ai le nom de l'avocat, mais il est parti à la retraite peu de temps après. Je le recherche. J'imagine que vous voulez que je mette le grappin sur lui.

— Fais tout ce que tu veux pour le faire parler, dit Aleksio.

— Mais il y a quelque chose de bizarre. Le nom du psychiatre a été noirci. Et les copies papier ont été remplies avec une écriture différente que les autres feuilles du dossier.

— Qu'est-ce que ça veut dire ? demande Aleksio.

— Il pourrait y avoir de nombreuses raisons. Certaines innocentes, d'autres suspectes. Le truc, c'est qu'il s'est déchaîné sur tous les flics. J'imagine qu'il est dans le système, quelque part dans le fichier des MM et D – le fichier des malades mentaux et dangereux –, mais où ? C'est pour ça que j'ai fait une autre demande.

— Ça veut dire qu'il est peut-être dans une prison pour les fous criminels, répond Aleksio.

Je prends une inspiration sifflante.

— Il pourrit dans un asile de fous ?

— Ça pourrait être ça, mais nous ne le savons pas, dit Sykes.

— Ici, ce n'est pas aussi horrible qu'en Russie, m'explique Aleksio.

Je grogne. C'est tout aussi mauvais.

— Il a pu être interné pendant un moment, puis placé dans une maison de réinsertion, continue Sykes. Je vais aussi vite que possible. Vous avez dit de ne pas attirer l'attention. Il y a des personnalités difficiles au bureau des archives. Il faut toujours acheter un putain de frappé à la vanille pour le mec de l'accueil. Un satané petit mégalomane derrière son maudit bureau.

Je sens la rage flamber dans ma tête. Je parle à travers mes dents serrées.

— Quel est le nom de cet homme, s'il te plaît ?

L'enquêteur jette un regard nerveux à Aleksio qui lève une main comme si cela allait me calmer.

— Nous avons légalement le droit de connaître cette information, ajoute mon frère. Il ne veut pas la donner ?

— La loi est aussi juste que ceux qui la font appliquer.

Aleksio grogne à présent.

— Détendez-vous, les mecs, poursuit Sykes. Je suis sur le coup.

Je me retourne vers lui.

— Tu as remarqué quelqu'un d'autre qui fouinait ?

— Je vous l'aurais dit si c'était le cas. Ma couverture d'auteur qui fait des recherches a l'air crédible. J'ai un livre sur Amazon.

Je prends une grande inspiration, essayant d'être l'homme que Kiro a besoin que je sois.

— Nous devons être sûrs de nos informations avant d'agir.

Je le dis plus pour moi-même que pour quelqu'un d'autre. Je jette un coup d'œil à mon frère.

— Si nous agissons précipitamment maintenant, nous pourrions le regretter pour toujours.

Je ne le pense pas vraiment, mais je le dis tout de même.

Aleksio croise mon regard. Une boule se forme dans ma gorge, parce que je sais qu'il est aussi en train de penser à Tanechka et moi.

— Putain, chuchote Aleksio. Ne regarde pas derrière toi.

Je me raidis.

— On est surveillés, explique-t-il.

C'est mauvais.

— Bordel.

Je saisis mon arme et la pose sur ma cuisse, enlevant la sécurité.

Sykes prend une inspiration.

— C'est quoi ce délire ? Ils vont nous sauter dessus ?

— Ça dépend, répond Aleksio. Et ils nous ont vus ensemble. Merde. Il leur faudra combien de temps avant de mettre un nom et une adresse sur ton visage ?

— Pas longtemps, merde, grogne Sykes.

Il commence à se lever.

Je serre une main autour de son poignet. Il tremble.

— Où vas-tu ?

— Je me casse d'ici.

— Non. Tu suis nos ordres maintenant. On va réfléchir à un moyen de sortir d'ici, puis on te trouvera un endroit.

— Parce que tu ne peux pas rentrer chez toi, dit Aleksio.

— Quoi ? J'ai un chien, réplique Sykes.

— Donne-moi ton adresse, on ira chercher ton chien. Dépêche, lui ordonne Aleksio.

— Je ne peux pas *ne pas* rentrer chez moi.

— Nous avons des planques, lui répond Aleksio. C'est cool.

— Ce n'est *pas* cool, rétorque Sykes.

— Tu préfères être interrogé ? Aux mains de Lazarus le

Sanglant, peut-être ? Non. Tu vas continuer d'enquêter depuis un endroit sûr dans lequel on te mettra. On va te faire suivre pour te protéger. Tu vas continuer ton travail.

Sykes est effrayé et agacé. Il donne son adresse d'une voix tremblante. Aleksio sort son téléphone et envoie un message à Tito pour qu'il passe prendre le chien et ce que Sykes veut chez lui.

— Vous n'avez pas peur que vos ennemis vous attendent dehors pour vous descendre ?

— Nous ne savons pas quel est leur plan.

Le téléphone d'Aleksio vibre. Il regarde l'écran.

— Tito et Nikki vont aller chercher le chien.

Il lève les yeux vers moi.

— *Ensemble*. C'est intéressant.

— Mon chien va flipper si des inconnus viennent le chercher.

— Tito sait comment gérer les chiens. Il apportera de la viande.

Il me regarde et ajoute :

— Nous devons nous séparer. Je vais faire sortir Sykes. Fais le tour et couvre-nous si nécessaire. Nous ferons semblant de ne pas les remarquer à moins qu'ils passent à l'action.

— On fuit un combat comme des *kozel*, dis-je. Des chèvres. Je n'aime pas ça. Je pourrais arriver par derrière. *Pop*.

— Viktor, non. On ne les regarde même pas, d'accord ? demande Aleksio. On doit se dépêcher avant qu'ils appellent du renfort.

— Ils paradent devant nous. Ils ont suivi l'un d'entre nous, ils conduisent dans nos rues. Nous devons frapper en retour.

— Ce n'est pas le moment, réplique-t-il. Nous trouverons peut-être quelque chose à faire après ça.

Il me lance un regard plein de sens que je comprends immédiatement. Il veut dire que nous allons nous en prendre à leur business de blanchiment d'argent. Ça me va. J'ai envie que ça devienne sanglant.

— Tu viens avec moi, dans ma voiture, dit Aleksio à Sykes. Viktor va prendre ta moto. Donne-lui tes clés.

— Et si je ne fais pas ce que tu me demandes ? se plaint Sykes. C'est vraiment la situation dans laquelle je me trouve ?

— Oui, c'est bien cette situation-là, répond-il d'une voix basse et menaçante.

L'enquêteur tend ses clés et son casque.

Ça va être agréable de faire un tour de moto. Je vais conduire vite et le vent me sortira peut-être un peu Tanechka de la tête.

Je lance mon propre regard sévère à Sykes.

— Avance calmement et avec assurance jusqu'à la voiture. C'est l'attitude que tu veux montrer.

Aleksio me sourit. Il aime quand je parle comme ça. La guerre entre les *blatnoy* repose essentiellement sur l'image.

— Je te retrouverai à ce McDonald's, dit Aleksio.

J'acquiesce. Il y a un McDonald's près de l'entrepôt lié au blanchiment d'argent.

Je me dirige vers la salle de bain et me glisse par la fenêtre, mon flingue à la main.

Il n'y a personne derrière. Peut-être qu'il y a juste deux mecs. Qu'ils ne suivent que l'un d'entre nous.

Je conduis la moto de Sykes jusqu'à la zone industrielle délabrée au sud-ouest de la ville et je me gare au McDonald's. Aleksio arrive avec Yuri après un moment. Nous mettons la voiture et la moto à l'abri des regards et nous partons à pied jusqu'à l'entrepôt de textile avec la cheminée cassée.

L'entrepôt de textile est à côté de la principale entreprise de blanchiment d'argent de Lazarus – là où l'argent liquide est collecté. Ils le blanchissent avec un procédé d'importation. Une vieille technique.

La cheminée nous offre une vue parfaite sur tout ce qui se passe là-bas. Si nous lançons cette opération quand les caisses seront pleines, il sera ébranlé pendant des semaines.

Le gardien de l'entrepôt de textile que nous avons menacé n'est pas heureux de nous voir. Nous allons dans la pièce à l'arrière et appelons Santino, l'homme qu'Aleksio a posté là. Un Italien. De nouveaux muscles venant de Milwaukee.

Santino *est* heureux de nous voir. Il ouvre son ordinateur et nous montre les images qu'il a prises de son perchoir, beaucoup de photos sous différentes lumières. Il a créé un diaporama PowerPoint qui montre le tableau de service des gardiens et d'autres détails. Aleksio et ses *patsanis*, ils aiment leurs diagrammes et leurs listes à puces.

Gardiens permutent à dix heures

Numéro 2 fume cinq fois par garde

Cinq hommes en tout

— Nous devrons passer à l'action bientôt, dit Aleksio. Avant qu'ils changent d'endroit.

J'ordonne à Santino de repasser les photos. Une fois qu'elles sont sur l'écran, je montre un trait lumineux sur le toit.

— C'est une ouverture ?

— Je pensais que c'était un reflet, répond Santino. Mais attends...

Nous le comparons aux autres photos et mettons tous les clichés nocturnes sur l'écran.

— Merde, dit-il. C'est une ouverture sur le toit.

Il fera bientôt nuit. Je suggère qu'on prenne une caméra câblée pour essayer de la descendre à l'intérieur.

Aleksio déglutit.

— Grimper sur leur toit ? Bordel.

Il aime cette idée.

Moi aussi.

— Mais ta cheville...

Aleksio balaie ma réponse d'un signe de la main.

— Je ne vois pas comment vous pourrez monter là-haut sans vous faire remarquer, nous dit Santino.

— Nous le ferons et tu vas nous couvrir, ordonne Aleksio. Si nous pouvons avoir un visuel à l'intérieur, ce sera du gâteau de les braquer.

J'acquiesce. Nous pourrons bientôt entrer. Nous allons voler un sacré paquet de fric à Lazarus.

Ça fera du bien de lui faire du mal.

Aleksio me sourit.

Deux heures plus tard, nous évoluons dans l'obscurité avec des caméras et du matériel d'escalade. Il boîte toujours, mais c'est Aleksio. Toujours prêt.

— Konstantin n'aimerait pas ça, déclare-t-il.

— Je sais.

Mais Konstantin n'est pas en charge de l'opération.

Nous coupons une clôture rouillée. C'est sacrément dangereux d'aller dans cette direction. Mais nos deux esprits ont été frappés par le trait de lumière et la promesse d'avoir des yeux à l'intérieur. Cela pourrait prendre une semaine ou même un mois de faire tomber le Valhalla, mais frapper cet endroit empêcherait Lazarus de se concentrer sur Kiro. Il va peut-être même perdre son calme. S'il perd son calme, il perd ses hommes.

Nous nous accroupissons dans l'obscurité.

— On devrait vraiment sortir plus souvent.

Je lui lance un sourire narquois.

Quand Santino nous donne le signal, nous nous précipitons et commençons à escalader le mur du bâtiment. Une construction en béton. La surface est rêche avec quelques endroits pour s'accrocher. Cette partie est dangereuse, pas tant parce qu'on peut tomber, mais si l'on se fait prendre, on peut facilement se faire tirer dessus. Santino est dans la cheminée, juste à côté, nous couvrant avec un fusil longue portée. Ça va nous aider. Un peu.

Nous avançons péniblement sur le toit, à bout de souffle. En silence, nous plions le matériel d'escalade. Si nous faisons du bruit, nous allons devoir descendre en rappel. Encore une fois, nous serons des cibles faciles.

Nous nous allongeons côte à côte sur la surface douce, caoutchouteuse et encore chaude du toit. Les étoiles sont brillantes, l'air est léger.

— Quand nous frapperons cet endroit, nous devrions amener quelques Russo-Américains, dit Aleksio. Nous les laisserons garder l'argent.

— Bonne idée, confirmé-je.

Nous rampons vers l'équipement mécanique. La fente devrait se trouver au niveau du joint autour de la ventilation.

Craaaaaaac.

Je me fige et ferme les yeux. C'était bruyant – trop bruyant. Le problème n'est pas seulement les gens dangereux à l'intérieur, mais aussi le toit, qui pourrait être instable.

Je croise le regard d'Aleksio. Il secoue la tête et sort son téléphone pour appeler Santino. Personne ne vient. Tout va bien. Pour l'instant.

Santino pense que nous devrions revenir. Le toit s'affaisse au-devant, ce qui signifie qu'il craquera davantage.

— Bordel, chuchote Aleksio.

Il désigne un petit rebord. Il nous servira de support.

— Tout ira bien si nous restons là-dessus.

Sacré bout de toundra à traverser. Quinze mètres, peut-être.

Nous rampons lentement. Aleksio est devant et ma tête est collée à ses orteils. Les immenses ventilateurs qui fournissent la chaleur en dessous sont parqués dans un caisson métallique. Aleksio atteint le système en premier et ouvre son sac.

La caméra est au bout d'un petit câble. Il le déroule, le met autour de son poignet et le fait descendre.

Je viens à côté de lui et regarde les images sur mon téléphone. C'est un long processus.

— Je me pose encore une question, dit-il.

Il continue de dérouler, centimètre après centimètre, faisant descendre la caméra à l'intérieur. Il la fait tourner pour changer la vue.

Je regarde au travers de la lentille avec mon iPhone.

— Continue.

Il déroule un peu plus.

— Ton plan final.

Il continue de travailler calmement.

— Quel est ton plan final avec Tanechka ?

— Si rien d'autre ne fonctionne, elle voudra s'envoyer en l'air à un moment. Elle ne pouvait pas me résister. Après notre partie de jambes en l'air, elle se souviendra, c'est sûr. Son corps va lui dire qui je suis, qui elle est.

— C'est ton plan final ? La pousser à te désirer ? Et la baiser pour faire revenir ses souvenirs ?

— C'est une *nonne* dont Jésus est l'ami imaginaire. Je ne peux pas la laisser comme ça.

— Voyons voir. Tu te la fais et ensuite elle se souvient qu'elle est une tueuse à gages au sang-froid et non une bonne sœur.

— Exactement.

— Te taper une femme qui pourrait, à n'importe quel moment, se souvenir qu'elle est une tueuse entraînée qui veut t'assassiner. C'est ton plan final.

— C'est sous contrôle, grogné-je.

— Non, Viktor, c'est tout sauf sous contrôle. C'est un plan inconscient qui *te* contrôle.

— Vous les Américains, craché-je. Avec votre mentalité en

sucre, dis-je, incapable de trouver un meilleur mot. Juste du sucre.

— Non, je mets le doigt sur quelque chose. Tu lui dis tout sur votre ancienne vie sauf un détail important.

Je lui lance un regard méprisant, là, dans l'obscurité.

— Quelle est la chose que tu ne lui dis pas ?

— Va te faire foutre, dis-je.

— La seule chose que tu ne lui dis pas, c'est que tu *l'as jetée du haut d'une falaise.*

Il crie en chuchotant cette dernière phrase.

— Pourquoi tu ne le dirais pas à la nonne, ça ? Tu lui dis tout le reste. Tu lui as raconté qu'elle était une tueuse. Comment ça pourrait être pire de lui dire que tu as essayé de la tuer ?

— C'est trop.

— Conneries, répond-il. Tu ne veux pas que la bonne sœur le sache, parce qu'elle pourrait te pardonner. Et c'est la dernière chose dont tu as envie, n'est-ce pas ?

J'ai la tête qui tourne.

— Tu ne veux pas de pardon. Tu veux que la tueuse te tue.

Il déroule le câble.

— C'est une foutue pulsion suicidaire, voilà ce que c'est.

— Si je voulais mourir, je serais déjà mort, grommelé-je.

Je fais défiler les images sur l'application. Toutes sombres.

— Mais tu ne veux pas simplement mourir. Tu veux que Tanechka te tue.

Je ricane, me concentrant sur la caméra à l'intérieur de l'entrepôt.

A-t-il raison ?

— Laisse-moi te poser une question. Comment tu te sentirais si elle plongeait une lame dans ton ventre ?

Je me fige, étonné par la question.

— Allez, soit honnête.

Je l'imagine me courir après avec une lame. Je l'imagine l'enfoncer sous mes côtes et... ça me semble normal. Bien. *Chaud*, en quelque sorte.

Le monde est devenu froid le jour où je l'ai tuée. Sa lame dans mon ventre le rendrait chaud à nouveau. Normal à nouveau.

Je ne sais pas quoi penser – à propos de quoi que ce soit. Alors je me concentre sur l'image. Sur les formes. La pièce entière apparaît.

— Je vois quelque chose.

Il ne répond pas.

Je lève la tête et remarque qu'il me lance un regard noir.

— Ce sont des conneries, réplique-t-il. Peut-être que je vais lui dire, moi.

— Ne le fais pas.

J'ajuste le câble.

Il saisit mon bras d'une main.

— Tu veux que Tanechka te punisse. Mais tu t'es suffisamment puni tout seul.

— J'aurais dû croire en elle.

— Raconte-le à Tanechka. Dis-lui tant qu'elle est encore nonne. Promets-moi de ne pas te la taper avant de lui avoir dit ce que tu as fait.

Le silence entre nous s'étire longuement. Je repense à sa lame, glissant entre mes côtes, perçant mon cœur.

Je pense à la sensation que cela me procurerait.

Je pense que je me sentirais libéré.

Chapitre Quinze

TANECHKA

Un sentiment de familiarité des plus étranges me traverse quand je me glisse sur le toit, le vent nocturne dans mes cheveux. Les hommes en dessous sont doués, ils savent qu'il faut lever les yeux. Un homme était posté sur le toit, mais il est descendu pour faire une pause pipi. Il aurait dû pisser ici.

Je cours et saute la petite distance qui me sépare de l'autre toit, dans un mouvement profondément familier. Je sais qu'il ne faut pas regarder en bas. Je sais comment atterrir, en portant mon poids vers l'avant.

Mon plan est de courir jusqu'à une église orthodoxe que j'ai trouvée dans l'annuaire de la cuisine. Les mecs prennent tellement de précautions pour m'éloigner des téléphones et d'Internet qu'ils en ont oublié le papier. Il y a une église russe orthodoxe à moins de vingt pâtés de maisons, à en juger par la carte au dos. Elle est très grande. Elle s'appelle Rivière Sacrée – elle est très similaire à notre Svyataya Reka, notre Rivière Bénie. Il y a des nonnes là-bas. Mes semblables. Je leur parlerai du bordel de vierges et nous identifierons des policiers en qui nous pourrons avoir confiance. Nous les impliquerons dans le sauvetage des filles. Et je contacterai les sœurs de l'autre côté de l'océan.

Et je m'éloignerai de Viktor.

Il est *trop*. Il s'approche de moi et mes défenses s'effondrent. Je dois mettre une barrière entre nous.

Je cours, bondissant à nouveau, atterrissant légèrement. Je me sens forte, petite et douée.

Je marque une pause et prends une inspiration, puis je glisse sur le côté d'un toit en pente et je m'accroche à un arbre, grimpant sur la branche. Je tâtonne pour trouver où m'appuyer et je descends rapidement. Je fais bruisser les branches, mais peu importe. Je disparaîtrai avant que qui que ce soit apparaisse à la fenêtre.

Je touche terre et détale, courant dans les rues plongées dans la nuit, vers l'église.

Je sens des yeux tout autour de moi. On le sent quand une personne nous regarde, on le sent toujours.

Je tourne à un angle et marche. Il est temps de se fondre dans la masse. Je déteste savoir ça. Une religieuse ne devrait pas savoir ça. Je me dis que tout ira bien. Quand je m'inquiétais de mon passé violent, Mère Olga disait que Dieu aimait tous ses enfants, surtout les difficiles.

Je fais partie des difficiles.

J'entends des pas. Je suis suivie. Je me glisse au coin d'une maison en grès rouge et me cache.

Quelqu'un arrive. Trois hommes.

Je commence à courir dans l'autre direction, même si les rues me sont inconnues. Je sens le danger augmenter. C'est une sensation sur ma peau. Dans l'air.

Je coupe par une allée sombre. Je ne connais pas cet endroit.

Je ne l'aime pas. Je me déplace dans l'ombre et jette un coup d'œil dans la rue. Le trottoir est vide.

Je me tourne et commence à marcher.

Des mains m'attrapent par derrière et m'attirent en arrière. Mon visage est projeté contre le mur froid et rêche d'un bâtiment.

La brique griffe ma joue. Mon cœur tambourine.

J'entends un chuchotement dans mon oreille, doux comme une plume.

— Avant, tu aimais ça.

Viktor.

Il s'appuie contre moi. Je fonds à l'intérieur.

— Je te poussais contre un mur comme ça. Je te prenais par derrière. Je me servais de toi comme si tu étais une inconnue.

Il appuie un peu plus. Quelque chose tremble en moi.

Le désir.

— Je t'obligeais à tourner la tête et à ouvrir les yeux pour voir ce que je te faisais.

— Je suis différente maintenant, chuchoté-je.

— Vraiment ?

Brutalement, il me retourne pour que je sois face à lui.

Mon pouls s'accélère. *Est-ce que je suis vraiment différente ?*

— Laisse-moi. Laisse-moi être avec celles qui me ressemblent.

— Dans ton église pathétique ? Avec ton Dieu dans le ciel ? Comme Mickey ? Moi, je te ressemble.

Il est furieux et beau.

Je lui lance un regard noir. Apparemment, ça le rend heureux.

— Allez.

Il me tire en arrière. Inutile de lutter maintenant, ses hommes sont partout dans la rue.

Dix minutes plus tard, nous sommes de retour à l'appartement.

Une fois encore, je suis en haut, dans la grande chambre. En fait, je suis sur un tapis épais en peau d'ours devant le feu chatoyant.

Ça a l'air sympa, j'imagine. Ce serait sympa si ma cheville n'était pas menottée à une chaîne allant jusqu'à un grand tuyau de chauffage en métal qui remonte le long du mur. Il y a juste assez de place pour aller s'allonger devant le feu, ou pour utiliser la petite salle de bain sans fenêtre.

Viktor tire sur la chaîne et recule. La partie qui est connectée à ma cheville est une menotte en fer avec un cadenas. Le feu crépite.

— En quoi c'est différent du bordel ? demandé-je. Prisonnière pour satisfaire le caprice d'un homme ?

— C'est complètement différent.

Il soulève un coin du tapis et regarde en dessous. Puis il se lève et fouille dans le vide-poche sur la commode. Il cherche des choses que je pourrais utiliser pour crocheter la serrure – des objets solides et pliables. Comme si je me souvenais comment crocheter une serrure. Mais bon, je sais exactement ce qu'il recherche, donc j'en suis sans doute capable.

Je savais clairement comment passer de toit en toit.

— Tu as de la chance que je t'ai attrapée en premier. Parce que tu sais qui est dehors, en train de te chercher ? Lazarus le Sanglant. Tu te souviens ? Le propriétaire du Valhalla. Ses hommes sont en chasse pour te retrouver. À ton avis, que fera-t-il quand il te trouvera. Ton expérience avec lui sera très différente de ton expérience avec moi. Il te ramènera probablement à ce Charles.

Des frissons rampent sur ma peau.

— J'étais contente que Charles dîne avec moi, et pas avec l'une des autres filles.

Viktor dévisse le cale-porte et le jette hors de mon rayon de déplacement avec ma chaîne. Il arrache un morceau de moulure, visiblement juste pour enlever le clou. Il pense que je pourrais utiliser un clou ?

— Rien ne m'empêchera de retourner à ma place, Viktor. Ni toi, ni Lazarus.

— Tu penses que Lazarus ne peut pas t'en empêcher ? Même au meilleur de ses capacités, Tanechka n'était pas magicienne.

Son regard est sombre. Il m'effraie légèrement.

— Nous avons toujours su qu'il était assoiffé de sang. Mais nous n'avons jamais su qu'il était si intelligent.

Je m'allonge.

— Quand bien même. Je m'enfuirai à nouveau.

— L'ancienne Tanechka ne fuirait pas dans les rues vers une destination prévisible. Tellement prévisible. Tu courais vers une église.

Il crache pratiquement ce dernier mot.

— Tanechka aurait sans doute *mieux fait* de courir vers une église.

— Tanechka était parfaite. Elle n'avait pas besoin d'église.

Il s'agenouille à mes pieds et coince une chaussette à l'intérieur de ma prison de fer, par-dessus mon jean. Matelassant le métal. Dureté et douceur. Rigueur et inquiétude.

Un frisson d'excitation familier me traverse. Il lève les yeux, croise mon regard.

— J'aime ça. Tu es attachée pour moi.

— Tu dois me laisser partir, dis-je. J'ai besoin de confesser ce que j'ai fait.

Il renifle.

— J'ai tué quelqu'un.

— Peut-être. Ou n'est-ce qu'un mensonge ? Dommage que tu ne puisses pas te souvenir. Tanechka, elle, se souviendrait.

— Viktor, s'il te plaît. Je ne peux pas être ce que tu veux.

— Alors tu mourras de vieillesse dans cette chambre.

— Toi aussi, tu as tué, dis-je. Tu ne veux pas trouver la paix ?

Cela semble l'arrêter. Je vois la chaleur sur son visage. De la rage. Ou peut-être de la honte.

— C'est trop tard pour moi.

— Comment tu vis avec ça ?

Il semble y réfléchir.

— C'est douloureux parfois. Mais tu vas de l'avant.

Il s'agenouille devant moi.

— Nous avons toujours été des combattants, Tanechka. Nous avons toujours été sombres et mauvais. Quand on ne s'attend pas au soleil et au bonheur, rien ne peut nous blesser.

Il coince une autre chaussette, protégeant tout le tour de ma cheville.

— L'enfer est uniquement décevant pour ceux qui s'attendaient au paradis.

Je regarde l'icône de Jésus. Elle est trop loin pour que je l'atteigne.

— N'envisage même pas de demander. Tu n'as plus le droit de l'embrasser.

— Peu importe. Emmène-la, ça ne changera pas mon cœur. J'ai vu la lumière briller dans ses yeux. Tu ne peux pas m'enlever ça. La lumière la plus douce et la plus scintillante que tu puisses imaginer.

— Je commence à me lasser de tes contes de fées.

Il se lève et s'en va.

— Viktor ! l'appelé-je.

Rien.

J'inspecte la chaîne. Je tire dessus. Je teste la solidité du tuyau. Rien. Je passe la main sur le tapis épais et riche. Il est tellement décadent. Nous n'avions pas de telles choses au couvent. Pourtant sa familiarité s'enfonce dans mes os. De la fourrure devant un feu... est-ce comme le gâteau au miel ? Comme le rock and roll américain ?

Je repousse le tapis et m'assieds sur le parquet.

Je me tourne vers l'étagère de l'autre côté de la chambre où j'ai posé la petite icône. Je ne peux pas l'atteindre, mais je peux la regarder.

Il revient avec un plateau chargé de poires et de cerises. Mon cœur se soulève. Puis retombe. Je connais son tour de passe-passe.

— Tu continues de me donner ce que Tanechka aimait. Ça ne fonctionnera pas.

Il ne dit rien à propos du tapis, en boule près du mur. Il pose simplement le plateau, ravive le feu et s'assied en tailleur à côté de moi.

— Tu te souvenais comment t'échapper par le toit.

Il saisit une poire. Un éclat argenté étincelle dans son autre main. Je ressens un picotement dans ma paume.

Il me regarde avec des yeux pétillants. Il fait un mouvement rapide et une lame apparaît.

Ma bouche s'assèche. Je sens le frisson de cette apparition, son poids. Le pouvoir brut qu'elle possède.

— Tu t'en souviens, n'est-ce pas ? Il est exactement comme le tien.

Je détourne le regard.

— Avant, tu pouvais faire beaucoup de dégâts avec une de ces choses.

Il coupe la poire. Je la regarde couler, elle est si juteuse. Il me donne une tranche.

Je secoue la tête.

— Mange-la ou je m'assiérai sur toi et je te la mettrai dans la bouche.

Je soupire et la prends, ne voulant pas lui donner l'opportunité de me toucher. C'est suffisamment puissant de l'avoir près de moi, d'avoir cette électricité dansant entre nous. Je mords dans la tranche de poire. Elle est délicieuse, comme toute la nourriture qu'il me donne.

Il en coupe une autre, puis il lève les yeux et affiche un sourire maléfique et magnifique.

Chapitre Seize

Viktor

Elle la reconnaît immédiatement. Sa lame préférée, la R-37 avec le manche en argent. Elle n'était pas très facile à trouver ici. Elle aimait cette lame, ma Tanechka. Elle était si dangereuse avec le *pika*.

Elle a remonté ses cheveux en une queue de cheval et une mèche boucle autour de son visage. Elle me coupe le souffle. Elle a repoussé le tapis, refusant le confort.

Évidemment.

Je coupe une autre tranche, lentement, lui permettant de ressentir le couteau, puis je lui passe.

— Tu penses que tu ne ressembles pas à l'ancienne Tanechka parce que tu t'accroches férocement à ton identité de nonne. Ce que tu ne comprends pas, Tanechka, c'est que tu as toujours été aussi déterminée. Tu avais un code d'honneur tellement strict. Comme nous tous, mais tu étais différente. Tu étais la plus féroce. La plus loyale.

— Tu ne me feras pas changer d'avis, déclare-t-elle.

Je lui tends une autre tranche. Elle aime les poires sucrées.

J'agis tranquillement. Comme si je savais qu'elle sera à nouveau elle-même. Je coupe une autre tranche.

— J'ai voulu tuer ton père parce que c'était un monstre quand tu étais jeune. Tant de fois, j'ai voulu le tuer. Mais tu ne m'as pas laissé faire. Tu disais : « C'est mon père, il fait du mieux qu'il peut. »

Je ricane.

— J'avais envie de le vider comme un poisson.

Elle observe sa tranche de poire pensivement. Se souvient-elle de quoi que ce soit datant de cette époque ?

Je prends une tranche pour moi.

— Nous avons eu une enfance à l'opposé l'une de l'autre, de bien des façons. Tu avais un mauvais père, qui s'accrochait à toi comme si sa vie en dépendait. Tu aurais été bien mieux dans un orphelinat. Alors que moi, j'étais dans un orphelinat et je voulais une famille. J'avais été envoyé dans ces belles maisons pour des tests, mais ils me renvoyaient toujours. J'étais un garçon déficient.

Je le dis normalement, même si je déteste que ce soit encore douloureux. J'étais tellement seul avant elle.

Je coupe une autre tranche et la lui tends.

— Je suis désolée, répond-elle.

— Ce n'est rien.

J'étudie ses taches de rousseur pâles à la lumière de la bougie. Elles sont toujours pareilles. Elles m'ont toujours aidé à me sentir moins seul.

— Ça a dû être douloureux, d'être renvoyé.

Je hausse les épaules.

— Au moins, je mangeais bien pendant quelques repas. Je dormais dans un bon lit.

Pourquoi avais-je commencé à parler de ça ? Aller dans une famille, plein d'espoir, seulement pour me faire rejeter...

Le rejet, il n'y a pas pire comme forme de douleur.

Je la surprends en train de me regarder. J'essuie le couteau et rétracte la lame. Puis je la ressors rapidement. Est-ce qu'elle se souvient de ce bruit ? Le *pika* était une seconde nature pour nous.

Ce qu'il y a de mieux, avec une bonne lame bien aiguisée, c'est qu'on n'a pas besoin de couper avec. Il faut juste toucher la personne. La lame se charge de trancher pour vous.

— Yuri a été adopté pendant presque trois ans. Il est resté presque trois ans avec une famille avant qu'elle le renvoie. Yuri a plus de contrôle sur ses pulsions.

— Quelqu'un qui contrôle plus ses pulsions que toi ? Comment est-ce possible ?

Je la regarde et vois qu'elle sourit.

Elle a fait une blague. Tanechka ne faisait jamais de blagues.

— Je sais, hein ? J'étais tellement fou à l'époque. Je me mettais des choses en tête et je brûlais. Comme une allumette, avec mon crâne en feu, brûlant de colère.

C'est ce que j'ai ressenti quand j'ai cru qu'elle m'avait trahi.

— J'avais l'impression que ma tête s'enflammait.

— Tu penses que tu es comme ça parce que tu étais dans la pièce quand tes parents ont été tués ?

— Ça n'a pas d'importance dans tous les cas.

Elle contemple le feu avec un regard triste et lointain.

— Tu ne devrais pas avoir honte de ressentir des émotions profondes. Tu appelles ça contrôler tes pulsions, mais peut-être que tu ressens simplement plus les choses.

— Tu ne devrais pas me chercher des excuses.

— Tu étais un petit garçon qui voulait désespérément être aimé. Et puis je suis arrivée et je t'ai aimé. Mais je t'ai quitté, n'est-ce pas ?

Je me concentre sur la découpe de la prochaine tranche, mais mon cœur se brise.

— Tu pensais que j'étais morte. Ça a dû être douloureux.

J'enfonce la lame dans la chair juteuse du fruit, mais c'est elle qui me poignarde. C'est vrai. Tout mon monde a changé quand j'ai rencontré Tanechka. Elle m'a montré que quelqu'un pouvait m'aimer.

Puis elle m'a trahi, elle a trahi le gang. Ou c'est ce qu'on croyait.

J'étais tellement déchaîné quand j'ai cru qu'elle était devenue une traîtresse. Tel un taureau transpercé de flèches.

Et je l'ai tuée.

Mon pouls s'accélère quand je pense aux paroles d'Aleksio. Il affirme que je devrais le dire à la nonne avant de me la taper.

— J'ai tué beaucoup de gens, déclaré-je. Certains lentement et douloureusement. J'en ai torturé d'autres. Je ne m'occupe pas de la douleur et de l'amour.

— Je pense que tu aimes tes frères. Je pense qu'avoir une famille signifie tout pour toi.

— Ne joue pas la bonne sœur avec moi. Tu n'aimeras pas le résultat.

— Tu aurais dû voir ton regard quand Aleksio t'a appelé « mon frère ». Tu es un homme qui ressent les choses intensément. Tu veux être aimé. Tu veux être pardonné. Tu veux être bon et tu peux l'être.

Mon pouls s'accélère.

— Y a-t-il un sujet que tu ne transformeras pas en conte de fées ?

J'attrape ses cheveux et la tire vers moi. Je me sens fou.

— Regarde-moi. Regarde !

Elle me regarde dans les yeux.

— Je ne suis pas un homme qui ressent les choses intensément. Je ne suis pas un homme bon.

— Je ne peux pas l'accepter.

— Ah non ?

Je lui tords davantage les cheveux. J'approche son visage du mien.

— Ah non ? répété-je.

L'électricité grimpe dans l'espace entre nos lèvres. Ma peau a l'air trop serrée sur mon corps.

— Tu peux être bon, halète-t-elle. Je le sais.

Je l'embrasse, violemment. Comme elle aimait. Je l'attire contre moi, contre mon sexe. J'enfouis ma verge là où je sais qu'elle peut la sentir.

Elle halète quand je la fais glisser sur moi, la bougeant très légèrement. Je faisais souvent ça quand elle était en colère. Je l'embrassais et la malmenais, mon sexe coincé entre ses jambes jusqu'à ce qu'elle se calme. Elle n'aimait pas quand j'étais doux.

Ne me prends pas gentiment, disait-elle.

— Je ne suis pas un homme bon, Tanechka, affirmé-je pendant le baiser.

Elle appuie sa main contre mon torse.

— Je suis l'homme qui te fera mouiller, que tu le veuilles ou non, chuchoté-je chaudement à son oreille. Je suis l'homme qui va t'écarter les jambes et te ravager, juste avec le bout de ma langue.

— Ne sois pas une brute, déclare-t-elle.

— Tu penses que je suis brutal avec toi ? Quand je vais devenir brutal, tu le sauras. Tu le sauras parce que tu crieras mon nom et tu me supplieras de te donner plus.

Je l'embrasse désormais dans le cou, sans pitié avec mes dents. Je veux la marquer.

— Chaque courbe, chaque respiration, chaque creux, tout ton corps m'appartient.

Elle prend une inspiration sifflante.

— Tu le sens maintenant, hein ?

Elle ne répond pas, mais elle est alanguie à présent. Je m'écarte, nous éloignant l'un de l'autre.

Je la regarde dans les yeux.

— Je suis l'homme qui t'écartera de ton Dieu jusqu'à ce que tu te souviennes que tu es une diablesse.

Sur cette déclaration, je me retourne et m'en vais.

Chapitre Dix-Sept

Viktor

JE PASSE le jour suivant chez Konstantin avec Aleksio, Yuri et Tito. Nous nous concentrons sur nos nombreuses opérations – le réseau du bordel, le vol dans l'entrepôt de blanchiment d'argent. Les choses sur lesquelles nous pouvons avoir un impact.

Mais quand je pense à Tanechka, coincée dans l'esprit de cette nonne, je me sens impuissant.

Et quand je pense à ce mec, dans un bureau, qui nous cache des informations pouvant nous mener à Kiro, mon visage s'échauffe.

C'est une bonne chose que je ne sache pas le nom du réceptionniste. Mais je me dis : *Laisse-le tranquille. Nous protégeons Kiro en avançant discrètement.*

Je ne le crois pas vraiment.

J'amène au vieil homme une couverture à mettre sur ses jambes et je le pousse à l'extérieur pour aller nourrir ses canards. Il a froid. Il porte un chapeau de vieux sur son crâne chauve.

— Elle se souviendra bientôt de qui elle est, dis-je. Je l'entoure de sa nourriture préférée. De ses poèmes. De ses vêtements.

Le vieil homme jette du pain. Les canards arrivent en caquetant.

— Ça ne fait que quelques jours, Viktor, laisse-lui du temps.

C'est ce qu'ils disent tous. Ils ne comprennent pas ce que c'est d'avoir ce qu'on souhaite le plus au monde devant les yeux et de ne pas pouvoir l'obtenir. Comme un mirage dans le désert.

— On dirait qu'ils se plaignent, lui fis-je remarquer.

— Ce sont des canards. Qu'est-ce que tu veux y faire ?

Il jette plus de pain avec les mains tremblantes d'un ancien.

— Elle a peut-être besoin de sentir que tu la comprends, reprend-il. Tu lui as amené la poésie que l'ancienne Tanechka aimait. Et la Bible ? Pourquoi ne pas lui amener la Bible et lui demander de te lire son passage préféré ?

— Je n'encouragerai pas son fantasme.

— Quand tu opposes deux choses, tu leur donnes du pouvoir, tu comprends, n'est-ce pas ?

Je fronce les sourcils. Konstantin est un bon stratège, mais je me fiche de son conseil.

— En Russie, certains fous se prennent pour Staline. On n'imaginerait pas les soigner en jouant le jeu.

— C'est un peu différent de devenir religieuse. Tu ne crois pas ?

Il le dit comme si j'étais un enfant.

— L'ancienne Tanechka détesterait cette bonne sœur.

Je m'arrête dans une boulangerie russe différente au retour. Les mecs de la *mafiya* russe ici me disent qu'elle est meilleure, que c'est là que leurs femmes vont. Ils ont beaucoup de friandises au citron pour Tanechka.

Je choisis un assortiment de gelées au citron en forme d'étoiles et de quartiers de citron, puis je prends une bouteille de champagne rosé. Tanechka le buvait comme du soda. Elle a toujours préféré le sucré.

À la maison, je pose le paquet de la boulangerie sur le plan de travail et desserre ma cravate. Pityr arrive et me dit qu'elle est restée silencieuse, sauf pour demander une Bible. Elle n'a pas le droit d'en avoir une. Je me fiche de la suggestion de Konstantin. Elle ne peut avoir que son volume préféré des poèmes d'Anatoly Vartov.

Je prends un shot de vodka, puis attrape la bouteille de champagne, deux verres, le sac et le reste, et je monte.

Je m'arrête dans l'embrasure de la porte. Elle est allongée devant la cheminée, portant une chemise trop grande pour elle.

Ma chemise.

Je prends une grande inspiration, imaginant l'odeur sur sa peau.

Elle porte toujours son jean noir – elle n'a pas le choix, sa jambe est enchaînée au radiateur.

Elle sait que je suis là, mais elle m'ignore.

J'entre d'un air aussi détendu que possible. Je pose la bouteille et les verres.

Est-ce qu'elle a enfilé ma chemise pour se sentir plus proche de moi ? Ou est-ce parce qu'il s'agit de la chose la moins moulante dans son placard ? Dans tous les cas, j'aime qu'elle la porte.

J'enlève ma veste de costume ainsi que mon holster et les pose sur le lit. Je mets l'arme sur une petite commode, hors de sa portée.

— Viens ici.

J'étale à nouveau le tapis.

Elle refuse de bouger de sa place sur le parquet.

— D'accord. Je vais te porter et mettre le tapis sous tes fesses avant de te déposer. Et si tu le repousses, je recommencerai. Je passerai la journée à le faire si j'y suis obligé. Ça me plaira. Ça te plaira aussi, je pense.

Elle me lance un regard noir et se lève. Je mets le tapis en place. Elle s'assied dessus avec dégoût. J'ouvre la bouteille.

— Non, merci.

Je verse quand même du champagne dans deux verres. J'ai toujours un contrôle parfait sur mes émotions sur le terrain, peu importe le danger. Je suis toujours cool. Mais ici, dans cette pièce, avec elle dans ma chemise après si longtemps, je me sens presque fou.

Je dépose les friandises et les pâtisseries sur une assiette. Je mets une nappe colorée devant elle. Elle a un imprimé de style indien. Tanechka aimait ces imprimés.

— Comment se passe la chasse pour ton frère ?

Elle fixe le feu du regard.

— De nouvelles pistes ? ajoute-t-elle.

Elle sait pour la maison du faux professeur avec la cage. C'était le sujet de conversation principal quand Aleksio et le gang sont venus dîner ce premier soir.

— Nous sommes très proches, *lisichka*. Mais nous devons avancer plus lentement.

— Je parie que c'est difficile pour toi, dit-elle doucement.

Je lève les yeux, surpris. Tanechka n'a jamais été aussi compréhensive.

— Tu n'aimes pas attendre. Ne me demande pas comment je le sais, plaisante-t-elle.

Je secoue la tête.

— Mais tu l'aimes, alors tu te contiens, poursuit-elle.

— Aleksio est doué pour attendre. Il aimerait que je sois comme lui, mais ce n'est pas le cas.

— On dirait qu'on lui a appris la patience. Avec ce qui lui est arrivé. Il s'attend à ce que tu sois aussi patient, mais comment le pourrais-tu ?

— Exactement, dis-je. Je n'ai pas de patience.

Je lui parle de notre enquêteur qui se fait passer pour un auteur. Je lui parle du réceptionniste qui contrôle les archives.

— Un petit homme qui joue à des petits jeux de pouvoir.

Elle n'a pas bougé pour prendre une friandise, alors je pose un quartier de citron et deux étoiles en gelée sur une petite assiette. Le quartier est recouvert d'un morceau de citron confit. Elle aimait enlever le dessus et le manger en premier.

— Un petit homme derrière un bureau t'empêche d'avancer.

Elle tourne son assiette dans le sens des aiguilles d'une montre, mais ne touche pas les friandises.

— Tu aimerais le tabasser.

— Tellement.

J'enlève mes chaussures vernies et m'assieds à côté d'elle, laissant mes orteils se réchauffer devant le feu.

— Mais nous devons exploiter cet avantage. Nous ne pouvons pas attirer l'attention sur nous, sinon nous pourrions le perdre.

Elle acquiesce. C'est agréable d'avoir une personne qui me comprend, même si c'est une nonne.

Elle prend le quartier de citron et regarde le dessus.

— L'organisation de Lazarus le Sanglant gagne du pouvoir tous les jours, continué-je. Ils sont plus nombreux que nous, par centaines. Nous avons de l'argent maintenant, oui, mais ils ont l'empire et les connexions que notre père a bâtis. Ils ont des guerriers solides qui sont doués pour travailler ensemble. S'ils savaient où trouver notre pauvre *bratik*, ils lui sauteraient dessus et nous l'enlèveraient. Ils n'auraient qu'un mot à dire pour le faire sortir d'une prison supermax.

Elle saisit le citron confit sur la pâtisserie moelleuse. Seule une moitié vient, mais elle la met dans sa bouche.

Mon cœur s'envole. Elle l'a fait.

Elle mâche, concentrée. Je vois qu'elle aime. Tanechka aime

la nourriture. Quand nous étions ensemble, elle avait plus de chair sur les os que cette nonne. C'était mieux pour se battre. Mieux pour s'envoyer en l'air.

Parfois, je n'arrivais pas à croire qu'elle était à moi.

— Bois ton champagne, dis-je.

Je sirote mon propre verre, même si ce n'est pas mon genre de boisson.

— Je préférerais avoir de l'eau. Ou du thé.

— Jésus te laisse boire du vin, non ?

Elle regarde fixement le feu.

— Ce n'est pas le problème.

— Tu vas boire, Tanechka, sinon je vais m'allonger sur toi, coincer tes mains au-dessus de ta tête et t'en verser dans la bouche, goutte par goutte.

— Je serrerai mes lèvres.

— Tu penses que je n'y arriverais pas ?

En vérité, je ne pourrais probablement pas le faire, mais elle l'ignore. Il y a des avantages à sa perte de mémoire.

— Je vais m'allonger sur toi, je te tiendrai chaud et je te ferai boire, petit à petit. Je t'attacherai peut-être les mains. Tu as toujours aimé ça.

Je bois une gorgée.

— C'est du gâchis de boire du champagne de cette façon, mais c'est très érotique.

Elle jette un coup d'œil à son verre. Si seulement je pouvais la pousser à boire une gorgée.

— Tu aimeras la façon dont je te ferai boire, dis-je. Je bougerai au-dessus de toi d'une manière très plaisante.

Elle prend son verre, enfin, et elle sirote.

Elle le tient devant son visage, l'observant avec une pointe d'émerveillement. Elle fixe les bulles. Le champagne rosé. Tel un vieil ami.

Je prends un morceau d'un quartier de citron.

— La première fois que tu as bu ce champagne, c'était à l'Hôtel National, sur la place Rouge. Je portais mon plus beau costume, le genre de vêtements qui peuvent berner les gens qui les voient. Nous savions nous fondre dans la masse, toi et moi. Tu portais une jupe de tailleur rose, tu l'appelais ta « tenue Taylor Swift ». Tu avais une photo d'elle et tu coiffais tes cheveux exactement comme elle quand nous faisions semblant d'être de jeunes mariés américains, notre couverture préférée.

J'observe les bulles dans mon propre verre en m'en souvenant.

— La première fois que tu l'as goûté, nous étions au bar de l'hôtel, espérant trouver une piste sur quelqu'un. Nous portions des alliances et tout. Nous avions le bon look, mais nous ne savions pas ce que de jeunes mariés américains boiraient.

Je lutte pour garder un visage neutre quand elle recommence à siroter son verre.

— Tu savais que la vodka trahirait nos origines russes. Tu m'as chuchoté : « Que boirait Taylor Swift ? » Tu as commandé du champagne rosé pour aller avec ta tenue. J'ai pris un Manhattan.

Elle reste silencieuse pendant un moment, puis elle dit :

— Tu as pris un Manhattan à cause du nom ?

— Bien sûr. Mais ce n'était pas bon. Trop sucré. Il y avait une cerise dedans. Mal fait.

À nouveau, elle boit, le regard lointain.

— Tu es un million de fois plus belle que Taylor Swift.

Elle fronce les sourcils.

— Étions-nous là-bas pour tuer quelqu'un ?

— Juste lui faire peur, dis-je. Nous les avons suivis jusqu'à leur chambre et nous nous sommes introduits de force.

— Nous leur avons fait du mal ?

Je marque une pause.

— Dans la chambre, il y avait quatre autres personnes auxquelles on ne s'attendait pas.

— Que s'est-il passé ?

— Nous nous sommes occupés d'eux.

— À six contre deux ?

— Les nombres comme ceux-là n'ont jamais été un problème pour nous.

Je continue de regarder le feu quand elle recommence à boire.

— Tu te souviens de ce cube coloré que je t'ai donné au pique-nique hier ?

Elle ne répond rien.

— Un Rubik's Cube, continué-je en faisant tourbillonner le liquide dans mon verre. Avant, on les adorait. Nous en avions tous les deux un. Nous les faisions côte à côte, sur le pont Borodinsky. Nous faisions la course. Puis nous avons commencé à aborder les scénarios comme des Rubik's Cubes – des plans d'action évoluant d'une façon ou d'une autre. Notre mode de réflexion était très similaire. Nous pouvions nous occuper de plusieurs personnes à la fois en nous y prenant comme nous le faisions avec un Rubik's Cube. Cinq hommes et une femme dans une chambre d'hôtel. Ce n'était rien pour nous.

— Est-ce que nous leur avons fait du mal ?

— Juste un. Et pas trop.

Elle l'a blessé, en fait. Elle lui a déboîté l'épaule pendant que je tenais les autres en joue. C'était toujours la petite cerise sur le gâteau de Tanechka, le fait qu'elle, la jolie petite femme, assène les coups.

— C'étaient de très mauvaises personnes, déclaré-je. Pire que nous. Nous étions là-bas pour délivrer un message.

L'histoire la trouble. Elle boit davantage.

— Juste un message.

— Génial, dit-elle.

— Ensuite, nous avons traversé la place, nous avons fait du lèche-vitrine et nous avons continué à jouer les jeunes mariés.

— Tu ne peux pas me garder enchaînée.

— Il se pourrait que j'aime quand tu es attachée.

Je prends le volume de Vartov sur la table.

— J'ai entendu dire que tu avais demandé à lire la Bible.

Elle prend un autre quartier de citron.

— Dommage.

J'ouvre le livre sur « Cages ».

— Tu aimais tellement ce poème, conclus-je.

Elle secoue la tête.

— Ça ne va pas fonctionner.

— Tu pensais à ce poème quand il t'arrivait des choses horribles. Tellement de gens se font tout petits quand des choses terribles leur arrivent. Pas toi. Tu es devenue plus féroce. Plus aimante. Ce poème te touchait profondément. Il parle d'un homme qui est en prison, mais qui est capable de voir la beauté. Son cœur est libre, même si lui ne l'est pas. Tu lisais ce poème encore et encore, et tu pleurais.

Je passe mes doigts sur les lettres cyrilliques, tellement plus élégantes que l'alphabet anglais.

Elle fait tourbillonner son champagne, observant le jeu de lumière, captivée. Elle a presque tout bu.

— Les Américains ont une relation tellement différente avec l'art, dis-je en la laissant à son champagne. Tu n'es pas ici depuis longtemps, mais tu verras. Ils sont comme des abeilles, passant d'une chose à l'autre. Pas comme nous, les Russes, qui aimons rester devant une peinture au musée pendant des heures, remplis d'une émotion brute. Nous pourrions vivre toute une vie sous le charme d'un tableau. D'un beau poème.

Du coin de l'œil, je la vois boire à nouveau.

— « Cages » est le poème de ton cœur.

Il l'obsédait vraiment. Tanechka était plus captivée que je ne l'ai jamais été.

Discrètement, je remplis son verre, puis commence à lire le poème dans son russe original, prononçant ses vers préférés lentement et avec passion. C'est un long poème qui s'étire sur plusieurs pages.

— Il est tellement triste et beau, dit-elle quand je fais une pause au milieu.

Elle se radoucit face à moi, je le sens. Je me recule pour m'appuyer contre le lit. Je tends la main.

— Viens.

Elle reste immobile.

— Dois-je t'y obliger ? Tu penses que je ne le ferais pas ? Obéis-moi, Tanechka, ou je te forcerai à obéir.

Elle réfléchit, puis vient s'asseoir à côté de moi, par terre, au bout du lit. Je continue de lire. Le poème est mélancolique. Je marque une pause et me penche vers elle. Je parle contre ses cheveux.

— Tu aimais que je te le lise encore et encore.

— Vraiment ?

— Oui.

— Encore et encore ? demande-t-elle. Juste comme ça ?

Je réprime un sourire. Elle le faisait parfois, elle posait des questions pour lesquelles elle connaissait déjà la réponse, surtout quand elle était ivre.

— Encore et encore, dis-je.

Elle aimait également que je répète les choses comme si j'en étais certain, comme des bras musclés autour d'elle.

Je poursuis ma lecture. Je sens son corps s'élever et retomber avec les mots. Après un long silence, elle dit :

— Il me fait me sentir perdue et seule.

— Je suis là.

Elle soupire.

— Viens, dis-je.

Je tends la main et attire sa tête vers mon épaule. Miraculeusement, elle se laisse faire et pose sa tête sur mon épaule.

Je la pousse à me désirer.

Je recommence à lire, essayant de contenir mon enthousiasme.

— Tu détruirais mon rêve d'être pure, marmonne-t-elle entre les strophes. Plus.

Elle me tend le verre pour que je le remplisse. Mon cœur tambourine.

Je lui verse du champagne rosé et continue de lire.

Chapitre Dix-Huit

JE REGARDE FIXEMENT les mains de Viktor, si fortes et sinueuses, ses articulations rudoyées par la vie, mais il tient délicatement le livre fragile.

Le voir faire ça me provoque une sensation étrange.

Je me concentre sur le poème. L'auteur vit dans une cellule de prison, mais quand il voit la beauté extérieure, il n'est plus triste.

Le poème tord mes entrailles.

Je finis ma boisson. Avec ses bulles et son sucre. Je pose mon verre, en voulant plus. Je regarde l'icône de Jésus et essaie de me souvenir de la façon dont la lumière a étincelé dans ses yeux et comme elle a illuminé la tête des chèvres.

Viktor prend le livre d'une main et passe sa main libre autour de mon épaule pour m'attirer plus près de lui. Je ne devrais pas le laisser faire, mais je me sens si fatiguée et seule, je pense que j'ai juste besoin de me reposer un peu avant de lutter à nouveau contre lui.

Une trêve.

Je ne devrais pas l'apprécier.

Il ôte l'élastique de mes cheveux et le laisse tomber. Il saisit une mèche entre ses doigts, y faisant glisser son pouce de haut en bas. Je résiste à l'envie de tourner mon visage vers sa main et de l'embrasser. Il sait beaucoup trop de choses sur moi que je ne sais pas.

— *Lisichka* ?

— Je ne m'en souviens pas, lui dis-je tristement. Je me sens si perdue parce que je ne me rappelle pas ce poème.

— Je m'en souviens pour nous deux.

— C'est un problème, je pense.

— Il n'y a jamais de problèmes, Tanechka.

Je souris. J'aime ce feu agréable. J'aime les bulles.

— Je ne veux pas être une mauvaise personne, déclaré-je. Du genre à faire souffrir et à tuer d'autres personnes.

— Tu n'es pas une mauvaise personne, grogne-t-il. Tu n'as jamais été une mauvaise personne, d'accord ? Jamais. Et n'importe quel *kozel* qui oserait le suggérer...

Il s'arrête. Parce que c'est moi qui le suggère.

— Désolé. Je ne laisserai jamais personne dire du mal de toi, c'est tout. Et tu ne devrais pas les laisser faire non plus. Tu as fait du mal à des gens et tu en as sauvé d'autres. Tu as aimé férocement et sauvagement. Toi, Mischa, Yuri et tout notre groupe, nous étions une famille. Nous serions prêts à mourir les uns pour les autres.

Quelque chose se brise dans sa voix.

— Nous serions prêts à mourir les uns pour les autres et nous aurions envie de mourir si nous faisions du mal à l'un d'entre nous, ajoute-t-il.

Je ressens cette montée de chaleur pour lui. C'est généralement trop difficile pour moi de le regarder. Mais maintenant, avec mes sens aiguisés par les bulles, j'aime ça.

Il y a tellement de belles choses chez Viktor. Ses cheveux nets, rasés de près, aussi vigoureux et intenses que lui. Son odeur âpre et musquée. J'aime la façon dont il a jeté sa veste noire. Et j'aime sa chemise blanche, ouverte au niveau du col, la cravate desserrée. Cela me semble familier, comme tant d'autres choses chez lui. La manière dont son cou musclé et tendu s'élève depuis son col. Je pense à son torse, en dessous, solide et marqué de cicatrices.

Je baisse rapidement les yeux.

— Pourquoi tu ne peux pas juste me laisser être gentille ?

— Je te laisserai être gentille quand tu arrêteras de penser que tu es quelqu'un de mauvais.

Il baisse les yeux vers ma poitrine, puis les relève.

— Tu portes ma chemise.

Je l'ai effectivement enfilée, parce que toutes les affaires qu'il m'a données sont moulantes, mais je vois que c'était une erreur.

J'ai l'impression de dériver. Je suis dans les vêtements de quelqu'un d'autre. Et le poème m'a émue.

Il m'embrasse sur la joue. Son contact est une ancre familière.

Il m'embrasse sur le front.

Je me raidis et m'écarte de lui.

— Ne fais pas ça.

— D'accord.

Il enlève sa main. Il replie ses doigts sur les coins du livre, le tenant à nouveau délicatement.

— Je vais t'aimer d'ici.

— Dis-m'en plus, l'encouragé-je.

— À propos de quoi ?

— De tout.

Sa voix est comme du vieux cuir, plaisante, douce et forte. Je veux juste entendre sa voix, en fait.

— Tu aimais quand je tenais tes poignets au-dessus de ta tête, raconte-t-il.

Je sursaute.

— Non, pas comme ça. Je n'aimerais pas ça, à mon avis.

— Si. Tu aimais quand je coinçais tes poignets contre le mur ou sur le lit frais et moelleux, et que je te tenais immobile.

Mon visage rougit. A-t-il raison ?

— Je mettais ma langue dans ton oreille. Je léchais l'intérieur. Tu aimais ça. Tu disais que tu avais l'impression de flotter dans l'espace. Et puis tu me suppliais de te donner ma verge.

Je déglutis.

— Je ne te crois pas.

Sauf que... sa suggestion scintille comme des joyaux sombres dans mon esprit.

— Nous avions un jeu, dans lequel je t'attachais, nue...

— Encore ces jeux.

— Tu aimais être attachée. Ça te faisait ressentir les choses plus intensément.

Mon pouls s'accélère. Je veux en entendre plus.

— Je t'attachais, nue sur le lit, et tu fermais les yeux. Je t'embrassais sur différentes parties du corps. Tu ne savais pas où attendre le prochain baiser.

— Ce n'est pas le jeu dont tu m'as parlé avant.

— Il est différent. C'est le jeu de l'espace vide.

Je ricane.

— Le nom est stupide.

— Ce n'était pas stupide, rétorque-t-il.

Sa voix est comme un ruban de velours contre ma peau.

— Tu essayais de sentir où j'allais t'embrasser avant que mes lèvres touchent ta peau. Tu devais me sentir dans l'espace vide entre mes lèvres et ta peau.

Je détourne le regard.

— Quand tu sentais que je me rapprochais, tu ouvrais les

yeux et tu me regardais. Tu devais m'attraper avant que je t'embrasse.

— Hmm.

— Un jeu d'espace négatif. Nous avions beaucoup d'idées sur les espaces vides et négatifs, toi et moi. C'était un *truc* pour nous, comme ils disent ici. Parfois nous nous entraînions et l'un d'entre nous portait un bandeau sur les yeux, utilisant un bâton en guise de couteau. On devait ressentir l'autre sans se toucher. Tu étais un maître de l'espace négatif pendant les combats.

Je bois une gorgée dans mon verre, juste pour avoir quelque chose à faire.

— Quand tu étais attachée et nue, tu disais que l'air tremblait au-dessus de l'espace où je m'apprêtais à t'embrasser.

Une douce sensation me traverse quand j'imagine la scène. Ce n'est pas bien d'être attirée par ce tueur.

— Mais parfois je gagnais, poursuit-il. Je te volais un baiser.

Il glisse ses mains derrière ma nuque, remontant jusqu'à mes cheveux.

— Je pouvais toujours me faufiler sous tes défenses, *lisichka*.

Il s'agrippe à mes cheveux, garde mon visage tourné vers le sien, comme un cavalier dirigerait un cheval.

— Tu inventes, rétorqué-je à bout de souffle.

Il se penche vers mon oreille. Mon cœur tambourine. Il chuchote, d'une voix chaude et basse :

— Tu aimais que je te tire les cheveux.

Une chaleur naît en moi. Ce genre de désir appartient à une autre vie.

Ses lèvres sont proches de mon oreille.

— *Pomnish* ? Tu te souviens ?

Ses mots me traversent comme un courant électrique, chaud et agréable. Il resserre sa prise sur mes cheveux.

Je veux qu'il continue de chuchoter. Mon cœur tambourine quand j'attends qu'il me montre qu'il me possède. Je suis dangereusement loin de Jésus à présent. Je me souviens à peine de la lumière émanant de ses yeux.

— Lâche-moi.

Il s'exécute. Il me prend le verre des mains. Je le laisse faire.

J'ai froid maintenant, je n'ai rien dans la main. Viktor s'éloigne de moi. J'ai froid. Je suis perdue. Je déteste ça. Je déteste avoir froid.

Mais il se retourne ensuite et son regard me réchauffe.

— Viktor, l'appelé-je.

Il passe ses mains sur mes yeux pour les couvrir.

— Où suis-je ? chuchote-t-il.

Je ricane.

— Comment ça, où tu es ? Tu es juste là.

— Ce n'est pas ce que je voulais dire, ajoute-t-il. Reste immobile, d'accord ?

J'attends. Je sens un chatouillement sur ma joue.

Les frissons dansent sur ma peau alors qu'une part profonde de moi meurt d'envie qu'il m'accorde de l'attention. C'est le jeu où je dois le sentir avant qu'il ait la chance de m'embrasser. Il joue à ce jeu.

— Ma joue.

— Tu vois ? Tu t'en souviens encore. On recommence.

— Ne cherche pas. Je vais gagner.

— Non, tu ne gagneras pas.

Un vif chatouillement se manifeste sur ma joue.

— La joue. Encore. Tu crois que je suis stupide.

Le chatouillement disparaît.

— Encore un essai, dit-il.

— D'accord.

J'attends.

Il ne se passe rien, à part mon cœur qui tambourine comme un fou dans ma poitrine. L'attente est si tendue que je ris. J'ai l'impression qu'elle dure une éternité.

Je sens de la chaleur dans mon cou.

— Le cou, murmuré-je.

Des lèvres chaudes s'appuient contre ma peau.

J'expire en sifflant.

— Ce n'est pas juste. Tu ne peux pas m'embrasser une fois que je t'ai trouvé.

— D'accord, chuchote-t-il en s'écartant. Un autre. Sens-moi, petite renarde.

Je prends une inspiration. Il ne me touche pas, hormis sa main qui couvre mes yeux, mais je le perçois avec tous mes sens. Je le sens remuer l'air autour de mon corps. Je sens sa sueur et je le vois fort et sauvage dans mon esprit.

Puis l'espace entre nos lèvres s'anime.

— *Guby*, marmonné-je juste avant qu'il prenne mes lèvres dans un baiser brûlant.

Un seul baiser et il s'éloigne.

Mais je le sens, qui me surplombe. Il inspire, comme s'il essayait de m'absorber.

— Encore, ordonné-je.

Il m'embrasse violemment. Ce baiser semble ancien et familier, et soudain, je ne suis plus perdue.

Je glisse mes mains sur ses cheveux lisses. Je les saisis et tire.

— *Yeshche*, dis-je dans notre baiser.

« Plus. »

J'ai besoin de plus. Ce désir vient d'un endroit lointain. De la lune, des bulles roses dans mon verre. Je pose mes doigts sur les siens.

— Mais garde ta main sur mes yeux.

— Non.

Il l'enlève brusquement.

— Je ne veux pas que tu imagines que c'est quelqu'un d'autre. Il faut que tu me voies. Que tu saches que c'est moi.

Il glisse une main sur mes cheveux, les aplatissant.

— Tu aimais quand je gardais mes vêtements et que tu n'en avais plus.

Je frissonne, me rappelant comme je m'étais sentie excitée le soir où il a touché ma peau nue, me parlant de mes cicatrices, le soir où il a arraché ma tunique.

— Parfois, tu voulais que je te prenne sans merci.

Mes yeux parcourent ses bras musclés et contractés.

— Je ne suis plus ce genre de femme.

— Je me jouais une scène dans laquelle j'imaginais un autre mec en train de te draguer. Rien que cette pensée me déchaînait. Je pressais tes mains au-dessus de ta tête et te baisais à fond pour te faire mienne à nouveau. Tu aimais quand je te prenais sauvagement.

Chaque terminaison nerveuse sous ma peau s'éveille quand je pense à lui en train de me tenir et de me prendre comme ça.

— Nos supérieurs de la *Bratva* nous envoyaient parfois en surveillance. Nous devions passer pour des inconnus dans des endroits publics. Je devais faire semblant de ne pas te connaître. J'aimais ça, parce que je te voyais avec le regard d'un inconnu et je devais te traiter froidement, mais au fond de moi, mon appétit pour toi rageait.

Il sourit en s'en souvenant.

— Tu me taquinais toujours un peu. Tu aimais ça, à chaque fois que je jouais le sombre inconnu. Quand nous avions fini avec notre mission, nous continuions de faire semblant et nous nous envoyions en l'air avant de retourner à la voiture. Souvent dans une allée. Nous nous parlions comme si nous ne nous connaissions pas. Je te poussais contre un mur et je te prenais sauvagement.

Je détourne le regard, mon esprit tel un maelström. Je m'enivre au son de sa voix et de ses histoires lugubres.

— Tu aimais quand j'appuyais un peu sur ton cou...

— Non, je n'aimerais pas. Je ne pourrais pas.

— Pas comme si je t'étouffais. Juste un peu... comme ça. Je peux ?

— Oui.

Il appuie sa main gigantesque contre mon cou, sa paume rêche et chaude sur ma peau tendre. Il pousse ma tête en arrière au bout du lit et me maintient là.

— Tu réclamais cette pression. Exactement comme ça.

Mon sexe palpite. Mon pouls tambourine contre ses doigts.

— Juste assez pour te faire savoir que tu es à moi. Pour te faire savoir que je te prendrai comme je le voudrai.

Je devrais repousser sa main, mais je ne le fais pas. Au lieu de ça, je dis :

— Comme ça ?

— Exactement comme ça.

— *Exactement* comme ça ?

Il sourit. Il enlève sa main de mon cou et me soulève. La chaîne sur ma jambe fait un bruit métallique quand il m'allonge sur le tapis. Il s'agenouille au-dessus de moi.

— Tu aimais quand c'était exactement comme ça.

Ses yeux sombres étincellent à la lumière de la cheminée alors qu'il entrelace ses doigts avec les miens, nos mains formant deux poings. Sa cravate est desserrée, glissant sur le côté de mon cou quand il place mes mains au-dessus de ma tête, sur le tapis épais.

La fourrure rêche égratigne le dos de mes mains. Il me maintient immobile, comme ça, ses yeux sombres féroces au-dessus de moi, ses cils noirs luisant à la lumière des flammes.

Son regard dérive là où mon pouls palpite dans mon cou. Il voit tout.

— Viktor, dis-je.

— Quoi, *lisichka* ?

— Je suis trop loin.

Je ne sais pas si je veux dire trop loin de lui ou de Jésus.

— Je te tiens.

Il s'agenouille au-dessus de moi, coinçant mes jambes avec ses pieds et ses genoux désormais, tout en maintenant mes mains au-dessus de ma tête.

— Tu t'es toujours sentie en sécurité, coincée comme ça.

Il baisse à nouveau les yeux vers moi.

— Encore ?

Je plisse les yeux.

— Où suis-je maintenant ? demande-t-il.

Le jeu. Mais il ne couvre pas mes yeux cette fois. Je halète quand il s'allonge sur moi. Il se presse entre mes jambes, plaçant sa verge raide contre mon sexe. Je roule des hanches pour aller à la rencontre de cette sensation. C'est si bon.

— Où suis-je ?

— Tu ne joues pas correctement, haleté-je.

Il transfère mes mains dans l'une des siennes, les retenant toujours prisonnières, puis il saisit mon menton et m'embrasse.

Je l'embrasse en retour, bougeant sous lui, frottant mon corps contre sa verge. Je crois que je suis partie ailleurs.

Il appuie sa main sur mes seins.

— Cette chemise. Tu me tues avec cette chemise et rien en dessous. Tu me tues.

Sa voix semble étrange.

Il m'embrasse dans le cou et commence à déboutonner ma chemise. *Sa* chemise. Il embrasse toutes les nouvelles parcelles de peau qu'il dévoile à l'air libre. Un bouton, puis un autre, plus de peau, un autre baiser. Il trouve mon tatouage et l'embrasse. Il aura totalement ouvert ma chemise bientôt.

J'enroule mes jambes autour des siennes. La pression de son corps me submerge.

— Tanechka, chuchote-t-il en appuyant sa main sur mon ventre. Je te tiens.

Il glisse sa main de haut en bas, créant une douce et chaude friction en m'embrassant dans le cou.

— Plus, dis-je, désespérée.

Il appuie sa main sur le bas de mon ventre.

— Comme ça ?

— Oui.

— Je te tiens, *lisichka*.

Je roule des hanches, mon corps mourant d'envie qu'il aille plus bas. Il déboutonne mon jean et descend brusquement la fermeture éclair.

De l'air frais touche la peau tendre sous mon ventre. Il presse sa main sous ma culotte, trouvant l'humidité entre mes jambes. Il appuie juste là.

Je halète en le ressentant.

Puis il commence à bouger ses doigts. Doucement, lentement, alors que son souffle réchauffe mon oreille.

— *Yeshche*, dis-je. Plus.

Il envahit la fente entre mes jambes avec confiance. Arrogance, même. Son doigt paraît incroyablement épais et galbé.

— Je ne te mériterai jamais, mais je te prendrai toujours, grogne-t-il.

Il écarte davantage mes genoux et glisse son doigt de haut en bas, caressant ma fente. Ses gestes lents et réguliers sont comme de la magie noire.

Je ferme les yeux, visualisant sa main habile sur mon sexe.

— Regarde-moi, chuchote-t-il.

Il me caresse désormais avec deux doigts, touchant ma peau gonflée et pleine de sensations.

Je garde les yeux fermés. Viktor est mon ancre. Mais il est également l'homme qui m'emmène en mer.

— Reviens à moi, gronde-t-il. Tu dois me voir.

J'ouvre les yeux.

— Te voilà.

Il m'embrasse en me caressant. Il envahit ma bouche avec sa langue en allongeant ses mouvements.

Je suçote sa langue. Quelque chose en moi sait comment faire ça.

Il me caresse plus fort.

Je le suçote plus fort également, comme un signal pour lui dire de m'en donner plus.

Il grogne et s'exécute. C'est simplement juste.

Avec son autre main, il appuie les miennes sur le tapis avec une force renouvelée. Sa domination m'offre un sentiment d'impuissance que j'adore.

Je suis une créature dépendante de son toucher, comme une plante grimpante dépend de l'air.

Je libère sa langue et il grogne, me mordillant la lèvre, puis la suçotant, ardemment, douloureusement.

C'est tellement bon.

Une sensation scintillante et flottante me traverse. À l'intérieur de moi, mes nerfs à vif sont comme une cascade de larmes.

Il gémit en passant sa langue sur ma joue et dans mon oreille. J'expire en sifflant. Toute pensée me quitte.

C'est comme flotter dans l'espace. Il m'a dit que c'est ainsi que je me sentirais.

C'est encore mieux.

Il m'envahit et m'envoie valser dans les étoiles. Ses immenses doigts attisent un feu entre mes jambes.

— Tanechka, souffle-t-il d'une voix grave et rauque.

Il appuie mes mains au-dessus de ma tête, me rappelant que je suis en sécurité.

La sensation explose en moi, m'embarque, me porte. Je virevolte, des étoiles dans la tête. Je crie, submergée par mes sens.

Des étoiles sauvages.

Ce n'est qu'une fois que cette sensation me quitte que je me rends compte avec horreur de ce que je viens de faire. Je le repousse et m'éloigne précipitamment, reboutonnant mon pantalon, refermant sa chemise autour de moi, m'asseyant contre le bout du lit.

Je tremble. J'ai l'impression d'être folle.

— *Lisichka.*

— Ne m'appelle pas comme ça !

Il sourit.

Je me sens chaude et folle. Une marionnette hors de contrôle.

Et soudain je suis sur lui. Mes mains sont autour de sa gorge, un pouce appuyé sur le côté d'un petit os. Je n'ai qu'à faire craquer cet os.

Chapitre Dix-Neuf

Viktor

J'OBSERVE ses yeux bleus furieux, me délectant de la chaleur de sa haine.

C'est un magnifique ange de la vengeance, sa peau est rougie, ses cheveux sont décoiffés. Elle tremble en s'agrippant à mon cou.

— Tanechka, dis-je. Prends ce dont tu as besoin.

Elle plisse les yeux.

— Tu *veux* que je te tue ?

Mon cœur tambourine.

Elle commence à serrer. Elle pourrait écraser la culpabilité et la honte en moi d'une simple pression.

— Tu mourrais pour m'enlever à Jésus ? C'est ça ?

D'accord, la nonne est encore là.

Un moment plus tard, elle se calme. Elle se lève, me regardant de travers.

— Peu importe ce que tu fais, tu peux être aimé. Tu mérites l'amour de Dieu.

— Arrête de parler de Dieu !

— Dieu connaît ton cœur et il t'aime. Il te connaît et il t'aime toujours.

Je bondis sur mes pieds et enfonce mon poing dans le mur. Ma peau se fendille, mais je m'en moque.

— Arrête de parler de Dieu !

J'enfonce mon poing encore et encore.

— Je ne veux pas de l'amour de ton stupide Dieu.

Le plâtre se rompt autour de mes articulations, creuse ma peau.

— Je ne veux pas de tes prières stupides !

— Arrête, Viktor !

Je continue. Je suis hors de sa portée. Elle ne peut pas m'arrêter.

Je revois son visage le jour où je l'ai jetée dans la passe de Darial. La façon dont elle m'a supplié. Comment elle s'est accrochée à moi. *Predatel*, je l'ai appelée.

J'avais dix-neuf ans, j'étais fou. J'étais tellement amoureux d'elle que j'étais inatteignable.

Et je l'ai tuée.

Je frappe le mur encore et encore. Mon poing est en sang, la douleur est de plus en plus intense.

Je n'ai pas cru en elle comme je l'aurais dû. Je n'ai pas compris qu'elle agissait en agent double pour sauver sa mère. Tout ce que je savais, c'était qu'elle avait divulgué des secrets à l'ennemi. Elle a embrassé leur chef. Je suis devenu fou quand j'ai vu les photos.

Encore et encore, je frappe le mur.

Ce n'est que plus tard que nous avons compris. Nous avons trouvé un carnet dans lequel elle avait tout noté et j'ai vu sa stratégie inspirée du Rubik's Cube.

Trop tard.

Le trou dans le mur devient rouge à cause de mon sang.

— Viktor !

— Ne dis pas mon nom comme si tu me connaissais.

C'est alors que le coup part, comme une explosion dans le mur à ma droite. Je me fige et me retourne, les oreilles bourdonnantes, le pouls rapide.

Elle a mon Glock. Le tapis est en désordre par terre. L'a-t-elle utilisé pour attirer l'arme vers elle ?

— Viens ici, grogne-t-elle.

Mon poing palpitant est recouvert de sang.

— Tanechka ?

Avec le revolver, elle désigne un endroit sur le sol, juste devant elle.

— Maintenant.

Elle est de retour. À nouveau, elle fait un geste vers le sol.

Je tombe à genoux devant elle.

— Je mourrais un million de fois pour me rattraper...

— Silence, grogne-t-elle.

Tanechka !

Je ne pensais pas la revoir un jour. À nouveau, elle fait un geste avec l'arme.

— Allonge-toi. À plat ventre, la tête contre le sol.

Des frissons glacés me traversent. Elle va me tirer dessus, en mode exécution.

C'est normal.

Sauf que je veux mourir en la regardant. Je veux la scruter en prenant mon dernier souffle, quand la douleur s'évaporera.

— À terre ! Fais-le !

Je déglutis. Voilà ce que j'ai mérité, alors. Mourir de ses mains, le visage enfoncé dans un tapis en peau d'ours.

Je prends une inspiration et m'allonge devant elle, les doigts entrelacés derrière ma nuque. Je respire dans la fourrure rêche.

— Je n'ai pas peur, déclaré-je. Fais-moi souffrir comme je t'ai fait souffrir. Mets fin à tout ça. J'ai attendu tellement longtemps.

Ma douleur sera effacée par la seule personne qui peut me la prendre.

Elle me donne un coup de pied.

— Allonge-toi sur le côté.

Je m'exécute. Je ferai tout ce qu'elle veut.

Elle se tient au-dessus de moi. Je regarde ses pieds. Les extrémités déchirées de son jean.

— Ferme les yeux, m'ordonne-t-elle.

Je les ferme. J'entends un doux bruissement au-dessus de moi. Elle est sur le tapis, derrière moi.

J'imagine son visage. Elle sera la dernière chose à laquelle je penserai.

Je ressens un chatouillement à l'arrière de mon crâne.

Une main se pose sur mon bras.

Elle étend son corps derrière le mien. Elle dépose un baiser sur ma nuque.

Et elle me tient.

— Qu'est-ce que tu fais ?

— Chut, dit-elle en me serrant plus fort. Chut.

Chapitre Vingt

JE SUIS ASSIS dans ma Mercedes, dans une rue près de Ping Tom Park. C'est un endroit où j'aime aller pour réfléchir, mais actuellement, je suis en téléconsultation avec Valerie. Elle m'encourage à aller rendre visite personnellement à Dmitri, le chef des Russo-Américains.

— Rendre visite à l'ennemi..., dis-je. Je devrais peut-être lui apporter un petit cadeau, aussi. Mais qu'est-ce qu'on amène à l'homme qui veut votre tête sur un plateau ? Un cake aux fruits ne me paraît pas approprié.

Elle rit. Elle pense que j'utilise une figure de rhétorique.

Je lui ai raconté que j'étais en concurrence avec une entreprise de comptabilité russe. Je lui ai dit que la compétition pour une affaire avait un peu dégénéré, pile au moment où je n'ai pas besoin d'une migraine supplémentaire.

— Vos employés ont franchi une limite, réplique-t-elle.

— C'est une façon de le dire, dis-je.

Une autre façon – plus précise – de le dire serait que deux

215

de mes hommes se sont shootés à la meth et ont tiré sur deux soldats de la mafia russe. Gérer des criminels n'est pas aussi facile qu'il n'y paraît. Beaucoup d'entre eux sont des têtes brûlées et des accros.

— Je pourrais peut-être lui amener *leurs* têtes sur un plateau.

— Mais est-ce vraiment ce que vous voulez ?

Ça non plus, elle ne sait pas que je le dis littéralement.

— Quels sont les objectifs commerciaux de Dmitri ?

— Expansion opérationnelle, dis-je. Conservation des ressources humaines.

C'est ainsi que Valerie et moi parlons. Mes hommes tomberaient de leur chaise s'ils nous entendaient.

— Là où je veux en venir, c'est que si vous voulez empêcher de nouvelles prises de bec entre vos entreprises, adoptez son point de vue. Imaginez que vous ne soyez pas rivaux. Qu'est-ce qui devient possible, alors ? Qui êtes-vous sans cette rivalité ? Qu'est-ce qui est sur la liste des objectifs prioritaires de vos deux boîtes ? Qu'est-ce qui vous valorise tous les deux aux yeux de vos employés ? Y a-t-il une sorte de projet commun que vous pourriez entreprendre ? Ou un rassemblement des ressources pour attraper un gros portefeuille que vous voulez tous les deux ? Sortez des sentiers battus, Lazarus. Vous pourriez peut-être collaborer pour une cause caritative en laquelle vous croyez tous les deux et mettre le nom de l'entreprise russe en premier. Vous donnerez une bonne image d'elle.

Donner une bonne image des gens est l'une des stratégies favorites de Valerie.

— Il va avoir de sacrés problèmes de confiance, déclaré-je.

— Alors dépassez-les, Lazarus. À quand remonte la dernière fois où vous et Dmitri vous êtes rencontrés en face à face ?

Jamais, lui dis-je. Non, même pas à un *congrès industriel*.

Elle est surprise.

— Le premier pas, c'est la rencontre. Ayez l'air humain face à lui. Invitez-le à dîner.

— Juste nous deux ?

— Deux hommes. Qui ont probablement beaucoup de choses en commun.

C'est une idée intéressante. Folle, mais intéressante.

Je m'imagine, assis avec Dmitri dans un restaurant insolite. Quelque chose de neutre, pas l'Agronika, le club du Black Lion. Pas l'un des clubs russes non plus. Il me faudrait des garanties de sécurité.

— Je ne sais pas. Je ne veux pas qu'il pense que j'ai peur des représailles. Je ne veux pas m'agenouiller devant lui. Lui lécher les bottes.

— Au judo, un combattant utilise l'énergie de son adversaire contre lui. Quand l'opposant pousse, vous tirez. Votre rival russe est en train de pousser. Au lieu de pousser en retour, pourquoi ne pas le surprendre ? Pourquoi ne pas trouver un moyen de le rapprocher ? Vous lui faites savoir que vous n'avez pas approuvé cette décision prise par vos employés. Vous les avez corrigés, n'est-ce pas ?

— Ils n'agiront plus de la sorte.

— Bien. Faites-lui connaître les mesures que vous avez prises pour reprendre le contrôle de votre équipe. Puis allez de l'avant. Trouvez un accord et bâtissez quelque chose à partir de là.

— Ça sort de l'ordinaire.

— Devinez quoi, Lazarus ? Vous avez le contrôle maintenant. Vous pouvez décider de ce qui est ordinaire désormais.

Chapitre Vingt-Et-Un

Viktor

Quand j'ouvre à nouveau les yeux, c'est l'aube et mon téléphone sonne quelque part. Et Tanechka est toujours une bonne sœur.

Son bras est encore autour de moi. C'est agréable, j'imagine, mais ce n'est pas pour moi. Ça ne pourra jamais être pour moi.

Doucement, j'enlève son bras et la pousse sur le dos, observant sa silhouette endormie. Personne ne m'a jamais tenu comme ça. Personne ne m'a jamais dit que j'étais méritant – pas même l'ancienne Tanechka.

L'ancienne Tanechka ne dirait pas ça.

Je m'assieds au bord du lit et regarde mon téléphone pour voir qui a appelé.

Me dire que je suis méritant... Une nonne dit probablement ça à tout le monde.

L'appel venait de Yuri. Je le rappelle. C'est une bonne nouvelle. Certains des hommes de Lazarus le Sanglant ont tendu une embuscade à nos amis russo-américains. Nous devons les aider à se venger.

Ce sera dangereux et sanglant, mais ce sont des alliés importants et pour rester leurs alliés, nous devons agir comme tel.

Aleksio est en train d'enquêter sur une piste pour Kiro.

C'est à moi de jouer.

— J'arrive tout de suite, *brat*.

Je boutonne ma chemise, grimaçant à cause de la douleur. Mes mains sont recouvertes de sang séché. Rien de cassé, je pense.

Tanechka dort.

Je boucle mon holster et enfile ma veste de costume. Je m'agenouille au-dessus de Tanechka et écarte une mèche de ses cheveux sur son front.

Elle marmonne, encore assoupie. Elle ouvre les yeux.

Je me lève et attache mes boutons de manchette, baissant les yeux et adoptant une posture froide.

— Je sors. Pour tuer des hommes. Tu veux bien prier pour moi ? dis-je d'un air moqueur.

— Viktor, m'appelle-t-elle tristement.

Je descends les escaliers et me bande la main. J'avale des antidouleurs avec un shot de vodka. Deux minutes plus tard, je suis dehors avec ma mallette. Yuri arrive en faisant crisser les pneus de sa Mustang noire. Je me glisse à l'intérieur.

— C'est quoi ce délire ? dit-il.

La voiture couine en prenant un virage.

— Quoi ?

— Ta main. Qu'est-ce que tu as fait ?

Je la contracte et la déplie.

— Rien de cassé.

Les antidouleurs devraient bientôt faire effet. J'aurais pris quelque chose de plus fort si je n'avais pas eu besoin de viser.

— J'ai frappé dans un mur.

— Tu peux toujours tirer, hein ?

— Oui.

Je change de sujet et parle de l'embuscade. Yuri et certains des Russo-Américains ont identifié leurs attaquants comme travaillant pour Lazarus.

— Ils veulent une guerre à grande échelle avec Lazarus, dès maintenant, explique Yuri.

— Une guerre à grande échelle serait une mauvaise utilisation de nos ressources.

— Tu parles comme le vieux Konstantin.

— Konstantin est malin.

— Ils ne veulent pas attendre, dit Yuri. Ils ont peur.

— Ils sont tellement impatients.

Une guerre à grande échelle ferait entrer l'organisation de Lazarus le Sanglant dans une armure de combat. Il serait plus difficile de l'ébranler en profondeur, comme nous devons le faire.

— On s'en prendra aux tueurs. Ça devrait les satisfaire jusqu'à ce que nous attaquions l'entrepôt de blanchiment d'argent de Lazarus. Quand ils verront le cash que nous gagnerons avec ça, ils seront contents d'avoir attendu.

Yuri n'aime pas ça.

— Ça se passerait mieux si Aleksio n'avait pas loupé cette réunion.

— Ce sont nos frères. Ils comprendront.

— Ils sont plus Américains que Russes, réplique-t-il. Ils font des tacos au hareng, Viktor. *Au hareng.*

Je plisse le nez.

— Ta main. Dis-moi.

Je baisse les yeux vers mes doigts bandés.

— Je pensais que c'était elle, dis-je. J'ai pensé pendant un instant que Tanechka était de retour.

— Elle se prend toujours pour une nonne, hein.

— Je pensais l'avoir arrachée à ce rôle. Elle a pris mon flingue et pendant un moment, j'ai cru qu'elle allait me tirer dessus...

— Tu lui as donné une arme ?

— Je ne lui ai pas *donnée*.

— Est-ce que la *nocnitsa* a flotté au travers du mur pour lui donner ? Qu'est-ce que tu en penses ?

— Contente-toi de conduire.

PITYR EST dans la cuisine quand je reviens.

— Vous l'avez fait ?

Il demande si nous avons tué les hommes de Lazarus, en fait.

— Ils étaient déjà morts. Ils ont été tués hier soir. Leurs corps ont été trouvés dans Bobolink Meadow. Sans leurs pieds et leurs mains.

Il plisse les yeux, confus. C'est une marque de fabrique de Lazarus le Sanglant.

— Pourquoi Lazarus le Sanglant tuerait ses propres hommes comme ça ?

— Je ne sais pas. Nous sommes allés vérifier nous-mêmes et c'est vrai. Puis, en repartant vers la voiture, nous avons croisé un mec du Valhalla. On aurait dit qu'il m'avait reconnu en tant que Peter, le visiteur allemand. Nous avons été obligés de le tuer.

Pityr hausse les épaules.

— Il aurait fait foirer tout ce travail minutieusement planifié.

Je desserre ma cravate.

— Est-ce que Tanechka est réveillée ?

— Oui et elle a demandé de la vodka.

Je me raidis. Seule l'ancienne Tanechka demanderait de la vodka.

— Tu lui en a donné ?

— J'espère que ça ne te dérange pas.

Je lui mets une petite claque sur la joue.

— Bien sûr que non, Pityr. Elle peut avoir toute la vodka qu'elle veut. Tout ce qu'elle veut.

— Sauf une Bible.

— C'est ça. Est-ce qu'elle a dit autre chose ?

— Non. Juste de lui amener une bouteille de vodka.

— Pas même un verre ?

Pityr secoue la tête.

— Tu penses qu'elle se souvient ?

Peut-être.

Je lui claque l'épaule et me retourne pour partir.

— Attends ! s'exclame-t-il en m'attrapant par le bras. Tu veux des renforts ? Si elle se souvient, tu ne veux pas être prêt ?

— Je suis toujours prêt. Ne nous dérangez pas.

Je monte les marches trois par trois.

J'entends les pleurs depuis le couloir. Je fais irruption dans la chambre.

— Tanechka ?

Elle est blottie devant le feu, ses joues marquées par les larmes, la bouteille dans une main, le recueil de poèmes dans l'autre.

— C'est comme ça que je supportais les meurtres ?

Toujours la nonne.

Je m'agenouille près d'elle et tente de lui enlever le livre des mains, mais elle ne me laisse pas l'avoir.

— C'est dans l'obscurité et la crasse de sa cellule qu'il se sent libre, explique-t-elle. Le prisonnier comprend la beauté de la liberté et du bon parce qu'il ne pourra plus jamais l'avoir. C'est comme ça que je me sens maintenant, en m'éloignant autant du couvent.

Pendant un moment, j'envisage d'abandonner tout ça et de l'emmener là-bas. Elle en a tellement envie.

Elle serre le livre et la bouteille contre sa poitrine. C'est une belle créature pâle qui ressent les choses si sauvagement.

Je m'assieds et l'attire vers moi, la tenant contre mon corps.

— Tous ceux que tu as tués, tu devais les tuer.

— Réponds-moi, Viktor. C'est comme ça que j'arrivais à le supporter ?

— Non, Tanechka. Nous ne le supportions pas. Ça n'a jamais été notre but.

— Quel était notre but ? demande-t-elle.

Je la positionne contre moi et lui prends la bouteille des doigts. Je bois.

— Ce poème de Vartov, il te permettait de sentir l'obscurité, mais tu savais qu'il y avait également quelque chose de bien. De la bonté ailleurs.

Elle écoute, telle une fleur silencieuse et mortelle.

— Quand tu es un tueur, tu dois trouver des façons de rester humain. C'est difficile.

— Comment *toi* tu es resté humain ?

Grâce à *toi*, ai-je envie de dire. Je ne le fais pas.

— J'ai fait du mieux que je pouvais.

Elle renifle et émet un petit rire.

Je bois davantage. Je veux être ivre comme elle.

— Certains hommes de notre ancien gang s'endurcissaient en tuant. Ils se formaient une carapace épaisse. Le genre d'hommes que personne ne veut approcher quand ils rentrent dans un restaurant. Pas parce qu'ils sont effrayants, mais parce qu'ils sont *oni zhutkiy*.

Je n'arrive pas à trouver un mot américain pour le décrire. *Repoussants*, peut-être.

Je la sens sourire.

— Nous n'aimions pas travailler avec des hommes comme eux. Nous préférions travailler ensemble, toi et moi.

— Tu penses que nous étions une classe supérieure de tueurs.

J'entortille mon doigt dans ses cheveux.

— Je l'ignore. Je pense que c'est toujours mieux de ressentir que d'avoir une grosse carapace.

Elle ricane. Comprend-elle à quel point elle agit comme l'ancienne Tanechka ?

— Je pense que si nous n'étions pas restés humains, nous n'aurions pas pu ressentir cet amour l'un pour l'autre, comme nous l'avons fait. Nous étions durs avec le monde, mais humains l'un avec l'autre.

— Je me sens triste, dit-elle. Je suis désolée que tu ne puisses pas récupérer ton ancienne Tanechka.

— Tu n'es pas si différente d'elle. Tu t'accroches férocement à tes convictions. Tu continuais à espérer quand tout le monde perdait sa foi.

La rancune également, elle s'y accrochait.

Je lui tends la bouteille et elle boit une autre gorgée.

— Je veux des nouvelles du Valhalla. Est-ce que vous allez bientôt les sauver ?

— Bientôt, dis-je.

— Elles ne peuvent pas attendre, Viktor.

— Je t'ai expliqué pourquoi ça ne pouvait pas être instantané.

— Je n'aime pas ça.

Il y a un long silence. Il est agréable. Nous pouvions toujours être silencieux ensemble.

— Tu sais ce qui est pareil aussi, *lisichka* ?

— Quoi ? demande-t-elle.

— Tu remarquais toujours le ciel. « Regarde ce nuage, Viktor. Regarde le soleil. Regarde le ciel, comme il est bleu, comme il est pâle sur les bords. » Tu regardes toujours vers le ciel. En tant que nonne.

— Presque nonne, réplique-t-elle.

— En tant que presque nonne.

Soudain, je pense qu'elle est belle dans son désir condamné de devenir bonne sœur. Elle est comme un poisson, nageant encore et encore dans un minuscule bocal avec nous les autres poissons, imaginant un bel océan au-delà.

Sauf qu'elle ne pourra jamais y aller.

Je ne la laisserai pas faire.

Chapitre Vingt-Deux

TANECHKA

Il y a du sang sur sa chemise. Je ne dis rien, parce que je ne veux pas qu'il la change.

Je veux que le sang me rappelle ce qu'il est.

Ça ne fonctionne pas. Il est trop dangereux, trop beau.

Je dois retourner au couvent, pour me reconnecter avec mes semblables. Il doit y avoir une clé pour les menottes en fer, quelque part, mais il sait qu'il ne doit pas la mettre à portée de main. On ne met pas une clé à portée d'un prisonnier. Je le sais, tout comme je sais qu'on ne doit pas mettre sa main dans le feu.

Parce que moi aussi, je suis une tueuse.

Je le repousse et m'oblige à observer sa chemise ensanglantée. C'est le sang de quelqu'un.

Il remarque la direction de mon regard. Dans un geste brusque, il enlève sa cravate et lutte contre la chemise comme s'il s'agissait d'une pieuvre accrochée à lui. Il l'arrache et la jette furieusement sur le côté, révélant son torse musclé. Deux tétons roses. Un trait de poils noirs descendant sur son ventre. Tellement de cicatrices. Il s'adosse contre le bout du lit.

Encore plus beau. Encore plus dangereux.

Je me blottis contre lui. Sa peau est chaude et lisse contre ma joue. Son contact me nourrit comme les aliments ne le peuvent pas.

Je ferme les yeux. Sa façon de me caresser les cheveux est réconfortante, il glisse sur la surface lisse.

— Ça me tue quand tu dis que tu es triste, *lisichka*.

Sans réfléchir, j'attrape la bouteille et bois une nouvelle gorgée. Plus de vodka. Plus de Viktor.

Les muscles de son torse se contractent quand il me prend la bouteille des doigts, buvant une rasade. Les gestes me semblent familiers. Comme au bon vieux temps, probablement.

La peau nue au-dessus de sa ceinture a l'air plus douce que le reste. Je sais exactement quelle serait la sensation si je mettais ma paume ici – une chaleur douce et soyeuse, juste légèrement rêche. J'ai le souvenir sur ma main.

Le souvenir sur mes lèvres, aussi. Sur mon visage.

— Au couvent, j'avais une minuscule chambre avec simplement un lit et un bureau, dis-je. C'était une vie heureuse.

Il tient lâchement la bouteille, qui reflète la lumière des flammes.

— Dis-moi ce que tu aimais là-bas.

Je lui décris la beauté du lieu. Je lui parle du fait que je me sentais tellement perdue au début, toujours en colère et affligée, et de la patience et de l'amour des mères à mon encontre là-bas. Et je lui parle de leur courage face aux soldats.

— Je me prélassais dans l'herbe, au soleil, pendant que les chèvres broutaient. Elles venaient vers moi et se blottissaient contre moi. Elles jouaient.

— Ça a l'air beau, dis-je. Si paisible.

— Tu aimerais. Tu aimerais aussi les mères là-bas.

— Hmm...

Je lui prends la bouteille des mains.

— Si.

Je bois.

— La chose la plus extraordinaire, c'est quand j'ai trouvé l'icône.

Il fait un signe de tête vers l'étagère.

— Celle-ci ?

— Non, c'en était une autre, qu'on pensait perdue. J'étais sur une butte avec les chèvres et j'ai vu une lumière si douce et brillante. Comme tu n'en as jamais vu, Viktor.

Je ne sais pas pourquoi je lui dis. Je pense que c'est parce que c'est si naturel d'être avec lui. Je lui raconte comment la lumière brillait sur l'icône. Comment les chèvres se sont réunies. Ce que j'ai ressenti dans mon cœur. Comment j'ai couru pour retrouver les mères et ce qu'elles m'ont dit.

Il me caresse la joue du pouce. Je ferme les yeux. J'ai envie de me délecter de lui avec mon corps.

— Tu étais heureuse ?

— Oui.

— Tu veux y retourner ?

— Je vais y retourner. Une fois que les femmes seront en sécurité.

Je pose ma paume sur son torse, si épais et solide. Je ne me sens pas perdue quand je le touche. Quand il m'a embrassée violemment l'autre fois, je ne me sentais pas perdue.

Retourne-toi, me dis-je. *Tu es ivre.*

Je me le dis à moi-même alors que je glisse ma main sur sa peau. Alors même que je touche son téton rose, niché dans une spirale de poils. Il pose une main sur la mienne – pour essayer de m'arrêter ?

— Que veux-tu ?

Sa respiration devient irrégulière.

— Ne pas être perdue.

Je baisse ma main, les doigts sous sa ceinture.

Il y a un long silence. Il prend la bouteille et boit quand je le touche. Il a l'air si troublé.

— Aide-moi à ne pas être perdue.

Il s'arrête à nouveau, puis pose la bouteille et m'attire d'un coup sec sur ses cuisses, prenant brusquement ma bouche, ajustant mon corps sur le sien, m'envoyant du plaisir entre les jambes.

Avant que je m'en rende compte, je suis sur le dos et il est à califourchon sur moi, me surplombant.

Mes mains glissent de haut en bas sur ses cuisses musclées, étirées au-dessus de moi comme de robustes troncs d'arbre. Il m'observe avec attention en déplaçant ses mains vers mon col. Dans un mouvement sauvage, il déchire ma chemise en deux, dévoilant ma poitrine.

Je ris, surprise. Il dit que je n'aime pas le sexe gentillet, mais que j'aime ça.

Il trace une ligne de baisers de mon ventre à ma ceinture. Il déboutonne mon jean et le baisse, emportant ma culotte qu'il enlève par la cheville sans la menotte en métal. Il embrasse mes jambes nues.

Mon cœur tambourine quand il marque une pause près de mon sexe.

Je halète quand il me lèche une fois ici. Je siffle quand il écarte mes jambes encore plus pour lécher.

Je m'accroche à ses cheveux lorsqu'il me taquine, me mordille. C'est une torture horrible, parfaite et magnifique. Je ne veux pas qu'il arrête sa magie.

Et il ne le fait pas.

Même quand je hurle et que j'explose, tournoyant dans cette sensation, il continue. Je suis à peine redescendue quand il se met sur moi, enfilant un préservatif. Il se tient au-dessus de moi, un bras immense planté à côté du mien.

Avec l'autre, il me touche, passant ses doigts sous le dessous de mon avant-bras, glissant gentiment sur ma peau.

Tout est étincelant et lumineux à son contact.

— Regarde-moi, dit-il.

Cet ordre fait palpiter mon sexe. Je me retourne pour le regarder. Ce n'est pas un homme bon, mais je le veux.

Il scrute mon visage, cherchant apparemment quelque chose.

Me regardant, me capturant avec ses yeux, il passe un bras entre nous et se guide jusqu'à mon entrée, appuyant sa virilité entre mes jambes. Je sens le bout épais de son gland.

Je prends une inspiration, étonnée par sa grosseur. Puis il s'enfonce en moi, me remplissant de son immense membre, avec violence et possessivité.

— Plus, haleté-je.

Il passe sa main autour de mon cou avec la pression possessive qu'il m'a promise.

Mon pouls tambourine contre ses doigts lorsqu'il me prend. Mon sexe palpite de manière électrique. J'ai l'impression que la magie me traverse.

La pression est comme un ordre hypnotisant. Cet appui dangereux me dit que je suis à lui. Qu'il me prendra dans tous les sens qu'il voudra.

— Plus, haleté-je.

Il serre ma nuque et écarte encore mes jambes, m'ouvrant plus largement.

La sensation de l'avoir en moi est parfaite, au-delà de ce que j'aurais pu imaginer.

Je crie d'agonie et de plaisir.

Chapitre Vingt-Trois

Viktor

JE LA BAISE rapidement et violemment. C'est ce qu'elle aime, être pilonnée jusqu'à oublier.

— Tu n'es jamais perdue avec moi, *lisichka*.

Elle gémit et enfonce ses ongles dans mes épaules. Je grogne et la tiens, la prends, lui donnant tout ce que je suis. Je ferme les yeux en lui offrant tout.

Je continue encore et encore, lentement et sauvagement maintenant. Je glisse contre son clitoris. Son orgasme aime galoper et se cacher. Mais je suis un prédateur mortel.

— Attends, dit-elle, me sortant de ma rêverie. Attends.

Je ralentis, surpris de voir son regard si clair et brillant. Est-ce qu'elle se souvient ?

— Lentement, ajoute-t-elle.

Je prends une inspiration irrégulière. On ne l'a jamais fait lentement.

— Je veux te sentir, explique-t-elle. *Toi.*

Cela me déstabilise légèrement.

— S'il te plaît.

J'hésite, mais elle me regarde avec tant de confiance. Comptant sur moi. Je bouge ma main tremblante de son cou vers sa joue.

— Comme ça ?

— Comme ça.

Je ferme les yeux et bouge en elle lentement. Je ne sais pas comment faire. C'est trop. Mais je me retire et m'enfonce, appréciant sa nudité, tremblant à chaque coup de reins langoureux.

Si c'est la fin, je vais le faire comme elle le souhaite.

L'affection dans son regard me submerge. Je sais que je devrais la laisser partir, la ramener au couvent, le seul endroit où elle a trouvé la paix.

Mais je n'y arrive pas. Je dois l'obliger à se souvenir.

— Tellement bon.

Elle se cambre sous moi, m'attirant contre elle.

Elle va jouir. Je le sais avant elle. Son sexe se serre autour de moi, me pompant. Elle crie, un son cristallin.

Je la tiens, je l'embrasse quand elle jouit. Quand nous jouissons ensemble. Je la tiens jusqu'à ce que le dernier frisson quitte son corps.

J'observe son visage. Elle a l'air différente. Est-ce qu'elle est en train de se souvenir ?

— Tanechka ?

Je n'arrive pas à lire son expression.

— Tu te souviens ?

Elle me scrute étrangement. Qu'est-ce que ça veut dire ?

Juste à ce moment-là, des pneus crissent non loin. Le bruit de véhicules en train de se réunir.

Danger. J'attrape mon téléphone et envoie « ? » à Yuri.

Je ne reçois rien en retour.

Un picotement monte dans ma colonne vertébrale. Est-ce qu'il est blessé ?

Je prends mes affaires et mon holster.

— Habille-toi, Tanechka. Nous devons partir.

Elle ne bouge pas d'un pouce. Elle regarde fixement l'icône.

— Je suis tellement loin de lui maintenant.

Mon cœur sombre. Toujours la nonne.

— Nous devons partir. Tu veux que je t'oblige à sortir toute nue ?

Je hausse les épaules comme si je m'en moquais.

En bas, on tambourine à la porte. Non. C'est une épaule. Des gens essaient d'entrer.

— Enfile tes vêtements !

Je descends les escaliers, l'arme brandie. Je fonce quasiment dans Pityr qui est en train de monter.

— Les Russo-Américains, dit-il. Ils se sont retournés contre nous.

— Quoi ?

Il me jette mon fusil et me pousse.

— Nous sommes cernés. Yuri a été touché. Seulement à l'épaule.

— Où est-il ?

— Dehors. En sécurité.

Mon téléphone sonne. Aleksio.

— J'arrive, Viktor. Retiens-les.

Tanechka a remis ses vêtements, heureusement. Je lance à Pityr les clés de sa menotte à la cheville et je cours vers le coffre rempli d'armes. J'attrape deux grenades, un neuf millimètres et m'approche de la fenêtre. Ils ne sont pas encore entrés. Les Russes ont renforcé ce bâtiment, avec des constructions en acier. Leur propre intelligence les ralentit.

— Que se passe-t-il ? demande Tanechka.

— Reste baissée. Ferme les yeux et bouche-toi les oreilles !

Je brise la fenêtre avec la crosse de mon fusil. Puis je m'accroupis et dégoupille une grenade.

— Tes oreilles ! répété-je.

Quand ses oreilles sont bien couvertes, je la jette et me baisse.

J'entends des voix alarmées. Le bruit d'hommes en train de se presser. L'explosion de la grenade fait trembler le sol. Je me redresse et commence à tirer, pour dégager la rue. Pityr prend position de l'autre côté, éliminant des hommes.

Des sirènes résonnent au loin.

C'est vraiment mauvais. Si les Russo-Américains se sont retournés contre nous, c'est à cause de Lazarus le Sanglant. Les flics ne seront pas désireux de nous sauver. Ils voudront peut-être nous combattre aussi.

Je tire quelques balles supplémentaires. Ils répliquent. Les fenêtres se brisent. Le beau nid que j'ai créé pour ma Tanechka va brûler.

— Aleksio a un Hummer blindé, dis-je. Il arrive.

Tanechka acquiesce.

Que se passerait-il si je lui mettais un flingue dans la main ? Avant, elle était si féroce dans les combats comme celui-ci. On pouvait compter sur elle. Une capuche noire recouvrait ses cheveux blonds qui formaient une cible. Son corps s'en souviendrait-il ?

Mais je lui ai déjà fait assez de mal aujourd'hui.

— Reste à terre.

Je prends une inspiration et me lève pour tirer à nouveau. Ces Russes étaient censés être nos frères. J'aurais dû être plus attentif. J'aurais dû le voir venir.

C'est ma faute. Et si Yuri est blessé...

Plus d'épaules cognent contre la porte au rez-de-chaussée. Une fenêtre se brise.

— Le toit, dis-je à Pityr. Nous allons incendier cet endroit et passer par le toit. Comme Tanechka l'a fait. D'accord ? Tanechka, tu es prête ?

Elle acquiesce, s'avance vers la cheminée. Elle mettra le feu. Elle sait comment faire. Est-ce qu'elle s'en souvient ?

J'appelle Aleksio.

— Où es-tu ?

— À deux minutes de chez toi, répond-il.

— Nous allons sur le toit en direction de Reston Avenue.

— Neva Street, c'est mieux, me contredit Tanechka comme si elle était en transe.

— Oublie ça, on va vers Neva Street. Viens dans l'allée, par le sud.

Nous parlons tactique. Je vais lancer une autre grenade. Je fais un signe de tête à Tanechka et elle met le feu au dessus de lit.

— *Davay davay davay*, nous crie Pityr depuis l'autre bout du couloir, voulant qu'on se dépêche. À ton signal.

— Pars en premier, avec Tanechka.

— Non. Je vais rester !

— Pars en premier !

Il n'aime pas l'idée que je retienne les ennemis, parce que cela signifie que je serai le dernier sur le toit. Et que c'est moi qui serai le plus en danger. Mais je suis son supérieur. Il va obéir.

Et c'est ainsi que je protègerai au mieux Tanechka, en leur offrant, à elle et Pityr, la meilleure des couvertures.

— Maintenant !

Tanechka passe la première, en direction du grenier. Le feu s'étend. Je reste.

Quand je les entends briser la fenêtre en haut, je commence à mitrailler la rue pour la dégager. Quand je ne peux plus voir au travers de la fumée, je cours dans le couloir et monte au grenier.

Je tousse. J'ai les larmes aux yeux. J'ai attendu trop long-temps, mais je sais où est la fenêtre. Je grimpe et sors. Une fois sur le toit, je jette la grenade. Puis je cours.

Je les retrouve au niveau de l'escalier de secours.

Je tousse, reprenant mon souffle.

— Allez-y !

Nous descendons.

Aleksio crie depuis la rue. Tanechka atterrit en premier, directement sur le capot, comme une pro. Pityr passe en second.

Il y a des coups de feu au coin de la rue.

Aleksio ouvre brusquement sa portière et commence à tirer dans la rue. Je me lance et descends. Je sens une balle effleurer ma jambe. Je suis dans la voiture.

Aleksio fait crisser les pneus pour partir avant que je ferme la portière. La fenêtre à l'arrière se brise sous l'impact de multiples rafales. Je me retourne.

— Tanechka ?

— Baisse-toi ! hurle Aleksio.

— Tanechka ?

— Je vais bien, répond-elle, accroupie.

Je me retourne.

— Où est Yuri ?

— Avec Mischa, dit Aleksio. Il va bien. Il était de l'autre côté de la rue quand ils ont encerclé le quartier. Ils ont commencé à tirer et il a été touché. Vérifie si tu n'as rien, mon frère.

— Je vais bien.

Nous arrivons dans l'artère principale de la ville. Aleksio me dit qu'il essaie de joindre Konstantin. Sans succès.

— Il va bien, dis-je avec espoir. Il est probablement dehors avec ses canards.

C'est tout de même inquiétant.

Il y a beaucoup de feux tricolores, certains sont rouges. Aleksio en grille un, puis un autre. Nous continuons, mettant de la distance entre nous et les tireurs, nous dirigeant vers la maison de Konstantin.

— Écoute-moi, ils n'ont pas envoyé Kiro à la prison de Stillwater, m'explique Aleksio. Il a été envoyé à Oak Park Heights. Un truc pour les criminels tarés. Ne l'oublie pas.

Mon cœur tambourine à cause de ce qu'Aleksio ne dit pas. Si l'un d'entre nous est tué, c'est à l'autre d'aller chercher Kiro.

— Nous le trouverons ensemble.

— Sûr. Mais voilà le problème : il a été envoyé là-bas, mais il n'est pas dans les fichiers. Peut-être sous un pseudo. Nous devons le découvrir. Voilà où nous en sommes.

— Nous le trouverons, grogné-je. Même si je dois réduire cet endroit en cendres moi-même.

— Sécurité maximum. On ne peut pas foncer tête baissée.

Nous passons Lombard quand des lumières rouges clignotent derrière nous.

— Merde, s'exclame Aleksio.

Il y a de grandes chances pour qu'ils ne nous suivent pas à cause de nos infractions au code de la route.

— Ne vous inquiétez pas, j'ai fait le plein.

— On doit les semer avant que les hélicoptères arrivent, dis-je, énonçant une évidence.

Il file sur la route principale. C'est alors que nous voyons le train.

— Merde, constate Pityr.

— C'est bon. On peut le faire.

Aleksio roule à toute vitesse sur la contre-allée, la dévalant précipitamment alors que les flics nous collent aux fesses.

Aleksio aime me qualifier de fou. Il n'est pas mieux.

Nous faisons presque exploser le moteur quand nous arrivons au passage à niveau, une rangée de voitures s'étirant comme un mur devant nous, continuant sur la droite, tandis que le train arrive par la gauche. Je me retourne sur mon siège.

— Accroche-toi, *lisichka*.

Je n'ai pas besoin de lui dire. Elle se tient déjà fermement. Pityr prend ça avec un visage impassible. Lui aussi, il s'accroche.

— C'est parti !

Aleksio tourne à gauche sur les rails devant le train qui arrive, l'évitant de peu.

Les wagons défilent derrière nous, tel un mur d'acier tonitruant entre les flics et nous.

Pour l'instant.

— Nous devons nous débarrasser de cette voiture, dit Pityr. Ce Hummer est cramé, cramé, cramé.

— Je suis d'accord.

Quelques instants plus tard, Aleksio se gare sur un parking de banlieue. C'est parfait. Il y a beaucoup de voitures dont personne n'aura besoin avant plusieurs heures.

Nous jaillissons tous hors du véhicule. Pityr trafique une Mazda pour la faire démarrer. Je m'avance vers Tanechka.

— Ça va ?

Elle lève les yeux vers moi, comme si elle ne comprenait pas la question. Je me la suis tapée. Elle a tout perdu. Encore. À cause de moi.

Je ne dis rien. C'est juste une question de survie pour l'instant. Je la fais monter à l'arrière avec Pityr. Je me mets derrière le volant, Aleksio à mon côté.

— Que s'est-il passé ? demande doucement Aleksio en inclinant la tête vers Tanechka à l'arrière.

Elle parle avec Pityr à voix basse.

Je secoue la tête.

Il me lance un regard sombre et nous partons.

— C'est quoi ce délire ? dit-il après un moment.

Il ne parle pas de Tanechka cette fois-ci. Il parle de nos amis russes qui se sont retournés contre nous. Nos meilleurs alliés sont partis rejoindre l'organisation criminelle la plus puissante des dix États alentour... et ils sont tous de mèche avec les flics.

— J'avais prévu le casse de l'entrepôt de blanchiment d'argent avec eux demain. Nous l'aurions plumé. Ça aurait bâti une relation solide avec les Russes.

— Ils savaient pour la caméra.

— Ils en ont probablement déjà parlé à Lazarus, explique Aleksio. C'est ma faute, *brat*. J'aurais dû passer plus de temps avec Dmitri.

— C'est ma faute aussi.

Je fais un signe de tête vers Tanechka. Je passais tout mon temps avec elle.

— Je pensais qu'ils détestaient Lazarus, grogne Aleksio. C'est la dernière fois que nous le sous-estimons.

— S'il nous court après, ça veut dire qu'il ne sait pas où est Kiro, dis-je. Nous pouvons toujours trouver Kiro. Ensemble, les frères Dragusha abattront une pluie de feu sur Lazarus le Sanglant. Et nous reprendrons notre empire.

Au moins, le réseau du bordel s'est presque effondré. Une semaine de plus et nous pourrons y faire une descente.

Nous changeons de véhicule quelques kilomètres plus loin, choisissant un joli SUV. Nous partons vers le sud, en direction du paisible village senior de Konstantin.

Des arbres agités par le vent bordent les trottoirs sombres. De petits bâtiments en briques s'étirent sur tout un pâté de maisons. La porte de l'un des logements est grand ouverte.

Celle de Konstantin.

Mon cœur vacille.

Aleksio dérape dans l'allée et coupe le moteur. Il sort de la voiture et court vers la porte avant que l'un d'entre nous puisse bouger.

Je sors mon Glock et me retourne vers Pityr et Tanechka à l'arrière. Pityr a sorti son arme.

Tanechka écarquille ses yeux bleus. Pas sous le coup de la surprise, mais pour mieux voir. Observant. Attendant.

— Reste ici jusqu'à ce qu'on soit certains que tout est sécurisé, lui dis-je.

Je sors du véhicule, la tête dans le brouillard.

Konstantin est mort. Je n'ai pas besoin de voir son corps pour le savoir. Je n'ai pas besoin d'entendre le cri de rage et d'agonie d'Aleksio devant la porte.

Pityr et moi partons dans des directions opposées le long des maisons basses, parcourant les allées et l'herbe bien tondue avec de longues foulées, nos armes collées contre nos cuisses. Nous nous retrouvons à l'arrière. Les canards caquettent.

Nous entrons.

Le vieil homme est sur le sol de l'entrée, une mare de sang sous sa joue, son arme dans sa main, l'arrière de son crâne explosé. Aleksio est à genoux à côté de lui, sa tête sur la poitrine du vieil homme.

Je pose une main sur son épaule.

— Reste ici, dis-je. On s'assure que tout est sécurisé.

Nous avançons dans la maison, vérifiant pièce par pièce. Nous ne trouvons aucun intrus. Nous ne trouvons aucune résistance.

— *Mne ochen zhal*, me dit Pityr dans le couloir sombre quand nous savons que la maison est sûre. Je suis tellement désolé.

— Je ne le connaissais que depuis un an. Mais pour Aleksio, il était comme un père, dis-je. Fais sortir Tanechka de l'allée. Et appelle Mira. Aleksio a besoin que Mira soit avec lui.

Je retourne dans l'entrée retrouver Aleksio. Il est toujours à côté de Konstantin, lui tenant la main.

Je m'agenouille à côté de mon frère et touche le bras du vieil homme. Encore chaud. Il est mort depuis trois heures, peut-être.

Après un moment, j'attire Aleksio loin du corps. Ce n'est

pas bon pour les gens de s'accrocher à un corps. Je prends mon frère dans mes bras et le serre avec toute la force que j'ai en moi, l'écrasant sans honte.

— *Brat.*

Il n'y a rien d'autre à dire.

— Il m'a tout donné, chuchote Aleksio d'une voix rauque contre mon épaule. Il a abandonné sa vie pour me sauver.

— C'était un père et un soldat.

Je le serre contre moi. Ce frère que j'aime. Ce vieil homme courageux est mort.

— Il s'est suicidé, dit Aleksio. Je ne peux pas en être sûr, mais vu l'angle... son arme...

Il marque une pause, submergé.

— Ils sont venus à la porte et il savait qu'ils allaient le torturer pour obtenir des informations sur Kiro, sur nous. Il s'est tué pour ne pas trahir quoi que ce soit.

— Il est mort en nous protégeant.

— J'ai fermé ses yeux et sa bouche. Il m'a appris à le faire. C'est une coutume albanaise, pour empêcher les morts de revenir. Il ne croyait pas aux superstitions, mais il voulait que je connaisse notre culture, que je connaisse les petites comme les grandes choses, comme le *besa*.

Besa. Cela veut dire « honneur ». Pour ces fous d'Albanais, le *besa* représente tout.

Je lâche Aleksio et me penche pour embrasser le vieil homme sur le front.

— Tu y as cru, mon vieux. Tu n'as jamais arrêté de te battre. Tu es le plus fort d'entre nous.

Aleksio se tient au-dessus de moi, son poing appuyé contre son visage comme si la douleur était trop difficile à supporter.

Je me lève et pose une main sur son épaule.

— Parfois, j'avais même peur de m'endormir, m'explique Aleksio. Surtout juste après ce qui est arrivé.

Il n'a pas besoin de dire de quoi il parle. La nuit pendant laquelle Aldo Nikolla et Lazarus le Sanglant ont massacré nos parents.

— J'étais complètement terrorisé. Cette connerie prenait le contrôle de mon corps, tu vois ? Nous vivions dans ces appartements merdiques avec des murs fins comme du papier. Lui, il participait à de dangereuses escroqueries pour nous faire vivre, tout en restant sous les radars. Nous devions déménager toutes les semaines, mais peu importait où nous allions, la première chose qu'il faisait, c'était d'installer une chaise au bout de mon lit ou de mon sac de couchage.

Il se tourne vers Konstantin.

— Tu te souviens ?

Il s'agenouille et pose doucement sa main sur le bras du vieil homme.

— Tu te souviens de toutes ces nuits où tu as dormi sur une chaise, au pied de mon lit ? Est-ce que tu dormais, en fait ?

Il passe une main sur son visage.

Je pose la mienne sur son épaule.

— Il était comme un père.

— Parfois, quand ça n'allait vraiment pas, il touchait ma cheville. Il posait juste une main sur ma cheville et ma peur disparaissait. Juste grâce à lui, avec sa vieille patte sur ma cheville.

C'est alors qu'une mauvaise intuition me tombe dessus. Au même moment, Pityr arrive en courant dans la maison, blanc comme un linge. Il n'a pas besoin de parler. Je me précipite à travers la maison et sors dans l'allée.

Elle est partie avec la voiture. Avec les armes.

— Non !

Il arrive à côté de moi.

— Elle n'avait pas les clés... elle l'a trafiquée. Je pensais qu'elle ne se souvenait pas...

— *Blyad* !

— Où va-t-elle aller ? demande-t-il.

— Je ne sais pas. Ça dépend de quoi elle s'est souvenue. Mais j'ai mis des traceurs sur toutes ses chaussures après qu'elle a essayé de s'enfuir la première fois.

— Sur ses chaussures. Exactement où tout le monde regarde.

J'acquiesce. Exactement où elle regardera... si sa mémoire est revenue.

Chapitre Vingt-Quatre

L'ÉGLISE de la Rivière Sacrée est belle et calme. Une lumière colorée traverse les vitraux en hauteur. Quelques fidèles prient sur les bancs. Ils ignorent totalement qui est venu les rejoindre.

Je suppose que je l'ignore aussi.

Je m'avance et tombe à genoux, faisant mon signe de croix. Je serre mes mains si fort que je pense que je vais briser mes propres os. Je ne me sens pas digne de ne serait-ce que regarder Jésus. Je ne me souviens pas avoir tué tous les gens que j'ai tués, mais je me souviens avoir supplié Viktor de me prendre.

Je ferme les yeux, essayant de résumer mes autres péchés. Comment puis-je demander le pardon si je ne me souviens pas ? Comment puis-je être lavée de mes péchés ?

Mère Olga a dit que c'était possible, mais elle ne savait pas ce que j'étais.

Je pense à Viktor. Un tueur comme moi. Familier comme un gant sur ma main. Au bordel, ils menaçaient mon corps. Viktor menace mon âme même.

Je m'assieds sur un banc à l'avant et je chuchote mes prières, perdue.

Les femmes ont souffert au bordel pendant que je m'enivrais et que je faisais l'amour à un tueur. La vodka, la sensation de la peau de Viktor sous ma main, sa virilité me comblant... je voulais ces choses.

Je lève les yeux vers Jésus, au travers du brouillard de mes larmes.

— Montre-moi ta lumière à nouveau.

Rien.

Je serre mes mains, comme si je pouvais repousser les sentiments que je porte à Viktor. Je dois trouver un prêtre. Ensemble, nous irons à la police et leur parlerons du bordel.

Puis je me confesserai.

Je pense à Viktor me prenant dans ses bras. *Lisichka*. Même maintenant, il me manque.

J'entends une voix d'homme au bout du banc.

— Puis-je ?

Mes larmes brouillent ma vue, mais je reconnais la robe d'un prêtre.

— Je vous en prie, mon Père, dis-je.

Il se glisse à mon côté. Soudain, j'ai froid. Je suis effrayée. Me suis-je perdue aussi loin pour qu'un prêtre me donne l'impression d'être un ennemi ?

— Vous êtes troublée.

— Plus que vous ne pouvez l'imaginer.

— Est-ce que la confession vous aiderait ?

— Oui, mon Père. Tellement...

Il me montre quelque chose par-dessus mon épaule. Je regarde ce qu'il m'indique. Le confessionnal, peut-être ?

J'entends un bruissement derrière moi. Je me retourne trop tard. Je ressens une piqûre dans la nuque. Puis c'est le noir complet.

JE ME RÉVEILLE SEULE, sur un sol froid. Sans le rayon de lumière passant à côté d'une planche recouvrant une fenêtre, l'obscurité serait totale.

Ce n'était pas un véritable prêtre, bien sûr.

L'ancienne Tanechka l'aurait sans doute su. Je ne suis bonne à rien. Je suis une criminelle sans les souvenirs utiles qui vont avec.

Je ressens un martèlement dans mon crâne quand je me relève, mes pensées embrouillées. Je lutte suffisamment contre mon état de stupeur pour avancer vers la porte en trébuchant presque sur ma jupe. Je passe une main sur le tissu rêche et je reconnais la robe d'une nonne. Elle est différente de l'ancienne. Je porte le voile, également. Mais je ne suis pas au bordel. Là-bas, il y avait un certain bruit, une certaine odeur.

Je suis ailleurs.

Je tente d'ouvrir la porte et constate qu'elle est verrouillée. Je recule d'un pas hésitant, ma bouche est aussi sèche que le désert.

Par instinct, je parcours le périmètre de la minuscule pièce, inspectant les murs, le sol. Je me sens déséquilibrée. Droguée. Je dois rejoindre la fenêtre. Mais comment ?

Mes sens me disent que cet endroit est au sous-sol et que des hommes sont dans le couloir, à droite, là où se trouve également la sortie.

Je commence à le voir comme un cube coloré dans mon esprit, comme celui que Viktor a mis entre mes mains pendant le pique-nique près du lac.

Le Rubik's Cube.

Bouge une rangée et de nouvelles opportunités se présentent là où d'autres disparaissent. Bouges-en une autre et c'est l'impasse. Viktor parlait de ça, voulant tellement que je me souvienne. Il a dit que nous résolvions les problèmes de la même façon que les Rubik's Cubes.

J'essaie de me souvenir comment être l'ancienne Tanechka, mais je n'y arrive pas.

Mon corps sait comment réagir, mais apparemment, je n'arrive pas à anticiper, à trouver un plan. Je ne fais que réagir. Pourquoi ne puis-je pas anticiper ?

Des pas. Je me retourne. La porte s'ouvre. La luminosité m'aveugle.

Il est là, son visage dans l'ombre, la lumière filtrant derrière lui.

— Là voilà, la bonne sœur préférée de tout le monde. Elle est enfin réveillée.

C'est l'homme qui faisait semblant d'être prêtre. Je ne peux pas voir son visage, mais je me souviens de sa voix. Je sais qu'il est dangereux. J'étais trop émue pour le voir avant. Maintenant, je le perçois.

Il appuie sur un interrupteur. À l'extérieur de la pièce. Je cligne des yeux.

— C'est mieux ?

— Laissez-moi sortir.

— Ouais. Peut-être pas.

Il avance et ferme la porte derrière lui. Il a un regard étrange et dur, des cheveux sombres balayés en arrière et un nez semblable à un bec, des yeux sévères, des pommettes saillantes. Il pourrait paraître beau aux yeux d'autres femmes, comme certains hommes autoritaires peuvent l'être, mais moi, je ne le trouve pas beau. Je ressens sa malveillance.

— Viens ici.

Il va jusqu'à la table située dans l'angle de la pièce et y étale une carte. Je vois de là où je me tiens qu'il s'agit de Chicago.

— Viens, répète-t-il.

Je croise les bras.

— Vous allez me remmener dans cet endroit ? Le bordel ?

— Tu dis ça comme si tu voulais y retourner. C'est le cas ?

C'est une question sans en être une. Bien sûr. On ne peut pas faire confiance à cet homme.

Je veux y retourner. Je ne sais pas si je peux aider ces femmes, mais Viktor et ses hommes n'ont rien fait.

Le faux prêtre marque un point sur la carte.

— Je veux juste savoir, dis-je simplement. Est-ce que j'y retourne ?

— Je peux te dire que j'ai un ami qui est vraiment impatient de te voir, répond-il. Tu devines qui ?

Je serre les poings. Il parle de Charles, celui avec qui j'étais obligée de dîner. L'homme avec un cafard à la place du cœur.

— Viens, Tanechka. Je peux t'appeler Tanechka ?

Je hausse les épaules.

— Je m'appelle Lazarus.

Il sourit.

Je fronce les sourcils.

— Tu veux y retourner ? Tu veux être une pom-pom girl pour ta petite équipe là-bas ? Voilà ce qui va se passer. Tu vas me dire où tu étais. Je veux savoir comment le gardien qui t'a emmenée a réussi à te faire sortir et je veux tout savoir sur ses potentiels complices. Tu gagnes des points en plus si tu me donnes une adresse, des numéros de plaques, des marques et des modèles de voiture.

Je lui lance un regard noir. Je me rends compte qu'il ne sait rien de mes liens avec Viktor ou Aleksio. Il pense que je suis juste une nonne novice. Eh bien, c'est ce que je suis, j'imagine.

— Tu es partie pendant des jours. Où te cachait notre gardien ?

— Ramenez-moi dans cet endroit et je vous le dirai.

Ses lèvres se contractent sur le côté.

— Ça ne fonctionne pas comme ça.

Je hausse les épaules.

— Je ne vous le dirai pas, alors.

Il se lève et s'avance, le regard menaçant.

— La sœur est dure en affaires.

Il se plante juste devant moi et ajuste mon voile.

Je tressaille quand cinq façons de le tuer traversent mon esprit. L'ancienne Tanechka. Je ferme les yeux, priant pour avoir la force d'être bonne.

— Je ne pense pas que tu aies vraiment le choix ici, ma Sœur. Je ne veux pas te faire de mal.

— S'il vous plaît, ne le faites pas.

Ma voix tremble.

— S'il vous plaît, n'essayez pas de me faire mal.

J'ouvre les yeux et constate qu'il sourit. Il pense que j'ai peur de ce qu'il me fera.

Il comprend à l'envers.

— Dis-moi ce que j'ai besoin de savoir.

— Non, chuchoté-je.

Un petit éclat de lumière m'indique qu'il tient une lame sur son flanc. Je sais de quel type, rien qu'en entendant le bruit. Un monobloc fin, avec une poignée bosselée, facile à tenir et peinte pour ressembler à du bois.

J'ai déjà utilisé une telle lame. Ce n'est pas ma préférée, mais je la connais bien. Ce ne sont pas des connaissances que j'aime avoir. Je me raidis quand il pose le bout de la lame sur mon menton.

Ce n'est pas une zone de mon cou où il pourrait me tuer, mais ce n'est pas loin. On doit respecter la lame.

Lazarus approche son visage du mien. Je ferme les yeux alors qu'il me pousse contre le mur, le couteau tel une aiguille sur mon menton maintenant. Il est très proche de sa gorge aussi.

Je résiste à la pulsion de prendre son poignet et de retourner la lame contre lui.

— Tu as échappé à Cecil, notre gardien. Nous devons juste savoir où il est, où il te gardait.

— Je ne vous le dirai pas.

— J'ai promis à quelqu'un qu'on ne te ferait pas de mal, explique-t-il. Faire du mal, cependant, c'est assez vague, tu ne trouves pas ?

Mon cœur s'accélère. C'est un tueur entraîné avec une lame, mais j'ai une arme, moi aussi. L'effet de surprise. J'imagine un mouvement – le seul possible –, une prise rapide en deux gestes pour enlever la lame de mon cou et l'enfoncer dans le sien.

Je ne peux pas. Je ne le ferai pas.

J'écarquille les yeux quand il pousse la pointe de la lame dans la peau tendre sous mon menton, la tailladant.

Du sang coule dans mon cou.

— Oh, bon sang, chuchote-t-il. Tu saignes.

Je prends une inspiration, luttant contre la panique. Le sang nous fait paniquer de manière instinctive. Je ne devrais pas le savoir, ça non plus. Il a besoin de moi. Il ne me fera pas de mal. Cette entaille n'est pas mortelle.

— Pourquoi le protèges-tu ?

Je ferme les yeux.

— Tu es en train de prier Jésus, là ?

— Oui.

— Pour qu'il te sauve ?

Je ne réponds pas.

— Un petit conseil : demander l'aide de Jésus est aussi efficace que de porter une chaussure en guise de chapeau.

Je ne dis rien.

Lazarus me lance un petit sourire narquois.

— Sérieusement. Tu penses vraiment qu'il peut t'aider ?

Je ne suis pas en bonne posture. Le sang qui coule a atteint le col autour de ma gorge.

Le regard de Lazarus est glacial.

— Je t'ai posé une question, non ? J'ai mis l'intonation à la fin et tout.

— Jésus aime même ceux qui ne peuvent être aimés.

— En-nuy-ant.

À nouveau, il bouge le couteau.

Je continue de respirer calmement. Je suis étourdie. Et si Jésus ne m'avait pas montré ses beaux yeux pour que je devienne nonne ? Et s'il m'avait juste montré son amour ? Son pardon ?

— La localisation. *Maintenant.*

Une porte se claque quelque part dans le bâtiment, suivi par un bruit sourd.

C'est Viktor.

Je le sais tout comme je sais que le matin se lève après la nuit et que l'obscurité cède sa place à la lumière du soleil. *On sentait toujours la présence de l'autre, a-t-il dit. Chaque fois que tu entrais dans un bâtiment, je le savais.*

Lazarus aussi sait que ce bruit n'était pas normal. Je le vois dans son regard.

Il y a un autre bruit sourd dans le couloir.

— Tony ? crie Lazarus.

Rien.

Il me pousse plus en arrière dans la pièce, loin de la porte, juste avant qu'elle s'ouvre brusquement.

C'est Viktor. Son visage est ensanglanté et il tient un homme devant lui, une lame sur son cou.

— La nonne vient avec moi ou il meurt.

Mon cœur tambourine. Il est venu pour moi.

Il a l'un des hommes de Lazarus. Mais Lazarus m'a moi.

— C'est certainement un dilemme, répond Lazarus même s'il semble amusé. Sauf que ce n'en est pas un.

— Derrière toi ! m'écrié-je quand une ombre se rapproche de Viktor.

Trop tard. Un homme met un flingue sur sa tête.

— Lâche ton arme, ordonne-t-il.

Viktor reste ainsi, sa blessure à la tête saignant sur tout son visage.

— Lâche ton arme ou la bonne sœur crève, dit Lazarus.

Viktor laisse tomber son couteau. Il me regarde. Il veut quelque chose de moi. Que je bouge, peut-être ? Comment ?

La panique me submerge. Je n'arrive pas à anticiper comme ça.

— Viktor, dit Lazarus. C'est une belle surprise.

Il donne un coup de pied dans le couteau.

— Je n'aurais jamais cru que tu étais du genre religieux. Ou est-ce plus un fantasme sexuel ?

— Laisse-la partir.

Lazarus rit.

— Pourquoi ferais-je ça ?

— Tu m'as moi.

— Mais tu ne sais pas ce qu'on dit ? Deux tiens valent mieux qu'un tu l'auras. Non ? Ce n'est pas ça ?

L'homme appuie son arme sur la tête de Viktor.

Lazarus passe un bras autour de mes épaules et s'adresse à Viktor.

— Bon, quelle est cette piste sur Kiro dont j'ai entendu parler ?

Viktor me regarde, ses yeux sombres brillants. Il est blessé. Je le vois à la façon dont il respire. Une côte, peut-être. Il essaie de le cacher.

— Étripe-moi. Vide-moi de mon sang. Je ne trahirai pas mon frère.

— Tu sais que nous n'avons besoin de tuer qu'un seul d'entre vous pour mettre un terme à la prophétie sur les frères

Dragusha et on dirait que tu te portes volontaire. Donc considère que c'est déjà fait. Mais pourquoi pas deux ? Je pense que ça marquerait le coup. Lazarus 2.0, enfoirés.

L'homme pousse la tête de Viktor sur le côté avec le revolver. S'il appuie sur la détente, le coup le tuera. Je croise ses beaux yeux.

Le temps semble s'arrêter quand je le regarde droit dans les yeux.

— La question est : que va-t-il arriver à la nonne ? Parle-moi de Kiro et je la laisserai continuer son petit bonhomme de chemin.

Il resserre son bras autour de mon cou.

La panique me submerge et dans un éclair, je vois la scène en avance, comme si je résolvais un Rubik's Cube.

Tout s'assemble instantanément. Les couleurs tournent, les plans d'action s'alignent.

Et soudain, je me mets en mouvement. Mon coude glisse sur le visage de Lazarus. Il me regarde d'un air choqué durant la fraction de seconde avant que la douleur s'installe. Sa stupeur me donne ce dont j'ai besoin : l'ouverture pour m'éloigner de la lame tout en saisissant ses cheveux et en balançant son visage toujours étonné contre le mur de béton.

Il s'effondre par terre. Je donne un coup de pied, qui atterrit sur le visage également stupéfait de l'homme baraqué, offrant à Viktor la distraction dont il avait besoin pour s'emparer du flingue.

Le coup de la nonne impuissante qui devient une boule de rage a fonctionné à mon avantage.

— On ne les tue pas, lui dis-je en russe.

— Tanechka !

— Je suis sérieuse.

Viktor ne discute pas. Nous savons comment progresser ensemble. J'attrape le couteau à cran d'arrêt, sa poignée en faux bois aussi familière que le gâteau au miel. C'est la même marque que mon premier couteau.

Les souvenirs déferlent en moi. Je me souviens de ma chambre d'enfant. Mon père nous élevant. Ma mère prenant des billets pour le train de voyageurs, un aller-retour à travers le pays. L'école dans un bâtiment en béton gris. Les bancs de l'aire de jeu. Les manèges de Sky World, l'impression de voler, les lumières de toutes les couleurs. Quelque chose de froid me tiraille l'esprit. Un autre souvenir, froid et sombre.

Un coup de feu déchire l'air et je me retourne. Viktor tient le bras de l'homme. Il le brise avec un craquement puis l'assomme.

Nous avançons dans le couloir, nous battant dos à dos.

— Écoute-moi, pas de tuerie ! dis-je en russe.

Nous continuons à avancer dans le couloir, luttant pour sortir.

— *Blyad* ! s'exclame-t-il. Il y en a d'autres qui arrivent derrière.

Ce couloir est exigu. Son étroitesse nous donne l'avantage de n'affronter qu'un seul homme à la fois. Je suis toujours dans mon habit de religieuse. C'est un autre avantage.

À nouveau, nous nous battons dos à dos. Les hommes arrivent de chaque côté. Ils ne tirent pas, car s'ils nous loupent, ils toucheront l'un de leurs hommes.

L'un d'entre eux arrive sur moi avec une lame et je lui coupe un nerf dans le bras. Il s'effondre. C'est très douloureux, mais il ne mourra pas. Viktor grogne derrière moi, assommant plus d'hommes.

Le combat se modélise dans mon esprit, un schéma évoluant rapidement. Je pars sur la gauche quand Viktor part sur la droite. Je m'avance vers lui quand j'en ai fini avec un homme, il apparaît quand j'ai besoin de lui, assommant les combattants au lieu de les tuer. Nous arrivons dans le petit escalier et le montons en courant. Nous atteignons la porte. Mais il y a quelque chose d'autre. Quelque chose qui ne va toujours pas.

Quelque chose... quelque chose qui ne va pas du tout.

Viktor essuie le sang de ses yeux. Mon cœur se serre de le voir blessé. Est-ce que c'est ça ?

— Viens.

Il me tend la main. Je la prends. Nous courons sur le trottoir délabré jusqu'à une camionnette noire.

Viktor ouvre brusquement la portière pour moi et je grimpe. Il fait le tour et prend le volant. Mon cœur martèle quand nous partons en trombe. Je trouve un T-shirt à l'arrière et l'utilise pour enlever le sang de ses yeux.

— Je gère.

Il m'arrache le T-shirt des mains, il veut s'en charger lui-même.

— Attache ta ceinture.

Je me glisse sur mon siège et fais passer la ceinture sur moi au moment où il crie en prenant un virage. Des sirènes derrière nous.

— Les flics de Lazarus, grogne-t-il. Tiens bon. Je suis là.

— Comment m'as-tu trouvée ?

Il essuie davantage de sang de ses yeux.

— Il y a un traceur dans ta chaussure.

Viktor. Il est venu me chercher.

Mais quelque chose me tiraille l'esprit. Quelque chose ne va pas.

Un frisson me traverse. Dans la camionnette, je commence à avoir froid.

— Tanechka ?

Sa voix semble si lointaine. J'entends le souffle du vent. Le frisson que je ressens s'enfonce dans mes os.

Tanechka ?

Il m'appelle, mais je ne suis plus ici. Je suis au sommet d'une falaise, le vent froid dans mon dos.

Je tremble, je m'accroche à lui, je le supplie, je pleure.

La passe de Darial.

C'est Viktor, mais je ne reconnais pas ses yeux.

Predatel ! crie-t-il en enlevant mes doigts de son bras.

Un néant glacial siffle derrière moi.

Je le supplie de me croire. J'essaie de lui expliquer pour ma mère.

Je suis innocente et il ne veut pas me croire.

J'appuie mes mains sur mon ventre, me souvenant, ayant l'impression d'être de retour là-bas.

Le vent froid. Lui, enlevant mes doigts de son bras. Il me pousse en arrière dans l'obscurité de la passe de Darial.

Je lutte pour respirer. Je tombe. Je halète.

Sans même réfléchir, je mets mon *pika* sous sa gorge.

— C'était toi !

Il me lance un regard sauvage.

— Tanechka...

Le monde flotte devant mes yeux.

— Tu pensais que je t'avais trahi ? Que j'avais trahi notre gang ? Comment as-tu pu penser ça ?

Il regarde la route, puis moi, n'arrêtant pas de parler.

— J'avais tort. Je n'arrivais pas à réfléchir. Les photos...

— Je ne t'aurais jamais trahi !

J'arrive à peine à faire sortir mes mots.

— Je t'aimais !

Mes mains tremblent. Je ne suis pas une tueuse, mais je n'arrive pas à enlever ma lame de son cou. Un étrange instinct la maintient en place.

— Nous avons des ennuis, Tanechka, dit-il. Tu devrais commencer à faire exploser quelques pneus sinon nous allons mourir tous les deux.

— J'avais tellement peur, Viktor. Pas à cause de la passe de Darial, mais parce que je ne voulais pas vivre sans ton amour. Tu me fusillais du regard avec les yeux d'un inconnu ! Tu as enlevé mes doigts de ton bras et tu m'as poussée !

— Je sais !

Le sang coule là où les hommes l'ont frappé.

— Je sais. Je sais ce que j'ai fait ! Tanechka, si je pouvais changer ça...

— Tu m'as regardée droit dans les yeux et tu m'as poussée dans la passe comme si je n'étais qu'un déchet.

— Je mérite de mourir un millier de fois pour ce que j'ai fait. Mais d'abord, je te sors de là.

Un coup de feu siffle en passant à côté de nous.

La rage me submerge. Je suis tellement enragée. Je ne sais pas qui je suis.

— Laisse-moi au moins te sauver, dit-il. Tu pourras me tuer plus tard.

D'autres coups de feu.

Mais qui est en train de nous tirer dessus ?

Comme une femme possédée, je replie la lame et attrape le fusil. Je remplis le chargeur, baisse la fenêtre et me tourne. Je tire dans les pneus avant de la voiture qui nous poursuit et elle dérape. Je tire à nouveau, puis je me retourne.

Il se concentre sur la course-poursuite.

— *Predatel !? Predatel !?*

Davantage de voitures nous suivent. Je me retourne et tire, furieuse.

Je ressens tellement de colère. Je n'y suis pas habituée.

Je tire dans les moteurs, dans les pneus. Ma visée est aussi acérée qu'une lame, même à travers ma rage.

— Je ferais n'importe quoi...

Je me retourne.

— Sergei avait kidnappé ma mère. Je ne pouvais pas te le dire !

— Tu ne nous as jamais trahis, je le sais ! Je t'ai trahie. Je *nous* ai trahis. C'est moi qui aurais dû tomber de la falaise. Je l'ai pensé un million de fois.

Je me fige.

— Viktor... ma mère... est-elle...

Je m'accroche quand il effectue un demi-tour, puis un autre, filant à toute allure sur le trottoir.

— En vie ? Oui, je l'ai sortie de là.

Mon pouls s'accélère.

— Elle est en sécurité ?

— Je suis allé la chercher.

— Comment ?

— Tu serais émerveillée de voir ce qu'un homme peut faire quand il se moque de sa propre vie. J'aurais fait n'importe quoi. Je ferais toujours n'importe quoi. Quand je me suis rendu compte de ce que j'avais fait, j'étais conscient que sauver ta mère ne te ramènerait pas, mais je savais que c'était ce que tu aurais voulu.

— Elle va bien ? Tu le promets ?

— Elle est toujours dans son petit appartement. Elle se plaint toujours de la télévision trop forte en bas. Elle porte ses écharpes fleuries.

Mon pouls tambourine dans mes oreilles. Je ne suis pas moins en colère.

— Comme elle a dû souffrir en pensant que j'étais morte.

— Quand elle te verra, quand elle apprendra que tu es en vie... tu ne peux pas imaginer la joie...

— Merci de l'avoir sauvée, grogné-je malgré le désir de vengeance bouillonnant dans mon cœur.

— La dette que j'ai envers toi ne sera jamais remboursée.

— Konstantin...

— Mort.

Un simple mot. Son visage se fige.

Je prends une grande inspiration.

— *Mne ochen zhal.*

— Merci.

Je regarde par la fenêtre. Nous passons à côté d'un centre commercial. Toutes les marques américaines sont là, avec leurs couleurs et leur assurance.

Il ralentit. Nos poursuivants sont hors de vue. Nous les avons perdus.

Nous avons tout perdu.

Chapitre Vingt-Cinq

Viktor

ELLE NE M'ATTAQUE PAS.

— Tanechka ?

Elle regarde fixement par la fenêtre. Elle semble perdue. Un petit peu affolée. Est-elle en train de gagner du temps ?

D'une voix étrange, elle me dit :

— Ramène-moi au bordel. Nous allons sauver ces femmes maintenant.

Je lui explique que nous sommes sur le coup, prêts à frapper, mais pas encore.

Elle fronce les sourcils.

— Emmène-moi voir Nikki, alors.

— Pourquoi ? Pourquoi Nikki ?

— Tu as dit que tu ferais n'importe quoi pour moi. Emmène-moi voir Nikki.

J'appelle Aleksio, toujours chez Konstantin. Je lui dis que j'ai Tanechka.

— Bien.

Il baisse la voix.

— Reste loin d'ici. Il y a trop de flics.

Il me dit ensuite que Nikki est chez Tito.

Je me rends chez lui.

Le silence de Tanechka est pire que ses récriminations. J'ai besoin qu'elle fasse quelque chose. N'importe quoi.

J'ai besoin qu'elle mette fin à cette souffrance. Elle est la seule à pouvoir le faire.

— Je suis désolée, pour Konstantin.

Sa voix semble distante.

— Il était comme un père pour toi, je le sais.

Je ne comprends pas pourquoi elle se montre gentille. Est-ce qu'elle me manipule ? Me fait attendre ? Tanechka avait l'habitude de jouer avec les gens.

— Il était surtout un père pour Aleksio, dis-je. Je ne le connaissais que depuis un an.

Elle regarde par la fenêtre.

— Une année peut laisser des traces.

Tito habite dans une maison de grès rouge au nord. Nikki nous attend déjà. Elle est la seule personne présente, en plus du grand chien noir et blanc de l'enquêteur. Je nettoie et bande ma blessure à la tête dans la salle de bain. La blessure picote. Paradoxalement, je suis heureux.

Je retourne dans la cuisine de Tito et appelle à nouveau Aleksio. J'ai besoin d'entendre sa voix, de savoir qu'il va bien. Je n'aime pas qu'il soit à découvert pendant qu'il fait son deuil. C'est une période dangereuse. Il m'assure que Tito s'occupe de la sécurité.

Tanechka réapparaît avec un sac en toile.

— Assieds-toi.

Elle le pose par terre.

Je m'assieds.

— Qu'y a-t-il là-dedans ?

— Une surprise.

Méfiant, je reste sur ma chaise.

Dans un éclair, mes bras sont menottés à la chaise en métal.

Je me relève brusquement, avec la chaise, me balançant sauvagement, tentant de me libérer. Mais je ne réussis qu'à briser des placards.

Nikki et Tanechka attrapent la chaise. Elles me forcent à mettre les quatre pieds par terre avec leur poids combiné. Nikki attache mes deux chevilles tandis que le chien aboie. Puis elle passe du ruban adhésif autour de moi.

Je lève les yeux, endiablé, tirant sur mes liens.

— Qu'est-ce que tu fais ? Je ne vais pas rester attaché.

— Nous devons faire sortir ces femmes du bordel, répond-elle calmement.

— Vous ne pouvez pas. Nous avons un plan pour elles ! expliqué-je. Nous allons les faire sortir.

— J'en ai assez de tes paroles.

— Ne fais pas ça.

Elle me lance un regard sévère.

— Nous allons appeler la police une fois que les femmes seront sorties, déclare-t-elle.

Nikki sort un revolver semi-automatique du sac en toile, ses cheveux se balançant sur ses épaules.

— Comment on utilise ça ?

— On ne l'utilise pas.

Tanechka lui prend des mains.

— On ne va tuer personne.

— Vous allez faire tomber cet endroit sans tuer personne ? demandé-je. Sans moi ? Non. Vous ne pouvez pas faire ça.

— Nous le pouvons. Pendant tout ce temps que j'ai passé là-bas, j'aurais pu m'enfuir de ma petite chambre à n'importe quel moment. J'aurais dû faire sortir ces filles il y a des semaines. Je ne me souvenais pas, mais maintenant, si.

Elle se tourne vers Nikki.

— Tu sais où Tito garde sa boîte à outils ?

— Dans la buanderie, au sous-sol. Dernière porte sur la gauche, dit Nikki.

Tanechka prend un neuf millimètres dans le sac et le tend à Nikki.

— Surveille-le. Hurle s'il essaie de se libérer. La chaise ne le retiendra pas, elle va seulement le ralentir.

Tanechka s'en va.

— C'est du suicide, dis-je lorsque Nikki et moi sommes seuls.

— Tais-toi.

Elle se tient à l'autre bout de la cuisine, en face de moi, et observe ses ongles noirs pailletés sur sa main libre, ses cheveux retombant une nouvelle fois devant ses yeux.

Après un moment, je fais un signe de tête vers le neuf milli-mètres dans sa main.

— Tu sais comment tirer avec l'un de ces trucs, mais est-ce que tu sais bien le faire ?

Elle ricane et détourne le regard. Elle fait semblant d'être courageuse. Sa silhouette faussement brave me montre qu'elle est effrayée.

— Vous ne pouvez pas faire ça juste toutes les deux, dis-je. Tanechka n'a pas les idées claires. Elle fait de grandes choses quand elle est en colère. Elle et toi, vous ne pouvez pas le faire seules.

Nikki écarte ses cheveux de ses yeux.

— Je ne m'inquiète pas. Tito m'a parlé d'elle.

— Tu ne l'aimais même pas avant.

Elle hausse les épaules, comme une petite gamine de la rue.

— Maintenant, c'est clair que je l'aime bien.

— Tu dois m'écouter. Tu dois me faire confiance.

— Ouais, ouais, ouais, réplique-t-elle. Ce que tu dis aurait plus de poids si tu n'avais pas essayé de couper le doigt de Mira et de tuer ta petite amie.

Tanechka est de retour. Elle met son fusil d'assaut sur son épaule.

— On se dépêche. C'est bientôt l'heure du changement d'équipe.

— C'est à quelle heure ? demandé-je.

— Tu ne fais pas partie de cette mission.

— Laissez-moi vous couvrir. Soyons une équipe. Laissez-moi m'occuper des parties dangereuses.

Nikki se dirige vers la porte avec son sac en toile.

— Salue Tito de ma part et peu importe ce que tu fais, ne laisse pas sortir le chien.

— Laisse-moi tuer pour toi, dis-je. Je prendrai tout sur moi, toute cette obscurité. Laisse-moi tout prendre pour toi.

Tanechka se retourne, les yeux brillants.

— Trop tard.

Elle sort et me laisse seul.

J'agite frénétiquement les bras, tirant sur les jointures de la chaise. Je ne peux pas la laisser partir, elle n'a pas les idées claires. La chaise est en métal, mais elle est maintenue par de petites vis. Je n'ai qu'à être plus fort que ces vis. Je me concentre sur l'idée de sortir d'ici et pas sur la brusque réalité de ce qu'il vient de se passer.

Parce que si j'y pense trop, je vois Konstantin, notre lumière et guide, mort dans son entrée.

Je vois notre frère perdu. Mon autre frère en danger.

Je vois nos alliés russes se retourner contre nous, devenant de dangereux ennemis.

Et je vois la femme que j'aime, pas encore redevenue celle qu'elle était. Et elle s'engage dans un combat qu'elle ne peut pas gagner.

Chapitre Vingt-Six

NOTRE DESCENTE au bordel de vierges commence bien. Nous garons le SUV à l'arrière, les clés à l'intérieur, les portes ouvertes. Je trafique un van et le mets en marche.

Nous arrivons avec cinq minutes d'avance sur la réunion des gardes au moment du changement d'équipe – dans une pièce sans fenêtre avec une porte qui peut être verrouillée de l'extérieur. C'est une ancienne chambre de fille qui a été transformée. Ils gardent le verrou ouvert avec un bout d'adhésif. Ce sera tellement facile de les piéger. Ils verront ce qu'on ressent.

Nous attendons dans les buissons devant le Valhalla. La salle du personnel est derrière la deuxième porte à l'avant du bâtiment.

— Nous allons y arriver, lui dis-je. Ces gardiens sont mous et négligents.

Elle acquiesce, mais je vois que Viktor l'a un peu secouée.

Nous revoyons le plan. Nous allons glisser la bonbonne de gaz soporifique et verrouiller la porte. Nikki va me couvrir de

"

derrière les casiers en métal alignés dans le couloir et tirer vers le bas quand elle verra des ombres en dessous.

Elle acquiesce. Elle n'est pas suffisamment détendue.

— Ton rôle dans cette opération est comme dans un jeu vidéo. Tu vois une ombre, tu tires, dis-je.

Elle acquiesce.

— Mais s'ils commencent à s'enfuir et que tu as peur, tu arrêtes, comme dans un jeu vidéo. Tu cours. Tu m'aideras plus en te mettant à courir si ça dégénère. Tu comprends ?

À nouveau, elle acquiesce.

— Ils réfléchiront lentement, à cause du gaz soporifique et toi, tu auras le masque. Ils auront plus peur de toi que toi d'eux.

Elle sourit, hésitante.

— C'est ce qu'on dit à propos des ours.

— Avec cette arme, tu es plus dangereuse que n'importe quel ours.

C'est une simple vérité.

Quand il est l'heure, je prends la bonbonne de gaz dans le sac en toile de Tito et demande à Nikki de la tenir pour moi. L'écriture est hongroise, mais j'ai reconnu les éléments quand je l'ai vue dans la cave de Tito.

Nous cachons le sac dans un buisson avec quelques armes supplémentaires, juste au cas où. Je me faufile et crochète la porte, puis nous nous glissons à l'intérieur.

Le couloir est sombre, silencieux. J'entends des voix à l'intérieur de la pièce. Je sens l'odeur du chou mariné. Aussi discrète qu'une souris, j'enlève le scotch sur le verrou et m'assure qu'il coulisse bien. J'ouvre la porte et fais signe à Nikki de mettre le masque sur son nez et sa bouche.

Je remonte mon écharpe sur ma bouche et mon nez, j'ouvre la bonbonne et la fais rouler.

Je claque la porte et la verrouille.

Pas le temps d'attendre pour voir ce qu'il se passera. Je

traverse le couloir. Je déverrouille la chambre de Natasha quand les coups de feu commencent. Natasha est l'une des femmes les plus douées ici.

— Il y a un SUV noir et un van qui nous attendent à l'extérieur, lui expliqué-je en russe. Aide-moi à libérer tout le monde et à les faire sortir. Ne m'attendez pas s'il y a du grabuge.

— Pourquoi il y a des coups de feu ?

— Le tireur est avec moi. Nous avons enfermé les gardes dans la salle de pause.

Elle se met en mouvement. Je libère ensuite Mavis, la femme la plus autoritaire. Je lui fais le même discours et la guide vers l'arrière, ouvrant la porte.

— Deux véhicules. Quinze dans chaque. Trouve un moyen avec Natasha.

Elle acquiesce.

Je rentre à nouveau dans le bâtiment. Il y a une faible odeur de gaz, mais ce n'est pas trop grave avec les portes à l'avant et à l'arrière ouvertes. Mes vieilles camarades du bordel sont surprises de me voir, effrayées par les coups de feu, mais tout le monde reste ordonné. Il nous faut dix minutes. C'est une opération rapide.

Le premier van s'en va, puis le second. Les femmes sont libres, juste comme ça. C'était facile.

Du moins, c'est ce que je pensais.

Apparemment, tous les gardiens n'étaient pas dans la salle du personnel.

Je l'ignorais.

J'y retourne et entends quelque chose dans la salle télé. Je me dis que peut-être Nikki ou une autre femme se cache là, donc j'entre.

C'est alors qu'un petit groupe de gardiens me prend en embuscade.

Je me débarrasse de deux d'entre eux, sans les tuer – ils sont tous les deux assommés contre un réfrigérateur. C'est la beauté de la tenue de nonne : l'élément de surprise.

Quand ils arrêtent de me traiter comme une bonne sœur, je sors mes armes, une dans chaque main.

Au final, je tiens deux hommes en joue et ils en font de même avec moi.

Une double impasse mexicaine.

L'un des pires cauchemars pour Viktor et moi. Il n'y a pas de bonne solution dans une telle situation. Pas de façon de s'en sortir à la Rubik's Cube.

Seulement des idées folles.

Et je n'ai pas encore appelé la police pour leur dire que tous les coupables sont enfermés dans une pièce. J'aurais dû le faire.

J'entends des coups de feu à l'avant du bâtiment. Nikki. Comment les gardiens peuvent-ils être encore réveillés là-dedans ? Mais j'ai de plus gros problèmes ici, dans la salle télé.

Les règles d'une double impasse mexicaine sont évidentes, mais ça ne fait jamais de mal de les rappeler. Je veux que les gardiens comprennent cette situation comme je la comprends.

— Si vous bougez ne serait-ce que le petit doigt, je presse les deux détentes, dis-je. Si vous tirez, je presse les deux détentes. Si l'un de vous flanche, je presse les deux détentes.

C'est du bluff, bien sûr.

— Ouvre tes mains et on ne te fera pas de mal, déclare le gardien aux taches de rousseur.

Il est à ma gauche.

— Si j'ouvre mes mains, je suis morte. Alors, pourquoi ne pas vous emmener avec moi ?

Il n'y a pas de bonne solution. Nous le savons tous.

Je prends une grande inspiration.

À l'intérieur, je tremble, mais je sais comment le cacher. Tellement d'informations me reviennent en tête. Tellement d'émotions détruisant la paix que je ressentais avec les sœurs.

— Si vous ouvrez les mains et laissez tomber vos armes, je vous laisserai vivre, dis-je.

— Conneries, répond l'autre homme.

Ils ne me croient pas. Ils me regardent et voient une tueuse. Ils auraient eu raison autrefois. N'ont-ils pas vu mon refus de tuer ? J'ai assommé les autres homes. Je ne les ai pas tués.

Viktor a tort sur beaucoup de choses. Mais il a raison sur une chose : on ne peut pas détruire cette affaire sans bain de sang. Je ne serais pas dans cette impasse si j'avais tué avec insouciance et facilité, comme l'ancienne Tanechka.

Tous les déplacements et les issues possibles traversent mon esprit. La plupart des scénarios se terminent avec notre mort, à Nikki et moi. Dans quelques-uns, il n'y a que moi qui meurs.

C'est l'option que je choisis. J'appelle Nikki.

— Sors, Nikki !

Les deux hommes me regardent, méfiants.

— Je suis bien là où je suis, répond-elle.

— Nikki !

Cette discussion me prive d'une attention précieuse.

J'ai besoin qu'elle s'en aille. Au point où nous en sommes, peu de choses peuvent changer, même si les gardiens se réveillent et sortent. Je serai toujours dans une impasse avec tout le monde. Moi contre tous les gardiens.

Deux, ce n'est que légèrement mieux.

À une époque, quand Viktor et moi étions si sauvages et libres, nous aurions été enthousiasmés par une telle chose.

L'impasse se prolonge.

Je regarde droit devant moi, les gardant tous les deux dans ma ligne de mire avec ma vision périphérique. Observer les gens des deux côtés, c'est à la fois une question de concentration et de relaxation.

J'entends d'autres coups de feu. Je calcule le nombre de

balles qu'il lui reste avec les trois armes que je lui ai laissées. Pas beaucoup.

À un moment, l'un des gardiens regarde l'autre.

Ils pourraient se coordonner. Je n'ai pas l'impression qu'ils travaillent ensemble depuis longtemps, mais ils pourraient tout de même trouver un moyen. Ils sont en bien meilleure posture que moi. Le comprennent-ils ?

Viktor et moi passions des heures à disséquer des scénarios comme celui-ci. Nous supposions toujours que tout le monde le faisait, jusqu'à ce que nous apprenions le contraire. Nous, nous étions des *geeks* avec ça, comme diraient les Américains.

Je me souviens de tout maintenant.

Je me souviens de tout ce que je savais en tant que Tane-chka et en tant que nonne. J'ai tout en moi.

Un autre coup de feu résonne dans la salle de pause. Nikki. Elle les maintient à l'intérieur.

Elle ne comprend pas. Elle ne survivra pas si elle reste. Elle ne peut pas anticiper comme Viktor et moi. Nous nous sommes entraînés à anticiper tous les mouvements à la manière d'un Rubik's Cube.

Chaque mouvement en affecte un autre, que ce soit visible ou non.

Une double impasse mexicaine comme celle-ci, c'est la pire des situations. Ni l'un ni l'autre ne nous sommes déjà retrouvés dans cette situation, mais nous l'avions imaginée.

Et maintenant, voilà où j'en suis.

Nous avons entendu parler d'une impasse à Vladivostok qui a duré des heures. Une défaillance musculaire y a mis fin. Le plus vieux combattant ne pouvait plus tenir son arme. Avec mes bras tendus de chaque côté, et toute la tension et l'adrénaline me traversant, je comprends comment c'est arrivé.

Viktor et moi avons décidé qu'on ne pouvait pas sortir vain-queur d'une telle impasse seul. On pouvait s'en tirer avec une aide extérieure et cette personne mourrait. Nous appelions ça « le coup du remplaçant ».

Je pense aux diagrammes que nous avions l'habitude de griffonner.

Il y avait tellement de beauté dans ce que nous avions. Je me souviens de chaque baiser. Je me souviens de tout ce dont nous avons rêvé. Je me souviens de ce pique-nique au parc Gorki. Je me souviens de la place Rouge et de ma tenue de Taylor Swift. Je me souviens de son visage lorsqu'il s'est étouffé avec le cocktail Manhattan pendant que je riais.

Je me rappelle nos balades dans Moscou sans un sou en poche. Je me souviens des bulles du champagne rosé. Je me souviens quand nous étions sanguinaires ensemble. Quand nous étions heureux ensemble.

Et je me souviens de son regard le jour où il m'a jetée de la falaise. Comme si on m'arrachait mon propre cœur de mon corps.

Et je me souviens de la paix ressentie quand je ne m'en souvenais pas.

Je soupire, me vidant la tête. Je suis seule dans une double impasse. J'aimerais que Viktor puisse me voir dans cette situation, étant donné que c'était un sujet si intéressant pour nous. *Regarde-moi*, kozel, plaisanterais-je. *Je vais mourir dans une double impasse mexicaine. C'est tellement plus glorieux que ta passe. Ta ridicule passe de Darial.*

Je souris.

— Quoi ? demande l'un des gardes.

Je ris.

— Mes neuf millimètres font la moitié du poids de vos .357. L'un de vous deux va fatiguer en premier. L'un d'entre vous va bouger. Un mouvement et c'est parti. On se lance.

J'entends un craquement au niveau de la porte à l'arrière.

Je regarde droit devant moi, les observant tous les deux sans vraiment les voir. Mon pouls s'accélère.

Il est venu.

Tout mon monde se renverse. La gravité elle-même semble s'inverser.

Viktor.

Un autre craquement. Mon cœur tambourine quand il se rapproche.

Il apparaît à la porte, ses yeux plongés dans les miens. En un instant, il voit tout. Il sourit, un Glock dans chaque main.

— Imagine ça, *lisichka.*

— Pose-les, par terre ! crie l'homme à ma droite.

Il est agité et un homme agité tire parfois sans le vouloir.

Viktor lève les mains, tenant toujours ses flingues. Il me parle en russe.

— Une solution.

J'écarquille les yeux quand je me rends compte de ce qu'il propose.

— *Nyet,* chuchoté-je.

— Qu'a-t-il dit ? demande l'un des gardiens. Pas de russe.

— Le coup du remplaçant. Nous y avons réfléchi, poursuit Viktor en russe.

— C'est mon opération, dis-je. Mon opération, ma décision. Va trouver Nikki et emmène-la.

— Tu es folle ? On verra enfin si ça fonctionne.

Mon pouls s'accélère. En tant que quatrième personne, il plongerait vers moi et me remplacerait. Nous l'avons précisément élaboré. C'est la vérité.

Il y a certains principes mécaniques œil-main que l'on comprend quand on est Tanechka ou Viktor.

L'un d'entre eux est la manière d'amener les mains des adversaires à s'orienter dans telle ou telle direction. Le mouvement de celui qui plonge attire la fusillade loin de la personne au centre. C'est celui qui plonge qui prend les balles.

Dans l'un de nos plans, l'aide extérieure portait un gilet pare-balles et un casque. Une armure blindée. Viktor, bien sûr, ne porte que son costume.

Une autre idée, plus avancée, était qu'en tant que remplaçant, il pouvait sauter pour me rejoindre, tournoyant dans les airs en tirant. Les trois personnes tiraient alors les unes sur les autres. Il prenait les balles et continuait à tirer en me plaquant au sol, me protégeant de son corps. Ou vice versa, si c'était moi la remplaçante.

En russe, il dit :

— Tu n'as pas le choix. Je suis le remplaçant. Je vais prendre ta place. Va-t'en et retrouve la paix, ton Jésus.

— *Viktor*.

— J'ai essayé de te tuer. C'est ainsi que ça se termine.

Quelque chose au fond de moi est d'accord. Œil pour œil. C'est en ça que je croyais lorsque j'étais Tanechka.

Seule sa mort pourra arranger le mal qu'il a fait.

Je le regarde. Je le regarde vraiment. Je l'observe le cœur à nu, ressentant mon amour pour lui.

Mon amour pour lui est doux et scintillant. Dans un éclair, je sens quelque chose de meilleur me submerger : le pardon.

Je lui pardonne.

Les sœurs m'ont appris à avoir un grand cœur, suffisamment grand pour pardonner.

Je n'aurais pas pu lui pardonner auparavant.

Mais mon cœur est suffisamment grand désormais.

— *Ya tebe proshchayu*, Viktor.

Il a l'air étonné. Il me répond dans un chuchotement rauque :

— Je ne mérite pas ton pardon.

— Bien sûr que tu le mérites. Je t'aime.

Il semble stupéfait. Perplexe.

— Et pour Jésus ?

— J'ai de la place pour toi et Jésus.

— Jésus, ce n'est qu'un conte de fées pour moi.

— Je m'en fiche.

— Je vais tirer si vous dites encore un mot en russe ! dit le gardien le plus vieux.

C'est une menace en l'air. Il ne tirera pas, à moins d'y être obligé.

— Tu me pardonnes ?

— Oui, *pryanichek* !

« Bonhomme en pain d'épices », c'est ainsi que je l'appelais quand il se comportait comme un bébé.

— J'ai essayé de te tuer !

Je souris.

— Oui, tu as vraiment merdé.

Il cligne des yeux et parle d'une voix douce.

— Je t'aime tellement. Mais regarde où nous sommes. Nous ne pouvons pas tout avoir là.

— Non.

— Tu te souviens comme on l'a visualisé ? Comme l'équipe olympique, nous nous sommes entraînés. Tu te souviens ?

Je secoue la tête.

— Ne fais pas ça.

— Tu ne vois pas que c'est un cadeau ? Je t'ai jetée de la falaise, dit-il. Je ne croyais pas en notre amour et je t'ai tuée. Tu te souviens comme tu t'es accrochée à moi ?

— Mais je te pardonne, Viktor.

— Tu sais ce que je ressens ? Maintenant que j'ai ton pardon ? Et que je peux prendre ta place ? La douleur commence à partir.

— Sauve Nikki et laisse-moi gérer ça. Respecte mes choix pour une fois, grogné-je en russe.

— Je respecte tes choix. Je n'ai pas eu foi en toi avant, mais maintenant c'est le cas. Avoir foi en toi signifie te soutenir dans tout ce que tu choisis pour toi, même ta vie au couvent.

Je secoue la tête, luttant contre les larmes.

— On se demandait si les deux ennemis ne pourraient pas aussi tirer l'un sur l'autre, dit-il. Tu te souviens ?

— Pures fantaisies.

— *Lisichka...*

Je commence à rire.

— On est en train de se disputer pour savoir qui meurt. Nous nous sommes promis de ne jamais faire ça, *pryanichek*.

Il sourit.

— Tu disais « fous-moi une balle si nous nous disputons un jour pour savoir qui meurt dans une impasse ». Et moi je répondais « non, fous-moi une balle si nous nous disputons un jour pour savoir qui meurt dans une impasse ».

Je réponds en russe :

— Tu vas me faire pleurer et ruiner ma vision périphérique, crétin.

— Dis à Kiro que je l'aime, me demande Viktor. Dis-lui que j'aurais aimé le rencontrer et dis à Aleksio que je l'aime. Il répète toujours que les Russes en font trop. Mais qu'est-ce qu'il dirait de ça ?

— Viktor.

Son visage devient sérieux.

— Je n'ai jamais cessé de t'aimer.

— *Ya tebya lyublyu*, lui dis-je. Je t'aime.

J'ai une boule dans la gorge. Je l'ai retrouvé et maintenant, il va faire ça.

Sans prévenir, il plonge sur moi.

C'est comme s'il arrivait au ralenti.

Je vois tout. Son beau visage avec sa mâchoire carrée, serrée et déterminée. La jolie petite fossette. La torsion de ses épaules quand il commence à tournoyer en l'air. Les bras tendus. Je vois l'éclat des canons de ses revolvers quand ils reflètent la lumière au plafond. L'explosion.

Son poids me fait tomber. Je deviens toute molle, les bras tendus. Je sens les balles le toucher, je sens l'impact violent de chacune d'entre elles dans son corps immense avant que nous touchions terre.

Tout devient silencieux.

Sauf Viktor, un poids lourd sur ma poitrine, sa respiration difficile.

— Viktor !

Je me libère de sous lui. Ma poitrine est imbibée de sang. Son sang. J'ai du sang sur les mains. J'en ai partout. Les deux gardiens sont morts.

Je m'agenouille au-dessus de lui. Il me regarde vaguement.

— *Pryanichek*.

Je déchire sa chemise.

Il y a un gros trou dans son torse. Trop gros. Trop gros pour son cœur. Trop gros pour survivre.

Je presse une main sur son torse.

— Je t'interdis de mourir pour moi, Viktor !

C'est peut-être son cœur. Ou peut-être pas.

— Tu m'aimes encore, chuchote-t-il. Tu m'as pardonné.

Des coups de feu.

— Nikki ! l'appelé-je.

Rien.

Il perd tellement de sang.

— Je te pardonne, oui, mais seulement si tu te bats. Seulement si tu restes en vie.

J'ajuste ma main sur son torse. J'appuie une main contre sa joue, je garde le contact visuel. Il transpire. Mais sa peau est froide.

Il me voit toujours. C'est une bonne chose. Quand ils ne meurent pas tout de suite, il y a de l'espoir.

Nikki arrive.

— Merde.

Je l'entends appeler une ambulance.

Viktor a besoin d'une aide plus rapide.

— Tu peux marcher ? Est-ce qu'on te déplace ou on attend ? Et si on t'aidait à rejoindre la voiture ?

Parfois, on peut poser ces questions aux blessés. Quand leur vie est en jeu, certains deviennent très clairvoyants.

— Oui. Essayons.

Nikki et moi le relevons et l'aidons à traverser le couloir. Nous avançons lentement et sa respiration n'a pas l'air normale. Il doit avoir un poumon perforé.

Nous sortons du bâtiment, descendons deux marches qui n'avaient pas semblé si raides plus tôt. Je remarque la voiture de Viktor.

— Là, la Navigator.

— Clés, poche droite, halète-t-il.

Nikki les prend et ouvre la portière arrière pour nous. Viktor s'effondre à l'intérieur et s'allonge sur le côté, prenant tout l'espace. Je me cale dans le petit espace entre les sièges arrière et avant, m'accroupissant. J'appuie une main sur son torse.

— Tu penses vraiment que tu peux prendre tout le siège ? plaisanté-je.

Viktor grogne quand la voiture démarre en trombe. Nikki conduit comme une folle jusqu'à l'hôpital.

— Est-ce qu'il va s'en sortir ? demande-t-elle en faisant crisser les pneus dans un virage.

— Il a intérêt. Il me doit ça, dis-je.

Il lève les yeux vers moi. J'y vois de l'angoisse. Il veut à nouveau s'excuser.

— Chut. Ils se sont tiré dessus comme on l'avait imaginé. Tu y crois ?

Rapidement, son regard se brouille. Il essaie de m'aider à appuyer ma main contre son torse.

— Je te tiens, lui dis-je.

J'appuie sur son torse comme s'il s'agissait de mon propre cœur.

Parce que c'est le cas.

Chapitre Vingt-Sept

Viktor

ELLE EST LÀ, tel un ange, à me tenir la main. Tout autour d'elle est brillant et flou. Je crois que c'est un ange.

J'essaie de sourire, mais des tubes sortant de ma bouche m'en empêchent. Je lève mes bras pour les enlever, mais elle saisit mes poignets.

— Ne bouge pas, *pryanichek.*

Elle appelle Aleksio. Il est là ?

J'essaie de dire le nom de Tanechka, mais j'ai l'impression que ma bouche est remplie de coton.

— Chut. Ça va aller.

Je suis en vie ? Comment est-ce possible ?

Mais je le suis.

Je suis en vie et elle est assise à mon chevet. Elle verse un peu d'eau entre mes lèvres. Je l'avale. Je scrute son visage. Elle me verse un peu plus d'eau.

— Tu m'as pardonné, chuchoté-je.

— Oui.

J'essaie de me relever, mais une douleur me transperce.

— Arrête. Les médecins ont dit que tu allais devoir rester au lit pendant deux semaines et tu es déjà en train d'essayer de partir.

— Tu es là.

Elle fronce les sourcils.

— Oui.

Elle dit ça comme si je venais de déclarer quelque chose d'évident.

— Pourquoi n'es-tu pas allée au couvent ?

— Et louper ma chance de t'enchaîner au radiateur par la cheville ? Qu'est-ce que tu en penses ? Une jolie menotte autour de ta cheville.

— Tu dois y aller. Le couvent, c'est ce que ton cœur désire. Il n'est pas trop tard. Tu étais heureuse là-bas.

Elle caresse mon front d'une main.

— Je porte ses meilleurs enseignements en moi.

Elle ne va pas y retourner ?

— Je veux y retourner, dit-elle comme si elle déchiffrait mon expression. Mais je veux y retourner avec toi. T'emmener là-bas pour te montrer. Peut-être une fois que nous aurons trouvé Kiro ?

Une fois que nous aurons trouvé Kiro.

Je ne sais pas si le pincement dans mon cœur est dû aux dégâts causés par la balle ou au pardon de Tanechka. Elle parle comme si elle faisait partie de ma famille.

Elle se penche pour m'embrasser la joue. Des silhouettes se profilent derrière elle. Je plisse les yeux quand Aleksio apparaît.

— La balle a manqué ton cœur de peu.

Il s'agenouille à mon côté.

— Tu nous as fait peur.

Yuri est là, le bras en écharpe.

— Ils se sont tiré dessus. Tanechka et toi, vous êtes officiellement cinglés.

J'ai l'impression que mon rire me déchire la poitrine en deux.

— Arrête, me dit doucement Tanechka.

Ma conscience s'étend et mon esprit se remet à la page. Des hommes armés se tiennent aux coins de la pièce. Je me souviens de la guerre. Nous sommes à l'hôpital, mais ce n'est pas sûr ici. Un médecin entre dans la pièce.

— Kiro, tenté-je de dire.

— Nous allons le trouver, ne t'inquiète pas. Nous sommes sur le coup. Les frères Dragusha seront réunis. Même toi, tu ne peux pas tout gâcher avec cette folle chorégraphie. T'ai-je déjà dit que les Russes en faisaient beaucoup trop ?

Je tente de répondre.

— Ne le fais pas parler.

Tanechka sort un tube de baume à lèvres et le passe sur ma bouche.

Je me sens léger. Comme si un poids s'était envolé.

Soudain, je sais que tout se déroulera bien avec les gens que j'aime à mes côtés. Je crois que nous trouverons Kiro. Je crois en notre famille.

Je crois qu'un jour, Tanechka et moi irons nous allonger sur une butte à Donetsk et que nous rendrons visite aux sœurs et aux chèvres.

J'ai foi en elle. J'ai foi en notre amour.

Épilogue

Viktor

TANECHKA S'ÉTIRE devant le feu, sur la peau d'ours. Elle porte un jean et son T-shirt préféré des Ramones, un trait d'eyeliner épais autour de ses beaux yeux bleus, ses cheveux blonds détachés.

— Encore, dit-elle en ouvrant la bouche.

Je jette un morceau de gelée au citron dans sa bouche de là où je suis, dans le fauteuil. Il passe entre ses dents et atterrit sur sa langue.

— Je vise parfaitement bien. Comme d'habitude.

Elle lève les yeux au ciel, mais je sais qu'elle me trouve canon quand je suis doué pour quelque chose. Et je suis doué pour beaucoup de choses.

Elle suçote la friandise. Elle rattrape le temps perdu avec les sucreries. Elle mange du gâteau au citron tous les soirs et boit du champagne rosé au déjeuner.

Je bouge difficilement. Mon torse est bandé. Je ne suis pas

censé sortir du lit, mais Tanechka et moi n'avons jamais été doués pour suivre les règles.

Elle n'a pas oublié le couvent. Elle *skype* beaucoup avec les sœurs. Elle m'a fait venir devant l'écran pour que je rencontre Mère Olga, une vieille femme sévère avec des yeux semblables à la nuit. J'ai joué le rôle du gentil petit ami pour la caméra, mais Mère Olga m'a juste fusillé du regard. Elle sait qui je suis.

Ce n'est rien. Elle aime toujours Tanechka, même si celle-ci ne sera jamais nonne. Parfois, je me dis que la seule personne qui pensait que Tanechka pouvait devenir nonne, c'était Tanechka elle-même.

Je me disais que les bonnes sœurs lui avaient volé quelque chose. Qu'elles avaient occulté son véritable cœur. Mais au final, elles l'ont aidée à faire grandir son cœur. Elles lui ont donné quelque chose de nouveau.

Elle insiste pour aller à l'église tous les dimanches. C'est quelque chose que mon frère a du mal à saisir, mais moi je comprends. Tanechka a toujours établi ses propres règles insensées.

Et elle s'envoie en l'air, elle se bat, elle boit, elle aime et elle rit autant qu'avant.

Plus, peut-être.

Et elle m'a pardonné. Je pensais que la mort était la seule chose qui pourrait mettre fin à la douleur de ce que je lui avais fait. J'avais tort.

Alors tout va bien, comme dirait Mira.

— Encore, dit Tanechka.

Je prends un autre morceau de gelée au citron dans le sac plissé et je le jette. Il décrit un arc de cercle et atterrit dans sa bouche.

Elle mâche. Le feu crépite derrière elle.

Mira vient chez nous en fin d'après-midi. Tanechka et elle ont prévu d'aller marcher au bord du lac. Elles forment une paire intéressante, Mira est si sérieuse et Tanechka si déchaînée. Elles s'équilibrent toutes les deux.

Aleksio restera avec moi. Nous allons boire et parler de Kiro. Cela nous prend trop de temps de le retrouver. Nous le pensons tous les deux, tout le temps, mais nous ne le disons pas à voix haute.

Elle se tourne vers moi. Il y a quelque chose de nouveau dans son sourire.

Je ricane.

— Si tu penses que je vais te laisser me sucer avec ta bouche pleine de citron acide, revois tes plans.

— Tu en es sûr ?

Elle commence à avancer vers moi.

Je ris.

— Tanechka.

Elle pose les mains sur mes cuisses, me sourit avec un air de défi.

— Je crois que tu aimes ma bouche pleine de citron acide.

Je passe mes mains dans ses cheveux et en attrape deux poignées.

Je vais aimer cette bouche pleine de citron acide.

Je vais aimer Tanechka pour toujours.

~la fin~

Merci pour votre lecture !

J'espère que vous aimerez Viktor et Tanechka autant que moi !

Mais attendez… où est KIRO ?

C'est le frère Dragusha disparu, héritier d'un vaste empire mafieux : brillant, violent et d'une férocité barbare. Il n'a pas donné signe de vie depuis des années.

ANN:

Je suis censée effectuer une recherche simple, sous couverture, à l'Institut Fancher pour les malades mentaux dangereux, mais le patient 34 occupe toutes mes pensées.

Il est étonnement jeune et beau, mais il y a autre chose. Il me semble ligoté trop sévèrement sur ce lit. Et il n'y a ni nom ni historique judiciaire dans son dossier. Que cachent ces gens ? Mes instincts de journaliste sont sur le qui-vive.

Ce n'est pas tout. Le personnel de l'institut est persuadé que les sédatifs engourdissent ses moindres pensées, mais je le surprends à me regarder quand il n'y a personne.

Notre connexion est palpable chaque fois que j'entre dans sa chambre. Quand nos regards se croisent, je sais qu'il me comprend comme personne. Je suis censée suivre les ordres de mon rédacteur en chef – j'ai des secrets, moi aussi –, mais tout me semble suspicieux chez le patient 34. Comment ne pas mener l'enquête ?

➤ Saisir Le Prince barbare – Empires et Mafia, tome 3

Autres livres de Annika Martin (en français)

Ce sont des hommes dangereux. Des ennemis aqbsolus. Et totalement
attirés l' un par l' autre.

Prisonnier

Lorsque je l'ai vu, la première fois, j'ai été frappée par la force féroce
qui émanait de lui.

Otage

J'avais toujours su qu'il viendrait un jour.

Mais je ne savais pas quand

Trouver une liste complète de livres en français ainsi que des liens

https://annikamartinbooks.com/translations/french/

Other translated works

Trouvez les livres d'Annika dans d'autres langues ici

https://annikamartinbooks.com/translations/

French, German, Italian, Hebrew,

plus Swedish, Japanese, and Dutch soon.

Annika's books in English:

https://annikamartinbooks.com/all-books-2/

À propos de l'auteur

Annika Martin est un New York Times bestselling auteur qui aime lire, photographier ses chats, consommer des tonnes de chocolat et aider les animaux. On peut la trouver en train d'écrire dans les cafés de Minneapolis avec son fabuleux mari, et parfois en train de jardiner et de faire du yoga.

newsletter:
https://geni.us/rGHRx

Facebook:
www.facebook.com/AnnikaMartinBooks

The Annika Martin Fabulous Gang:
www.facebook.com/groups/AnnikaMartinFabulousGang/

Instagram and TikTok:
@annikamartinauthor

website:
www.annikamartinbooks.com

www.ingramcontent.com/pod-product-compliance
Lightning Source LLC
Chambersburg PA
CBHW060759210726

48292CB00013B/739